沙高樓綺譚

浅田次郎

文藝春秋

目次

沙高樓綺譚

小《こ》鍛《か》冶《じ》

国宝の「童子切《どうじきり》」と「大般若《だいはんにゃ》」が同時に展観されているとかつての商売仲間からきいて、国立博物館に出かけたのは、桜もおおかた散りおえた四月の午後であった。三十分ほどで閉館ですが、と出札の係員は言った。行きがけに神田の古書店街で思いがけず時間を食っていた。

修学旅行の生徒たちが集合する噴水の脇を抜け、堂々たる帝冠様式の正面玄関を入ると、そこは船倉《ふなぐら》のような暗さであった。

アール・デコの照明が、午後の公園を歩いてきた目を射した。

売店の前に、いかにも茶器か染織を見にきたというふうな婦人づれのあるばかりであった。

時計を気にする警備員の足音が、大理石のホールに響いていた。

目的は二口《ふたふり》の刀剣だけである。順路に逆行して左の展示室に入り、北隅の刀剣室をめざした。

ひとけのない刀剣室には、まるで私のためにだけそうしてあるように、二口の大名《おおめい》物《ぶつ》が展示されていた。

誰もいない場所で国宝と向き合う——こんな贅沢《ぜいたく》なことはあるまいと思いながら、私は白絹の刀架に飾られた童子切と大般若に見入った。

童子切安綱《どうじきりやすつな》は、源頼光《みなもとのよりみつ》が大江山の酒顚童子《しゅてんどうじ》を成敗したといわれる伝説の太刀である。源氏重代の宝刀として鎌倉幕府から足利将軍家へ伝わり、さらに秀吉、家康を経て越前宰相松平忠直《まつだいらただなお》に贈られたのち、作州津山藩松平家に先年まで伝来した。

もう一方の大般若長光《だいはんにゃながみつ》と称される太刀は、備前長船《びぜんおさふね》派の頭領、左衛門尉《さえもんのじょう》長光の傑作として世に名高い。室町時代に他に類をみない銭六百貫という代付《だいづけ》がなされたために、大般若経六百巻に引き合わせてこの優雅な名がついた。足利将軍家から重臣三好《みよし》長慶《ながよし》に下賜《かし》され、織田信長の手を経て姉川合戦の功により家康へ、さらに長篠《ながしの》の戦功として奥平信昌《おくだいらのぶまさ》に与えられ、以来、武蔵国忍《むさしのくにおし》藩に伝来した。大正年間に同家から売り立てに出されたものを伊東巳代治《いとうみよじ》伯爵が買い受け、伯爵の没後、旧帝室博物館の蔵品となった。

いずれもその名にふさわしい芸術性と確かな来歴を持った、国宝中の国宝である。

刀剣売買の世界から足を洗って七年になる。生業としていたころにはこうした文化財をめあてに博物館を訪れることなどなかった。

千年の鉄色《かないろ》の前に、三十分はやはり短すぎた。行きがけの寄り道をくやみながら立ち去ろうとしたとき、振り返った陳列ケースの中の、もう一口の太刀が目に止まった。

童子切の古色とも、大般若の豪壮な姿ともちがった、繊細で典雅な太刀がそこに置かれていた。鎺元《はばきもと》に精緻《せいち》な倶梨迦羅竜《くりからりゅう》の彫刻があった。

それは楠木正成《くすのきまさしげ》の佩刀《はいとう》といわれる、小竜景光《こりゅうかげみつ》にちがいなかった。

磨上《すりあ》げながら、なお腰反《こしぞ》りが高く、小板目肌の鍛えが詰み、小互《こぐ》の目に丁子《ちょうじ》まじりの刃文を焼いている。

初めて目にする小竜の気品ある美しさに、私はたちまち心を奪われた。

すでに閉館時刻であったが、警備員に促されるまで粘ろうと肚《はら》を決めた。一生そうしていても飽きることはあるまいと思われるほどの、深い鉄《かね》の色であった。

ふいに、横あいから名を呼ばれた。まるで小竜が私の名を呼んだような錯覚を起こして振り向くと、旧知の鑑定家が立っていた。

「やあ、お久しぶり。花鳥堂をおやめになって以来、でしょうか」

と、小日向《おびなた》賢吉君は気さくに笑いかけながら近寄ってきた。羽織に焚《た》きしめた香《こう》が、旧《ふる》い交わりを思い起こさせた。

やや唐突な感じで、私は自分が業界から無縁になったこと、今は物を書いて暮らしていることを手短に語った。話しながら小日向君の羽織の、二引龍《ふたつびきりょう》の紋所に気付いた。

「宗家を、おとりになったのですか」

思いついて訊《たず》ねると、小日向君は少しおどけて羽織の袖《そで》をつかみ、奴《やっこ》のように広げてみせた。

「ええ。どういうわけか三十四世徳阿弥《とくあみ》、ということになりました。号は談山。徳阿弥談山です」

手にした信玄袋から取り出した名刺を、小日向君はそう言って差し出した。

「きょうは宮家がおでましになられたので、こういう不自由ななりなのです」

如才なさも、端正な話しかたも、ひと昔前と少しも変わってはいない。閉館を告げながら入ってきた警備員が、小日向君に気付きあわてて敬礼をした。

「お帰りは私がご案内しますから」と、小日向君は警備員に向かって言った。

名刺は上品な和紙に何の肩書もなく、ただ徳阿弥談山の名に、賢吉という本名が添えてあった。

「似たようで大違いの名刺ですが」

と恥じ入りながら、私はやはり肩書のない、ペンネームの脇に本名の書かれた名刺を差し出した。

悲しいことに私の名には書き添えるものが何もないのだが、小日向君のそれは肩書が多すぎて添えきれぬのである。たとえば刀剣保存協会評議員だの、文化財保護委員だの、宮内庁嘱託技官だのという公的な役職をいちいち並べていたのではきりがないし、徳阿弥宗家三十四世という肩書も、名刺に添えるには重すぎる。

「どうです。いいでしょう、小竜《こりゅう》は」

小日向君は羽織の肩を並べかけて言った。

「ええ。実物は初めて拝見したのですが――言葉がありませんね」

「展観予定はなかったのですが、宮家のおなりというので、急遽《きゅうきょ》展示したのです。ゆかりのお品ということで」

「ゆかりの、と申しますと?」

「明治天皇がこれを軍刀になさって佩用されていたのです。大楠公《だいなんこう》は日清、日露の戦《いくさ》に至っても、陛下《おかみ》を守護された、というところでしょうか。まさに七生《しちしょう》報国の宝刀です」

「とすると、御物《ぎょぶつ》なのですか」

「いえ、戦後、宮内庁から下賜されて、国宝に指定されました。皇室財産がどのようになるかわからなかった時期には、御物より国宝のほうが安全だという配慮かもしれません」

かつては下世話な酒場で盃を交えた仲であった。しかし徳阿弥家の当主となった今では、昔話を口にする相手ではない。

「そういえばあなたと、小竜の固山《こやまう》写しを見に行ったことがありましたっけ」

ふとなつかしげに、小日向君は言った。

「ああ、そうでしたね。もうひと昔も前になる」

保存協会の定例観刀会で出会って、たまたま都内のデパートで開催されていた備前物の古美術展を見に行った記憶があった。もちろん本歌の小竜景光はなかったが、江戸期の名工、固山宗次の小竜写しが展示されていた。

「あの刀には感心しましたが、しかしこうして本歌の小竜を見ますと、やはり格段のちがいですね」

私の言葉に肯《うなず》きながら、小日向君は小竜に向かって腰をかがめた。

「そのとおりです。私は内心、そこの大般若よりも童子切よりも、こちらを上に見ているんですよ。技術的にも、芸術的にもね」

「たしかにすばらしい鍛えです。景光は名人ですね」

小日向君は満足そうに肯いた。

「そうです。まさに古今無双の鉄《かね》です。しかし、大きい声では言えませんが、もともとこの小竜には来歴に不確かなところがありまして——それで今ひとつ、評価が上がらない」

「来歴に？」

「ええ。明治の初めに献上される前は、山田浅右衛門の所蔵だったそうです」

「山田浅右衛門――あの首斬り浅右衛門ですか」

「そうです。首斬り役人がこれほどの刀を所持していたということも不相応ですし、しかもそれ以前の来歴がまったく不明なのです。景光にこれを注文したという楠木正成にしたところで、河内の一豪族にすぎませんしね。湊川《みなとがわ》の合戦ののち、尊氏《たかうじ》の手に渡ったという伝承もありません。室町期の押形集にも、享保名物牒にも記載はないのです。それが突然、幕末の首斬り浅右衛門の所蔵として世に現われ、明治天皇の御佩刀となり、さらに下賜されて国宝になった。こんにち国宝といわれるものの中で、これほど来歴の不明なものは、まずないでしょう」

小日向君は話しながら振り返り、童子切安綱と大般若長光に冷ややかな目を向けた。

「しかし、そんなことはどうでもいいんです。小竜景光の出来《でき》には、どんな名工の技《ぎ》倆《りょう》も遠く及びませんからね。来歴など二の次、これにまさる国宝はありません」

私たちはしばらくの間、黙って小竜を見、それからどちらからそうするでもなく、ケースの前を離れた。

遠回りに武具室や金工室をゆっくりと歩きながら、旧知の蒐集家《しゅうしゅうか》の消息や、手がけた刀の行方について語り合った。

閉館時刻はとうに過ぎていた。ちょうど本館をひとめぐりして玄関ホールに戻ると、すでに大扉は閉ざされていた。

「談山先生、お帰りです」

と、警備員が言った。敬礼を受けながら通用口を出ると、上野の森を見はるかす車寄せには、春の宵が迫っていた。

「もしよろしければ」と、小日向君は信玄袋の中から藤色の眼鏡をとり出して、細い鼻梁《びりよう》にかけた。「少しおつきあい願えませんか。ぜひあなたに聞いていただきたい話があるのですが」

「私に？」

黒塗りの高級車が車寄せにすべりこんできた。ボディには小さく、足利将軍家と同じ二引龍の紋所が輝いていた。ぜひに、という意味がわからず、私は答えに窮した。

「私に、といわれましても……さあ、どのようなことでしょう」

「実は――たいへん妙なことを申し上げますが、これからちょっと面白い会合があるのです。貴重な体験談を語り合う集まりで、今日は私が話をする番なのです」

「待って下さいよ。ご存じのとおり話は得意じゃありません」

「いいえ。その席で、私の話を聞いていただきたいのです。せっかくとっておきの話をするのに、面白さがわかって下さる方がいらっしゃらないと」

「とっておきの刀の話、ということでしょうか」

「まあ、そういうことです」

私は言われるままに車に乗った。花の散った桜の蕊《しべ》の敷く道を、車は走り出した。

「なんだか、百物語ですね」

藤色の眼鏡の奥の目をきょとんと見開いて、小日向君は微笑《ほほえ》んだ。

「百物語——うん、うまいことをおっしゃる。しかしその会合に供される話は、ただの怪談などではありません。世の中の高みに登りつめた人は、みな孤独なのです。誰もが必ず、けっして口にすることのできぬ秘密を持っている。そうした毒を吐き出す集《つど》い、とでも申しましょうか」

私はなんとなく、きょう一日のできごとを思い返してみた。コーヒーとトースト。犬の散歩。快速電車。花粉症に悩む編集者の顔。古本屋。無愛想なタクシー・ドライバー。公園の下にたむろする外国人の群。葉桜の森。そして、博物館——。

車はゆったりと船のように揺れながら、たそがれの街路を走った。自分の体が日常から少しずつ引きはがされて、どこか遠い、見知らぬ場所にからめとられて行くような気持になった。

「私は、もう刀剣と縁のない者ですが」

抗《あらが》うように私が言うと、小日向君はシートに深々と沈みこみながら、唇だけで答えた。

「だからおさそいするのです。話が通じてしかも気の許せる方に、今日の今日お会いできるなんて――これも何かのお引き合わせでしょう」

わけのわからぬまま小日向君に案内されたのは、青山墓地のほとりにそびえる、高級マンションの最上階であった。

はたしてその界隈《かいわい》に、そんな高層ビルがあっただろうかと訝《いぶか》しむうちに、エレベーターは地下駐車場から一気に二十数階まで駆け昇った。

絵も花もない暗いホールに私たちは歩み出た。

ぽつんと、観音開きの暗い色の扉がある。「沙高樓」と書かれた扁額《へんがく》を見上げて私は訊ねた。

「しゃこうろう、ですか」

「いえ。さこうろう、です。砂でできた大廈《たいか》高楼《こうろう》。高い場所は脆《もろ》くて殆《あやう》い、という意味でしょうか」

扉を開けると、テール・コートにボウ・タイをしめた執事が、私たちを迎えた。

緋色《ひいろ》の絨毯《じゅうたん》を敷きつめた長い廊下を歩き、私たちが招き入れられたのは、都会の夜景を一望にする広いラウンジである。

中央に黒檀の円卓がある。部屋のあちこちに、いかにも時代のかかったソファや椅《い》子《す》やロッキング・チェアが、無秩序に置かれていた。

シャンデリアがうすぼんやりと灯り、円卓の上には銀の燭台《しょくだい》が太い蠟燭《ろうそく》をゆらめかせている。暖炉の中に炎がはぜている。

窓の外の夜景がなければ、森の中の洋館の居間といった趣《おもむ》きである。

仔細《しさい》を訊ねる間もなく、一人また一人と来客が現われ、思い思いの席についた。ベランダからも何人かの先客が入ってきた。振り返るとそこは、水銀灯に照らされた広い空中庭園であった。

暗い照明のせいで人々の顔はひどく疲れて見えたが、例外なく様子の良い紳士淑女であることが、ひとまず私を安心させた。

ボーイがそれぞれの手もとにグラスを運んだ。

来客たちはけっして挨拶《あいさつ》を交わすことがなかった。私もとりたてて紹介されることはなかった。まるでそうすることが、この会合の礼儀のようである。よく観察すると、常連客に寄り添って、不安げに押し黙っているビジターらしい顔も、いくつかあった。

「これで、お揃《そろ》いですかな」

暖炉の前のロッキング・チェアに腰を下ろした白髪の老人が、ひととおりの顔ぶれを見渡しながら言った。

「橋口先生がお亡くなりになって。先月はあんなにお元気でらしたのにねえ」

縮緬《ちりめん》の長羽織を着た初老の婦人が、うなじをなで上げながら言った。初めて訃報《ふほう》に接した者の愕《おどろ》きの声が上がった。

「亡くなった橋口先生って、文化功労者の？」

新聞の訃報欄を思い出して私が訊ねると、小日向君はひとつ肯いた。

「ええ。ここのメンバーだったんですよ。先月うかがった話は面白かったのに」

ボーイの手からシャンパングラスを受け取って、向かいのソファに沈みこんだ紳士が言った。

「あれは面白かった。医学部の標本室にずらりとチョンマゲの生首が並んでいるという話ね。明治時代のなんとかいう博士は、まるごとホルマリン漬《づ》けになっているって」

赤いドレスを着た美しい女が、紳士のうしろから背もたれに手を置いた。

「もしかしたら、橋口先生も標本になったんじゃないかしら」

薄闇のあちこちから、おさえた笑い声が洩《も》れた。

暖炉の前の老人が、シッと唇に指を当てた。

「ではそろそろ、オーナーをお呼びしましょうか」

室内は雨あがりの清明の朝のような、しっとりと湿った空気に満ちていた。窓はひろびろと、夜景の上に開かれている。墓地の闇《やみ》の向こうに、六本木のはぜるような光のかたまりが望まれた。高速道路が細密画のように走り、彼方をベイ・エリアのイルミネーションが隈取《くまど》っていた。

「オーナーという方は、東和総業の会長さんですよ」

と、小日向君が耳打ちした。

「東和総業って、あの貸ビル王の？」

「ええ。世界中に数百棟ものビルを所有してらっしゃるそうです。ちょっと変わった方ですが」

会合の主宰者が大資産家であるということは、いっそう私を安心させた。

やがて暖炉の脇の、ビロードのカーテンを押し上げて現われた人物に、私は眼を瞠《みは》った。

紫色のサテンのドレスの裾《すそ》を曳《ひ》き、満艦飾《まんかんしょく》の宝石類をちりばめた大柄の婦人である。しかし円卓の上座について燭台の炎を真向にうけた顔は、紛《まぎ》れもなく男性の骨格を持っていた。

黒いレースのベールを太い指で持ち上げて、女装のオーナーは室内を見渡した。

扇のように大きな睫毛《まつげ》が、円卓の周囲や、思い思いの椅子やソファに席をしめた来客の顔を、ひとりずつ見定めていった。私や、その他のビジターと思えるとまどいがちの客に対しては、わずかに肯くような会釈《えしやく》をした。

つややかな唇をシャンパンでひとくち湿らせ、それから舞台の上にあるような朗々とした声で、女装のオーナーは告げた。

「沙高樓にようこそ。今宵もみなさまがご自分の名誉のために、また、ひとつしかないお命のために、あるいは世界の平和と秩序のためにけっして口になさることのできなかった貴重なご経験を、心ゆくまでお話し下さいまし。いつもどおり、前もってお断わりしておきます——お話しになられる方は、誇張や飾りを申されますな。お聞きになった方は、夢にも他言なさいますな。あるべきようを語り、巌《いわお》のように胸に蔵《しま》うことが、この会合の掟《おきて》なのです——」

燭台に照らし出された主人の顔は、もういちどゆっくりと夜来の客のひとりひとりを見つめ、やがて小日向君のうえで止まった。

信玄袋をかたわらに置き、おもむろに藤色の眼鏡をはずすと、小日向君は羽織の襟もとを細い指先で、すうっと正した。

私は徳阿弥賢吉、号を談山と申しまして、刀剣の鑑定を業とする者でございます。徳阿弥家につきましては、初代光山が足利将軍家より「御腰物惣一」の称号を賜《たまわ》り、刀剣鑑定の家元として召し抱えられて以来、代々歴史に残る芸術家や数奇者《すきもの》を輩出しておりますので、その名を聞き及びの方も多いことと存じます。私で三十四代、六百年の長きにわたって一芸を継いでまいりました家でございます。そもそも刀剣の鑑定と申しますものは、今でこそその存在理由を文化財の保全という一事に限定されてしまいましたが、かつてはたいへん重要な社会性を持つ職業でございました。

武家政権が誕生してこのかた、つまり源平の時代から幕末に至る長い間、刀剣は権力のシンボルであり至上の宝物であり、政治的かけひきを含んだ贈答品、または恩賞品、献上品として、欠くべからざる存在だったのです。

したがって刀剣の価値を定め、真偽を判定する私たち一門の仕事は、長らく一種の権威をもって継承されてまいりました。

お話を始めるにあたって、まず少々手前味噌《てまえみそ》ではございますが、あるべきようを語るのがこの会合の掟、まずはかくある私事についてつつみ隠さずお話しいたしましょう。

私が先代の門を叩《たた》きましたのは、大学の冶金《やきん》工学科に籍を置いておりましたころのことですので、一門の高弟の方々に較べればずっと齢が行ってからの入門ということになります。

日本刀の構造が硬軟二種類の鉄を組み合わせることにより、世界に類を見ない鋭利で強靭《きょうじん》な刃物となっていることは良く知られております。私は大学で合金の研究をするうちに、こうした日本刀の芸術性と実用性のとりこになったのでした。

鎌倉扇谷《おうぎがやつ》にある徳阿弥宗家は、今も刀剣鑑定が看板ではございますが、一種の文化保護事業としての、刀剣の保全にたずさわっております。研磨や鑑定のほか、文化財の指定や手入れ、展観の指導――「御腰物惣一」の名はそうした形で、今日もうけつがれているわけでございます。

元来、「阿弥」という名は足利将軍家が芸術振興のために指定した専門集団のことで、世阿弥の能楽、能阿弥の絵画、善阿弥の築庭と並んで、徳阿弥家は刀剣に関するプロジェクトであったわけなのです。

さて、徳阿弥と聞いてみなさまがまず思いつかれるのは、私などよりも義兄《あに》の名前でございましょう。

そう、世界的にも有名な彫刻家、徳阿弥重晴は私の妻の兄、すなわち本来ならば徳阿弥三十四代を継ぐべきであった人なのです。

もともと徳阿弥家は、昔から数多くの高名な画家や作陶家や茶人を出しており、むしろ文化史上に名をとどめているのはそちらの方々でございます。

義兄もそうした伝統の中の一人として、早くから彫刻の道を志し、家業からは離れておりました。今となっては、あれほどの大芸術家にまさか家業がどうのと言う人はおりませんが、若い時分はその志す道をめぐって、ずいぶん義父との間にいさかいがあったと聞いております。

テレビや雑誌でご覧になった方は多いと思いますが、義兄重晴はまったくあのとおりの自由奔放な芸術家でございます。謹厳そのものの義父とは思想も芸術観も、まさに水と油でした。

そんなわけで義兄は、扇谷の徳阿弥宗家とは目と鼻の先の逗子《ずし》にアトリエを持ちながら、義父の存命中はついに一度も生家を訪れるということがなかった。しかし私たちの結婚に際しては、幼いころの妹をモデルにしたという初期の代表作——あの有名な「聖童女像」のブロンズを贈って下さったのです。

徳阿弥重晴の彫刻と申しますと、誰でも前衛的なオブジェを思い起こしますが、初期の作品は「聖童女像」に見るとおり、それこそ息を呑《の》むような写実でございます。

しばしば思いがけぬ奇行で世間を騒がせている義兄重晴が、卓越した技巧と崇高な芸術観を持った天才であるということは、私が誰よりもよく知っているつもりでございます。

義兄は芸術大学を卒業すると間もなく父と袂別《べいべつ》し、パリに渡って彫刻家の道を歩み始めました。「鋼鉄の魔術師」と呼ばれる徳阿弥重晴の体には、実は日本刀の鑑定と研磨とを業とし、鋼鉄を見つめ続けてきた一族の血が流れていることを、今ではほとんどの人が知りますまい。

さて、そうした事情のなかで、先代はことのほか私を厳しく教育し、他の兄弟子たちをさしおいて代見を任すほどの目利きに育てあげて下すったのです。

二十代の末にはすでに私の鑑定は「小日向鑑定」というありがたい世評までいただくようになり、何冊かの専門書を出版したことなどもありまして、鞘書《さやがき》などにも相当の値打がつくようになりました。私が宗家の婿養子に迎えられることになったいきさつにつきましても、べつだん誰が言い出したというものではなく、とりたてて私が望んだということでもなく、暗黙のうちにみながよかろうと思って下さった、というところでございましょうか。

ところで、徳阿弥家には、鎌倉扇谷の宗家の他に、代々徳川将軍家の御用をつかさどった麻布一の橋家、御物と公家方の御用をつとめた京都の西洞院《にしのとういん》家、江戸中期にそこから分れていわゆる江戸新刀の目利きとして名をはせた大阪谷町家、という三つの分家がございます。

刀剣界では古くから、これら徳阿弥分家の発行する鑑定書を「添状《そえじょう》」と称し、たとえば「一の橋添状」とか「谷町添状」とかいうふうに、それぞれ珍重されております。

もちろん鎌倉宗家の鑑定はさらに貴重なもので、これを「折紙」と申します。今日すっかり慣用語となりました「折紙つきの何々」という言葉の語源はこれでございます。

そうした、もののたとえになるほど、折紙の発行は厳格なのです。一年に四度、すなわち二月、五月、八月、十一月の朔日《ついたち》に三分家の当主が宗家に集まり、いずれかの家に依頼のあった刀剣について合議鑑定する。この最高鑑定会を「惣見《そうけん》」と申します。惣見の当日は宗家以下四人の当主が八幡宮の社殿で祈禱《きとう》をうけ、源氏の始祖八幡太郎義家公、足利尊氏公、徳川家康公に対して、「御《おん》刀惣一、徳阿弥なにがし、何年何月の惣見の儀、只今よりとり行います。冀《こいねがわ》くは源氏の神霊、加護垂れ給わん」、というような誓詞を上げて、斎戒沐浴《さいかいもくよく》し、宗家の奥まった一室にこもります。

この部屋はふだんは何ぴとも立入りを許されぬ聖域で、「惣見の間」と呼ばれております。四人の当主全員が高烏帽子《たかえぼし》を冠り、白羽二重《しろはぶたえ》の鍛冶装束を着、四方をあらわす黒、白、朱、青のたすきを掛けます。

鑑定の結果、たとえば正宗と極められた刀には、宗家の直筆で、

「五郎入道正宗　正真《しょうしん》也　徳阿惣見」

とだけ記した一枚の紙が、三角に折りたたまれて付される。これが世にいう「折紙」です。

もっとも今日では、この惣見の席にまで持ち込まれる刀は、せいぜい一年に一口《ふり》あるかないかで、多くの場合は鑑定刀のないままひととおりの儀式だけをとり行って散会します。

つまり、徳阿弥家に鑑定依頼される刀剣のほとんどは、よほどの名刀でないかぎり、三分家の当主か宗家代見役の手になる「添状」として処理されるわけです。

妙なことには、大昔からのしきたりとして「添状」の文面は、

「御刀拝察《おんかたなはいさつ》　仕《つかまつり》　候処《そうろうところ》、五郎入道正宗と御見受致候　徳阿西洞院なにがし」

というふうに記され、断定は避けられます。「正真也」という宗家折紙の権威に対する、一歩さがった言い廻しなのでしょう。

さて、こうした徳阿弥家のならわしについては、いちいち挙げていればきりがありませんが、私が見出されて宗家代見役をつとめ、さらに入婿となって第三十四代徳阿弥を継承いたしましたことの重みは、多少なりともご理解いただけたかと存じます。

義父は四十を過ぎてから授かったひとり娘を、ことのほか愛しておりました。私はその大きな愛情によって、一門の誰からも反対されることなく徳阿弥の養子に迎えられたのです。お話は、その義父が亡くなる前年、すなわち私が三十四代徳阿弥を襲名

する前年のことでございます——。

そこまでを語りおえると、客の一人が手洗に立ったのをしおに、ボーイが席をめぐって酒を注いだ。

話し始めたことで、小日向君の緊張はかえって解けたようである。ぼんやりと窓の外の夜景をながめる表情は、私の知るかつての小日向賢吉君を、ふと思い出させた。

刀剣という趣味は他の美術品と比較して、まったく普遍性に欠ける。狭く、深い世界である。しろうとが相手では、聞く方も語る方もむずかしい。小日向君は話しながらときどき、言いきかせるように私の目を見つめるのであった。

「どうぞ、お続けになって下さい」

艶《あで》やかな裏声で主人がうながした。小日向君は軽く会釈を返すと、物静かな言葉づかいで話し始めた。

——その年は二月、五月、八月と続けて惣見に上がる刀はなく、さきに申し上げた形式だけを慣例的にとり行って散会となっておりました。

そして十一月一日の惣見に、京都の西洞院家から一口の刀が持ち込まれたのです。年に四度だけ開扉される惣見の間の板敷に、白装束、烏帽子姿の四人の当主が座るまで、鑑定刀が刀袋から出されることはありません。つまり、持ち込んだ分家の当主以外は、誰も刀を見ていない。これも数百年間つづけられてきた決まりごとで、先入観をまじえずに刀に向かうための合理的な方法なのです。

宗家代見役である私を上座にして、三人の分家が刀を囲む。私、一の橋、西洞院、谷町の順で鑑定刀を回します。ひとめぐりしたのち、それぞれが手元の短冊に、これぞと思う刀工名を記します。もちろん四枚の短冊が出揃うまでは、いっさいの発言は禁じられております。ここで全員が一致すればすぐに折紙ということになりますが、異論が出た場合はその理由を述べ、討議が始まります。

私たち専門家の間で意見が分かれるというのは、ちょっと意外なことかも知れませんが、これがけっこうあるのです。

ご存じのとおり刀には在銘品と、無銘のものとがある。しかし世間でよく言われるように、在銘品が価値ある刀で、無銘はなまくらかというと、けっしてそのようなことはないのです。

まず、在銘品には偽銘というものがついて回る。新刀鍛冶の代表的作家である虎徹《こてつ》とか津田《つだ》助広《すけひろ》などは、十中八九は偽銘偽物であると言っても言い過ぎではありません。

しかも出来のすぐれた偽物ともなると、長い間、正真正銘として伝えられており、ときには先人の極めまでつけられておりまして、自分の鑑定眼でこれをくつがえすとなると、並大抵ではありません。こうした刀に出くわした場合、専門家どうしの意見が分かれることも往々にしてあるのです。

無銘の名刀といわれるものは、古刀、すなわち室町以前の刀にほぼ限定されます。これらの多くは「大磨上無銘《おおすりあげ》」と申しまして、刀の寸法を切り詰めて短くした結果、作者の銘が落ちたのです。時代の変遷とともに、佩《は》く太刀は差す刀へと変わった。鎌倉、南北朝期の長寸の太刀は、ほとんどがのちに磨上げられて無銘となっているわけです。

こうした無銘の古刀についても、しばしば鑑定眼は分かれます。例えば、五郎正宗《ごろうまさむね》と見えても、少し足らないと思えば彦四郎貞宗《ひこしろうさだむね》という意見が出ます。「関《せき》の孫六《まごろく》」として有名な孫六兼元《かねもと》は代々特徴ある三本杉の刃文を焼きますが、最も上手は二代兼元なので、ことに出来のよい物を二代孫六、鉄《かね》は古いが出来に劣る物は初代孫六、若い鉄を後《こう》代兼元と極めます。このような場合にも目利きの意見が分かれるのは言うまでもありません。

つまるところ刀剣の鑑定とは、偽銘偽物との戦い、そして刀鍛冶の技倆の見極めなのです。

さて、この日の惣見では、今は故人となられましたが、一の橋家の当主が一番の年長でした。私の義父とは相弟子にあたる方で、刀剣研磨の技術により重要無形文化財保持者に指定されている、斯界《しかい》の重鎮です。

西洞院家の当主は六十歳ほどのでっぷりと太った人物で、天性の審美眼を持った目利きです。

谷町家の当主は四十なかばの芸術家肌の人で、美術評論家や作陶家としても一家をなしておりました。深い知識に裏付けられた鑑定には理論的な説得力があります。

いずれも徳阿弥の姓に恥じぬ確かな鑑定家です。

まず、鑑定の依頼を受けた西洞院の手から、宗家代見人である私に刀が渡されました。それは飴色《あめいろ》の休め鞘《ざや》に収まった立派な体配の太刀でございました。なぜか、日ごろ陽気な西洞院が、その日に限って打ち沈んでいるように思われ、顔色も冴《さ》えないように見うけられました。

鯉口を切って、一寸ばかり刀身を抜いたとき、私はふわっと頬《ほお》に冷気を感じました。対《むか》いに座る西洞院が緊張した面持ちで、手元をにらみつけております。鞘を払って立姿をひとめ見た瞬間、私は西洞院の常ならぬ様子の原因がわかったのです。

（郷《ごう》だ……）

心の中で、はっきりとそう思いました。

かたわらに立てられた蠟燭の炎に、刀身を透かします。反り、身幅、重ね、切先《きっさき》、すべてがころあいの姿に、小板目の肌が良く詰み、冴えた明るい地沸《ぢにえ》が美しく付いています。全体にしっとりと落ち着いた、しかも悠揚せまらざる品格があり、量感と鋭利感はまさに南北朝の名品にちがいありません。そしてその時期の相州鍛冶に共通する武骨さや騒がしさは、少しも伝わってこない。穏やかな湾《のた》れ刃は、中ほどから物打ちにかけてわずかに広く焼きこむ郷義弘《ごうのよしひろ》の手癖を良く表わしておりました。

いちど烏帽子の額に捧《ささ》げ持ってから、茎《なかご》をはずします。古代のみごとな錆《さび》が現われました。わずかに現存する郷義弘の例に同じく、大磨上《おおすりあげ》無銘です。

刀を隣の一の橋に手渡すと、私は少しも迷うことなく「江《ごう》」の一文字を、短冊に書き記しました。江戸の江と書いて「ごう」と読むのは郷義弘の別称で、古い刀剣書や押形集の類《たぐ》いには必ずそう書いてあるのです。

一の橋老の謹厳な表情は、刀を手にするといっそう険《けわ》しくなりました。背筋を伸ばし、顎《あご》を引いてじっと刀身を見つめます。まるで風景を遠目に見るように動かない。しばらくそうしてから、頭上に押し戴《いただ》いて刀を廻しました。

西洞院はもうこれ以上は見る必要がないというふうに、刀を捧げて一礼すると左の谷町に渡しました。

谷町はいかにも彼らしく、ためつすがめつさまざまな角度から刀に見入りました。

そのうち、ふいに惣見の掟を破って感嘆の声を洩らしたのです。

「おどろきましたね、これは……」

しかし誰も谷町をとがめようとはしなかった。

郷義弘は正宗十哲の筆頭に上げられる名工中の名工です。一説によると三十代なかばで夭折《ようせつ》したと伝えられ、今日残る作刀は極めて少なく、古くから「郷と化物は見たことがない」などと言われております。仮説や伝承の類いにはこと欠きませんが、一切は不明のことばかりで、諸説紛々として定まるところはひとつもありません。

そういう稀有《けう》の刀ですから、仮に言い伝えどおりの所見の刀に出会っても、ふつうは義弘の子である不破為継《ふわためつぐ》の名を挙げるのが、鑑定上の定石となっております。しかしその刀に限っては、どうしても為継の名では足らぬ出来ばえなのでした。

もちろん郷義弘の作刀がまったく現存しないわけではありません。

「享保名物牒」によれば、さきの大坂の陣および明暦の大火で惜しくも焼失したもの十一口《ふり》、享保年間当時、なお現存していたもの十一口、とあります。そしてこの享保当時の現存刀は、すべて国宝、重要文化財として今日も伝来しております。これは三百年もの間、所有者の個人的事情や浮沈にいっさい関係なく、かけがえのない宝物として扱われてきた証《あかし》に他なりません。

また江戸大坂の天守とともに焼け落ちたといわれる焼失品十一口という膨大な数は、

豊臣家と徳川家がいかに郷義弘にこだわったかを如実に物語ります。

私はそれまでに、国宝の名物「稲葉江《いなばごう》」「富田江《とみたごう》」をはじめ、現存するすべての郷義弘を見たことがありました。記憶に残るそれらとの比較から、私はその刀を「十二口めの江」と断定したのです。

また、宗家当主と三分家当主以外には伝えられぬ徳阿弥家の「口伝奥義《くでんおうぎ》」の中に、「五郎正宗ト見ヘテ鍛《きたえ》更ニ靭《つよ》ク、地肌更ニ詰ミ、鉄《かね》更ニ美シキ物、郷ト極メヨ」という秘伝があり、その鑑点でも全員が一致しておりました。

郷義弘の師、五郎正宗は永らく武家社会の権威的象徴とされておりましたから、徳阿弥家ではひそかな口伝として、この鑑定方法を伝えていたのでしょう。

その刀はまさしく、「正宗に似てさらに靭くさらに美しい」、郷義弘でございました。

私たち四人は、純白の袱紗《ふくさ》の上に横たわった刀身を見つめたまま、しばらく烏帽子を寄せ集めて黙りこくっておりました。

ふと、西洞院が太ったあから顔を上げて、こう言った。

「甲斐江《かいごう》ではないかと、思うのですが……」

全員が顔を見合わせました。

甲斐江とは、武田信玄の差料《さしりよう》であったといわれる、郷義弘一代の傑作です。いや、正しくはかつてそういう刀があったと、語り伝えられていた。

「しかし、甲斐江は明暦の大火で焼失したはずだが」

と、一の橋が瞼《まぶた》をおおうほどの白い眉をひそめました。

「それが……私の調べたところ、享保名物牒にある甲斐江の体配、二尺一寸三分とぴったり一致するのです。まさに寸分たがわず……」

少しあきれたように、谷町が横目でにらみました。

「長さが同じだからといって、それが甲斐江だとは」

すると西洞院は憮然《ぶぜん》とした表情で谷町をにらみ返し、装束の懐《ふところ》から二通の封筒を取り出しました。

「これは応永年間の徳阿弥押形集、こちらは慶長の押形集のコピーですが、当時の甲斐江の押形があります。ごらん下さい」

押形集とはそれぞれの時代の当主が、鑑定した刀剣の姿と刃文を精密に描き写し、茎《なかご》を押形した一種の名品カタログです。

私たちは押形と現物とを見較べて息を呑みました。

応永押形は徳阿弥家三代禄山が室町将軍家の命により編纂したもの、同じく慶長押形は刀狩りに際して秀吉が十四代当主に命じたもので、いずれも権威ある文献です。両押形集所載の甲斐江の所見は、目の前の刀のそれとことごとく一致したのでした。

「まちがいない。甲斐江だ……」

谷町が眼鏡をはずして、悪い夢でも見たように目をしばたたきながら、そう呟《つぶや》きました。

刀の物打ち、つまり切先から三分の一ばかりのところには、大きな刃こぼれがあります。美術刀剣としては致命傷ともいえる疵《きず》ですが、その疵は室町初期の応永押形には見当たらない。桃山時代の慶長押形集には、はっきりと描いてあります。そして添書として、

「武田信玄公川中島合戦御出陣之折、謙信公甲斐本陣ニ打込、信玄公打払タル傷有之」

と、ありました。

こうなりますと、刀剣の鑑定というよりむしろ文化財的発見というべきでした。依頼人は京都の古い刀剣商ですが、ベテランの商売人もさすがに半信半疑で、西洞院家に持ち込んだということでした。

しかし、いざ折紙を書くという段になって、私たちの意見は分かれました。

西洞院は名物甲斐江の折紙を付けるべきだと主張し、谷町もまた歴史的発見を世に明らかにすべきだと言った。

一方、一の橋老は、甲斐江の焼失を記載する享保名物牒の権威を否定することに難色を示し、日を改めて再考すべきだと言った。

私はしばらく考えてから、一の橋の意見に同調しました。もちろん、刀の出来に疑問を持ったわけではありません。考え、惑《まど》ううちに、義父がしばしば言っていた、

「ここにあるはずの物がなくなるのは大変なことだが、ここにないはずの物があるというのはもっと大変だ」

という言葉を、ふと思い出したのでした。

結局、私と一の橋の慎重論が通って、結論は二月の惣見に持ちこすことになりました。

もともと私たちの仕事は、急ぐ理由がないのです。父祖代々、六百年もかかってやってきた、またこのさきも千年、二千年と続く仕事です。そのうえ、いわゆる蔵出しと呼ばれる未知の刀剣もほとんど現われなくなったこのごろですので、ひとつじっくりと検討しよう、いや鑑賞させてもらおう、という気持もあった。

西洞院と谷町が帰ったあと、一の橋老人が山茶花《さざんか》を見たいと言うのでお伴をしました。

冬枯れた裏山と竹林とを隔てて、まるでくれないの帯を解いたような山茶花の垣がめぐっております。

籐《とう》の杖に老いた体をもたせかけて、一の橋は言いました。

「これは、先代が大正の時代に植えたものです。私やご宗家や、谷町と西洞院の先代

や、ほかにみんな肺病で死んでしまったが、宗家のご兄弟たちが、ここから藪《やぶ》に入って遊ぶものだから、先代が竹の枝で大切な目を突くことを怖れて垣根を作ったのです」

私たちは垣根に沿った小径を歩きました。ときどき立ち止まって、一の橋は竹林の間に見え隠れする邸の屋根をながめます。

「ご宗家の具合の良いときを見計らって、あの刀をお見せして下さいませんか」

「さあ、なにぶんあのとおりのご容態ですので……」

私が答えると、一の橋は溜息《ためいき》をつきながら歩き出しました。「もしや、あの刀をお疑いなのですか？」

「いえ。少うし、鉄が若く見えたものですから――私も耄碌《もうろく》しましたかな。近ごろ暑い寒いもよくわからない」

「私は、良い物だと思いましたが」

「それは良い物ですよ。良い物だから私も郷義弘と極めたのです。しかし、あのぐらいの上手《じょうず》ともなると、私らごときの手には負えない――そうじゃないですか、賢吉さん」

謎めいた言葉を残して、一の橋は袴《はかま》の裾を気にしながら、山茶花の小径を下って行きました。

小日向君は話をひと区切りすると、こころもち赤みのさした顔を女装の主人に向けた。

「専門的なお話で、恐縮です」

主人はベールの下で微笑み返した。

「いえ、たいへん興味深いお話です。こちらには美術品に造詣《ぞうけい》の深い方も少なからずおいでになりますから。どうぞお気をつかわれずに、お続け下さいまし」

では、と小日向君はグラスを上げてひとくち喉《のど》を湿らせると、話を始めた。

「たいへん申しあげにくいことではございますが、その数日後、私はひそかに大学の研究室を訪ねて、旧知の助教授に問題の刀を見せ、いわゆる放射性炭素による年代測定を依頼したのです。一の橋の言葉が気にかかり、言われてみれば何となく地鉄の若さが感じられた。まさかとは思っても、正真《しょうしん》ならばまちがいなく国宝に指定される名刀のことですから、念のため、そうしたのです。もちろん、私たちが科学の力を借りることは、禁忌にちがいありません。しかし、あの人間国宝の一の橋老が、私らごときの手には負えないと言った刀です。疑念を取り除く手だては他に考えられなかった。

そしてその結果は——」

客たちはいっせいに顔を上げた。小日向君は天を仰いで言った。

「やはり一の橋の危惧《きぐ》したとおり、現代刀匠の手になる、贋物《がんぶつ》でした」

室内はどよめいた。恰幅《かっぷく》のよい背広姿の紳士がふいに立ち上がった。

「しかし、徳阿弥先生。それでは刀剣惣一の一門が全員だまされたことになる——いや、失礼。実は私、刀剣の蒐集《しゅうしゅう》を唯一の趣味にしている者ですが、何億もつぎこんだ立場としましては、穏やかではありませんよ」

「まったくおはずかしい限りです」

と、小日向君は、その刀の姿を思い起こすように目をつむった。

「それにしても——すばらしい刀でした。私は今、贋物という言葉を使いましたが、実はそうではない。銘があるわけではないのですから、正しくは郷の写し物、現代刀工の手になる甲斐江写し、というべきでしょう。勝手にだまされたのは、私たちのほうです」

「しかし先生、それほどの物ならば、売買の過程でも郷義弘の正真として通用していたのではないですか。だとすると、たいへんな金が動いたことになる」

紳士の方に向き直って、小日向君は肯いた。

「おそらく。徳阿弥の惣見がだまされるほどの出来ですから、市井の刀剣商や趣味の方々では、まずひとたまりもないでしょう。しかし、私は思うのです。仮に数億の対価が支払われたとしても、それは過《あやま》ちではありません。なぜなら――あの刀には郷と同じだけの値打がありますから」

紳士はひと声うなると、押し黙った。どよめきの静まるのを待って、小日向君は話を続けた。

そのころ、私の義父にあたる三十三世徳阿弥鳳山は、前年に脳卒中で倒れ、以来半身不随の病状でございました。

義父は鑑刀家として稀代《きたい》の目利きであると同時に、文化財の保護に一生を捧げた篤志家でもあります。戦後の混乱期には粉骨砕身して美術品の海外流失を防ぎ、昭和二十四年の文化財保護法の制定とそれに伴う新国宝の選定に大きく寄与したことは、ご存じの方も多いと思います。

大学からの検査結果にすっかり動転した私は、数日間も懊悩《おうのう》したあげく、ある晩ひそかに義父の寝室を訪れたのでした。

義父は私にとって唯一の師、そして――傲慢《ごうまん》な言い方をお許し願えるならば、私の力量の及ばぬ、ただひとりの目利きでございました。

寝室は扇谷の邸内の奥、竹林の裏庭に面した一室です。私は人払いをし、うつらうつらと意識も定かではない義父の枕元に座りました。

ことの顚末《てんまつ》をつつみ隠しなく語り始めますと、義父はうつろな半眼を見開いて小さく肯いておりました。

やがて、夜具の下から痩《や》せ衰えた右手を差し伸べた。

私は甲斐江写しの鞘を払い、義父の手に自分の手を添えて柄《つか》を握らせました。

一瞬、横たわったままの義父の目が、脅《おび》えるように吊《つ》り上がったのを私は見ました。

まるで正気に戻ったように刀身をにらみ、それから顎の先をわずかに、柄に向けて振った。

「茎《なかご》を、開けるのですね」

義父は肯きました。黒檀の目釘を落とし、柄をはずし、鎺《はばき》を抜くと、どうしても時代の錆としか思えぬ、みごとな茎が現われました。

乾いた唇をしきりに動かし、瞼をしばたたいて茎の鑢《やすり》目をにらむ義父の表情には、刀剣に挑む偉大な目利きの気魄《きはく》さえ感じられます。

やがて義父は、もういいというふうに、どっと顎の力を脱《ぬ》き、目を閉じました。

枕元をまさぐる指先に、私は筆談用の鉛筆を握らせました。便箋をさし向けると、義父はまるで末期《まつご》の力でそうするように、

「せいそうち」

と、ようやく判読できるかな文字を書きました。そしてそのまま鉛筆をとり落とすと、精も根も尽き果てたというふうに、大きな鼾《いびき》をかきはじめたのでした。

私はしばらくの間、呆然《ぼうぜん》と義父の書き残した「せいそうち」という、謎の文字を見つめておりました。どう読み返してみても、それは「せいそうち」としか読めず、しかもそれに類するような刀工の名も地名も、どう考えても思い出せません。

義父が渾身《こんしん》の力で私に伝えようとした、「せいそうち」とは、いったい何だったのでしょうか。

翌《あく》る二月の惣見の席で、私はまず、宗家代見役として鑑定を科学に頼ったことの非を詫《わ》びたうえで、大学から届いた年代測定の報告書を公開いたしました。

あまりの衝撃に、一座には言葉もなく、私の行動をとがめる者もいなかった。

いやしくも六百有余年の歴史を持つ徳阿弥惣見が、一口《ふり》の写し物にたばかられたのです。一同にとってその事実は、屈辱などという生やさしいものではなかった。

後代の名人の手になる写し物だというならまだしも、現代刀工の作品であるという鑑定結果は、まったく信じがたかった。いったい今日の狭い刀剣界のどこに、そんな名人がいるというのでしょうか。

たとえば江戸期の名工である南紀重國、井上真改、長曾禰虎徹、野田繁慶らは、こぞって郷義弘を手本とした作刀を手がけてはいるが、どれも本歌には遠く及ばないのです。その刀が巧みに時代とぎをかけられ、錆づけをされた現代刀だということは、今日どこかに、江戸期の名人たちをしのぐ、いや、郷義弘に並ぶほどの刀鍛冶が、たしかにいるということなのです。

私たちは、もうそれ以上のものが考えられないような気持になりました。

さて、その日の惣見の席には大阪の谷町家から、新たな一口が持ち込まれておりました。

二度続けて鑑定刀があがることは、この数年来なかった。私たちは心を静めるために、いったん控えの間に戻り、三十分ほど気軽な雑談をかわしたのち、再び気を引きしめて惣見の間に入りました。

するとーーさきに控えの席をはずした谷町が、どうしたわけか惣見の間にちんまりと座って、自分が持ち込んだ今日の鑑定刀を、じっとにらみ据《す》えているではありませんか。

手順をたがえた谷町の行動に、私たちは愕き呆れながらそれぞれの座につきました。

谷町は烏帽子さえもかたわらに脱ぎ捨てたまま、厚い眼鏡をかしげ、長髪を振り乱して、まるで若い徒弟がそうするように、一口の短刀にかじりついているのです。

やがて谷町は、短刀を中央の袱紗に置きました。

純白のしとねに身を横たえた、八寸余の短刀には、吉光の流麗な銘が切られております。

身幅は狭く、中直刃《ちゆうすぐは》の優しい姿ながら、重厚な風格が感じられます。鎺元《はばきもと》のあずきを四、五粒ならべたような小五《こご》の目《め》の乱れと、切先の鋩子《ぼうし》のあたりにひときわ荒い沸《にえ》がつくさまは、明らかに鎌倉期の京粟田口《あわたぐち》派の名匠、藤四郎《とうしろう》吉光の短刀にちがいない。

「ほう。藤四郎ですか」

谷町の異常な昂《たか》ぶりを何とか柔らげようと、私はそう笑いかけました。しかし谷町は、まるで叱《しか》られた子供のように肩をすぼめて短刀を見下したまま、まばたきひとつしない。

鞘を払われた抜身が置かれていること自体、すでに惣見の作法を踏みちがえているのですが、私はかまわず「お先に拝見いたします」、と言って手を伸ばしました。

その時、谷町がひとしきり身を慄《ふる》わせて、遮るように言ったのです。

「これは、薬研《やげん》です。名物、薬研藤四郎……」

私の手は凍《こご》えつきました。

こんどは大坂の陣で天守とともに焼け落ちた太閤《たいこう》遺愛の短刀が、姿を現わしたというのでしょうか。

「どうやら、日を改めたほうが良さそうですな」

と、一の橋が私に振り向いて言いました。

短刀が藤四郎吉光の作であることは、一瞥《いちべつ》して疑いようはないが、それをはなから焼失した名物だと決めつけるのは、谷町が正気を喪《うしな》っているのだと誰もが思った。実際、谷町の表情は、まるで咽元《のどもと》に刃先を当てられたように緊迫しているのでした。

「どうもあの甲斐江《かいごう》が頭にちらついてねえ」

と、西洞院が冗談めかして笑った。私も一の橋も、ただならぬ雰囲気をごまかすように笑った。ところが次の瞬間、私たちの笑い声はぴたりと止んだのです。

袱紗の上で札をめくり返すように、谷町がひらりと短刀の指裏《さしうら》を返した。そこには明らかな金象嵌《ぞうがん》銘で、

「豊太閤所持　薬研藤四郎　徳阿」

と記され、徳阿弥二十三代当主のものと思われる花押《かおう》がうがたれていたのです。

一の橋老が、「ああっ」と声を上げました。

「これは……兼山の花押、ですね」

私が言うと、谷町は青ざめた顔を上げて肯きました。

二十三代兼山師は、徳阿弥家中興の祖と謳《うた》われる、寛文、延宝のころの当主で、その折紙は歴代の中でも最も珍重され、信頼されております。私たちが神のごとく尊敬する祖先の鑑定が、短刀の指裏にありありと金象嵌されていたのです。

現世にないはずのものがまた一口、目の前に現われた。私たちは恐ろしさのあまり、誰も刀に手を触れようとはしませんでした。

「それも、偽物だったのですか」

暖炉の前に座っていた老人が、パイプの口をこめかみに当てて、静かに訊ねた。

「はい。おそらくは甲斐江と同じ作者の手になる——」

話しながら小日向君は答えた。

「名物薬研藤四郎については、今日も伝わる国宝の平野藤四郎と同一の物だという説と、大坂落城の際に焼失した別物だとする説があります。戦国時代のある武将が、落城に際してこの短刀で切腹しようとしたが、どういうわけか腹に刺さらない。このなまくらめ、と投げ捨てたところ、そばに置いてあった鋳物《いもの》の薬研を、ぶすりと突き通した。つまり持主の命を惜しんで腹を切らせなかった、というわけです。以来この短刀は薬研藤四郎と呼ばれて、足利将軍家の守り刀となり、松永弾正久秀《まつながだんじょうひさひで》が二条館で将軍義輝《よしてる》を謀殺した際に手に入れ、さらに和睦のしるしとして将軍家から信長へ、そして秀吉の手へと移ったと言われております」

小日向君がひと息つくと、人々は影を寄せ合って、ざわざわと囁《ささや》き合った。

「それがニセモノであるということは、やはり大学で？」

と、女装の主人が口を開いた。

「いえ。夜半までかかって、極めました」

「ニセモノだと判断することができた、というわけですね」

「そうです。私たちは藤四郎の作柄については、みな詳しく知っておりましたから。それこそ手順もしきたりもそっちのけで。さまざまの資料を引っぱり出しまして——まるで修行時代に戻ったような騒ぎでございました」

「短刀だからわかりやすかったのでしょうか」

「いえ、藤四郎の短刀はその薬研通しの伝承のせいで、江戸期には多くの大名旗本が所持していたのです。もちろんそんなにたくさんの吉光が存在するわけはないので、そうした家伝の守り刀の中にも贋物は多かった。つまり私たちは、こと藤四郎吉光に関しては、かなりの数の真贋を鑑定しており、そのノウハウも十分に持っていたのです。その分、さきの郷義弘の場合より学習経験が豊富でした。それに……」

と、小日向君は、いったん言葉を切って、主人の方に向き直った。

「郷のあと、ということで、まず疑ってかかりましたから。古書にある薬研藤四郎とぴったり同じ八寸三分の長さ。金象嵌の兼山極め。これではあまりに話ができすぎている。資料の記述にそって、巧みに打たれた偽物だと疑ってかかるのが、ふつうでしょう」

パイプを弄《もてあそ》びながら、老人が言った。

「なるほど。贋作者の勇み足、というところですかな。過ぎたるは及ばざるとか、蛇足とかいう」

「いえ、それはちがいます」と、小日向君は否定した。「私は逆にこう考えたのです。徳阿弥の権威に挑むように、謎の贋作者はわざとそんな手のこんだまねをしたのではないか。どうだ良く見ろ、これほどの偽物を作れるのだぞ——そう言っているように、私には思えたのです」

夜半まで続いた惣見のしめくくりに、長老一の橋はこう言いました。

「二度の惣見でわしらが見たものは、いっさい口外してはならぬ。二口の刀の出所についても、いっさい詮索してはならぬ。良いな」

異議をとなえた者は誰もおりません。悪い夢を見たのだと、私は自分自身に言いきかせました。本歌をしのぐ贋作など、けっしてあってはならないのです。

西洞院と谷町が退出してからも、一の橋はじっと板敷に座って、短刀を見つめておりました。

「これから御宗家におうかがいをたてる。お取り次ぎ下さい」

装束のたすきを解き、袴の股立《ももだ》ちをほどいて、一の橋は何事かを決心したように立ち上がりました。

「これからでございますか」

私たちはその日、八幡宮に参殿する前にそろって義父を見舞っており、その病状は一の橋も知っているはずです。

ためらう私に、「御代見にも同席していただきたい」と一の橋は言い、短刀を携《たずさ》えて惣見の間を出ました。

扇谷の徳阿弥邸は、幕末に建てられた書院造りでございます。廻廊の右側には遣戸《やりど》と蔀《しとみ》とで隔てられた小部屋が並び、左側は舞良戸《まいらど》を吊った落とし縁で、その先は広い遠州流の庭が続いております。

一の橋は山の端《は》にかかる月かげを浴びながら、冷えた廻廊を先に立って進みます。庭が裏山の竹林に呑まれるあたりで、長い廊下は杉の一枚戸に突き当たる。その先が義父の寝間になっております。

潮鳴りとも、山の戦《そよ》ぎとも聞こえる低いうなりが、扇谷の夜空をめぐっておりました。

「灯りは、よろしい」と一の橋は言いました。書院からさし入る月の光で、寝室は思いがけない明るさでした。

枕元に座ると、一の橋は義父の寝顔を覗《のぞ》きこむようにして、「よっちゃん」と呼びかけた。

義父はうっすらと瞼をもたげ、わずかに肯きました。

「こんな夜中にすまんが、とんだことになってなあ」

刀袋の緒を解きながら、一の橋はしみじみ呟いた。短刀を装束の膝に置くと、老いた目を私に向けました。

「わしもこの齢になって、まさかこんなものに出会うとは思ってもみなかったが――こうなっては賢吉にも言っておかねばなるまいと思うてな」

焦点の定まらぬ目を、ごろりと一の橋に向けて、義父は乾いた唇を慄わせております。一の橋は烏帽子をかしげて、義父の口元に耳を寄せました。

「賢吉か、賢吉ならそこにおる。なに、よっちゃんが心配することはなにもない。いい目利きだ。精三なんぞに、たばかられるものか」

一の橋はそう言って、義父の足元に座る私を手招きしました。

精三なんぞに、と一の橋はたしかにそう言った。そんな人物の名は、今まで聞いたことはありません。しかし、「精三なんぞにたばかられるものか」という言い方は、その精三なる人物と私が、すでに何らかの形でかかわっているというふうに聞こえました。

私がたすきを解いて隣に座るのを待って、一の橋はおもむろに短刀の鞘を払い、柄もはずした。刀身にたもとを添えて、義父の胸の上にかざしました。

義父の病み衰えた目が、甲斐江写しの太刀を見たときと同じように、くわっと精気をとり戻すのを、私は見ました。

「精三だな、この手は」

一の橋がそう言うと、義父はまるで脅《おど》されてでもいるように、いくども顎で肯きました。

私はそのとき初めて、はっと思い当たったのです。

義父が私に伝えようとした「せいそうち」は「精三打ち」、すなわち精三という刀工が打った刀、という意味であったにちがいありません。

義父は夜具からわずかに自由の利く右手を抜き出して、低く唸《うな》りながら私を指さしました。

「おお、わかっておるよ。賢吉には言っておかねばなるまいな」

短刀を収めながら一の橋が言うと、義父は体じゅうの息を抜くようにして、大きく肯きました。


小日向君の話が進むにつれ、部屋の中の灯りは次第に暗くなるようであった。

「私はその晩、徳阿弥家のたいへんな秘密を知ったのです」

話しながら小日向君は言った。その口ぶりには、まるで毒を吐き出すようないらだちさえ感じられた。

女装の主人の合図でボーイが席をめぐり、グラスを替えていった。そのわずかな幕間は、小日向君の心を鎮《しず》めるための配慮にちがいなかった。

「その精三という謎の人物が、贋物作りの名人であったというわけですか」

刀剣の蒐集家であるという紳士が、とても他人事ではないというふうに言った。

「実はですね、先生。先日、重要刀剣の清麿を買ったのです。三千八百万は高くはないと思ったんだが……」

代価を聞いて、人々はどよめいた。清麿は幕末の名工である。出来によってはけっして高い値段ではない。

「刀って、そんなに高いの？」

赤いドレスを着た女が、目をみひらいて言った。

「それは美術品だからね。いま先生のお話にあった郷義弘や藤四郎吉光なんか、実際売りに出ればいくらの値がつくかわからない。それこそゴッホやセザンヌみたいになるんじゃないですかね」

紳士の言うことはもっともであった。文化財級の名刀ともなれば売買はひそかに行われるから、いくらの値がついているかは誰にもわからない。西洋の名画のように数十億数百億という金が動いても、少しもふしぎではないのだ。

小日向君は売買の話については口をつぐんでいた。おそらく、そういったひそかな取引を仲介することも、彼の仕事のうちであるにちがいない。

売買の話が小日向君に及ぶのを気づかって、私は話題をもとに戻した。

「それで、その精三という人物は、いったい何者だったのですか」

いくらか平静さを取り戻してグラスを傾けながら、小日向君は答えた。

「それは、もとは徳阿弥の一門で――」

ええっ、と人々の中から愕きの声が上がった。「一門というより、まかりまちがえば徳阿弥宗家を継いだかも知れない立場の人だったのです」

小日向君はボーイの手から新しいグラスを受け取ると、噛《か》んで含めるようにひとりひとりの顔をながめ渡した。

「一の橋の話すところによれば——徳阿弥の先々代には四男一女があったのですが、もともと肺結核の血筋で、そのうち男子三人までが早世したのです。残った男子が私の義父なのですが、その義父も二十歳を過ぎて発病した。そこで先々代は、女子に一門の高弟をめあわせて、跡を継がせようとしたのです」

「その高弟というのが、精三という人なのですね」

女装の主人が間を突くようにして言葉をはさんだ。

「そうです。精三は北海道の貧しい野鍛冶《のかじ》の子で、弟子というよりも奉公人として徳阿弥の邸にあがっていたのです。おそろしく手先の器用なところが先々代の目に止まり、同年代の義父や一の橋とともに教えを受けるようになった。そのころの徳阿弥家は軍国の時代背景もあって刀剣の鑑定のみならず大いに鍛刀も手がけておりました。精三の才能は、鑑《み》るにつけ鍛《う》つにつけ、門弟の中で群を抜いていたと、一の橋は申しておりました。やがて先々代はそのあたりの技倆を見込んで、一人娘を精三にめあわせたのです。ところが、そういう立場を得たとたん、精三は本性を現わした——もっとも、それは一の橋の言い方ですが」

小日向君はそこでふと口をつぐんだ。宗家の入婿という精三の境遇が自分と似ていることに、言葉を選ぶ必要を感じたようであった。

「どうぞありのままを。先生の人となりは、皆さまよくご存じですから」

と、主人が促した。小日向君は気を取り直すように話を続けた。

「出入りの軍人たちと付き合うようになって酒を覚え、酔っては周囲をないがしろにするようになった。鋤《すき》や鍬《くわ》を打つ卑《いや》しい野鍛冶の正体が現われたのだと、一の橋はそう申しておりました。折しも義父の病は、当時の最新技術であった片肺除去手術が成功して、快方に向かった。これ幸いとばかりに――一門は精三を放逐したのです」

「破門、ということですか」

腕組みをして、紳士が訊《き》いた。

「そういう言葉は聞いておりませんが、たぶん。軍人からまいないを受けて、勝手に添状を書いたと、一の橋は申しておりましたが、真相はどのようなものであったか……いえ、何も精三の肩を持つわけではありません。真に刀の見える者は、けっしてそういうまねはしないものだと、私は信じているのです。精三は石もて追われるように扇谷を去った。その妻、つまり義父の妹にあたる人も、ともに家を出たそうです。そしてその行方は杳《よう》として知れなかった――」

話しながら、小日向君はふと悲しげな顔をした。感情を押しとどめるように、羽織の袖を膝について、二の腕をさすった。

「私は一の橋の話を聞くうちに、それらはすべて徳阿弥がわの勝手な言い分のような気がして仕方がありませんでした。もちろん私の生まれるずっと前の出来事ですから、言い切るわけにはまいりません。しかし、これだけは言えます。たとえ写し物とはいえ、あの甲斐江や薬研藤四郎を打つほどの名手が、性根の卑しかろうはずはない。酒に溺《おぼ》れて身を持ち崩すはずはない、と。刀は鑑る者に、いろいろなことを語りかけます。精三打ちの刀をじっくりと鑑ているうちに、私はなんとなく、見知らぬ精三の人となりが、わかるような気がしてきたのです。口でうまく言い表わすことはできませんが——そう、鉄《かね》があたたかいのです。郷の写しにしても、藤四郎の偽物にしても、本歌と唯一ちがうところといえば、その地鉄の持つあたたかみ。徳阿弥の邸ではけっして感じられることのない、ふしぎなあたたかみがあった。一の橋や義父が精三打ちと気付いたのは、たぶんそのあたりの地鉄のイメージを、どこかに記憶していたからでしょう」

小日向君は話を続けた。

義父が亡くなったのは、それから数日後のことでございました。

同時に私は三十四代宗家を継承し、正式に刀剣惣一・徳阿弥談山を襲名いたしました。

なにぶんこうした家のことでございますから、当主の名前には公私にわたるさまざまの肩書がついてまいります。数えていればそれこそきりがないお役目を、そっくり継承するのですから、そのあわただしさといったらただごとではありません。

その間、二口の刀剣のこと、精三という偽物師のことを忘れたわけではありませんが、とりたてて思い起こすほどの余裕はなかったのです。

ようやく人ごこちがついたのは夏もさかりのことでございます。

奈良と京都の両国立博物館に挨拶まわりをすませ、西洞院家に立ち寄った私は、当主から薪能《たきぎのう》のさそいを受けました。

ご存じの方も多いと思いますが、それは観世流の「小鍛冶《こかじ》」と申します能で、私どもにとってはたいへん興味深い演目でございました。

平安の昔、ときの一条帝より太刀を急ぎ打てとの勅諚《ちよくじよう》を賜った三条宗近が、童子に姿を変えた伏見稲荷の相鎚《あいづち》を得て、みごと一夜にして神剣「小狐丸」を打ち上げる、という物語でございます。

三条宗近は平安末期に実在した刀匠で、今日に伝わる刀剣の中では最も稀少な、いわば古典中の古典というべきものでございます。

国宝の三日月宗近に代表されるとおり、その作風は細身長寸の雅《みや》びな衛府太刀《えふだち》で、武家社会の刀工たちのとうてい及ばぬ品位を備えております。

三条小鍛冶宗近と称し、今日も「小鍛冶」と言えば宗近の作刀を指します。

その意味にはさまざまの解釈がございますが、「市井の小物鍛冶」とか「野鍛冶」と同様の意味ですから、名工宗近ならではのしゃれた自称というところでしょうか。雅号という概念が文化史上にまだ現われないころのことですので、もしかしたら一種の商標のようなものであったのかも知れません。

初めて見た「小鍛冶」の舞台には、たいへん感動いたしました。ことに、幣《ぬさ》をめぐらし、注連縄《しめなわ》を張った壇のあるばかりの簡素な舞台に伏見稲荷の化身が顕《あら》われ、「教への鎚をはったと打てば、ちゃうと打つ、ちゃうちゃうちゃうと打ち重ねたる鎚の音、天地に響きておびただしきや」という謡《うたい》にのせて、ワキシテがはげしく鎚をふるう場面では、思わず胸のおどる思いでございました。やがて宗近は打ち上がった太刀の佩《はき》表《おもて》に「小鍛冶宗近」と銘を切り、続いて稲荷の化身が佩裏に「小狐」と彫る。

今日わずかに伝来する宗近の作刀の銘は、「三条」または「宗近」の二字銘で、「小鍛冶宗近」という銘は存在しません。宗近のあの雅びな衛府太刀の茎《なかご》に、そんなしゃれた銘が切ってあるさまを、私はうっとりと想像したものでした。

その晩は幸い私も西洞院も、伴のいないお忍びでございましたので、能の終わったあと気のおけぬ小料理屋の止まり木で、心ゆくまで痛飲いたしました。

それは河原町の路地を入った、いわゆる「おばんざい」という季節の家庭料理を出す店で、酒も肴《さかな》も実にうまかった。

つい時を忘れて盃を重ねるうちに夜も更け、女将《おかみ》は暖簾《のれん》を下げ、板前は包丁を研ぎ始めました。

すっかり酩酊した西洞院を女将にまかせて勘定を払おうとしたとき、板前の研ぎあげた包丁がふと目に入りました。

酔ったかなと思って首《こうべ》をめぐらし、もういちど見ますと、やはりそれは包丁と呼ぶにはあまりに美しい鉄《かね》の色をしているのです。

私の不作法な申し出に、板前はしぶしぶと柄を差し向けました。刃渡り八寸五分ばかりの立派な包丁です。私はその鍛えのすばらしさに目をみはりました。

深い淵を覗きこむような梨子地の肌に湾《のた》れごころの刃を焼き、明るい沸《にえ》におおわれた刃中には、鋭い金線や砂流《すなが》しがかかっております。それはまるで粟田口の短刀を思い起こさせるような包丁だったのです。

裏を返すと棟寄りに、まったくみごとな剣巻龍の彫物があり、そしてその下に――私は「精三鍛之」という流麗な銘を見たのでした。

「もうよろしおすやろ」

板前はぶっきらぼうに言った。

「これは、どこで?」

「錦小路の高善ですねん。そやけど、行かはっても無理ですえ。店先に置いてあるようなもんと違いまっさかい。わても注文してから、三年待ちましてん」

「この鍛冶は、京都の人なのですか」

「さあ。よう知らんけど……精三打ちゅうたら、わてら料理人のあこがれです」

呆然と立ちすくむ私の胸に、小鍛冶という言葉が甦《よみがえ》りました。

板前は研ぎ上げた包丁を真白な晒木綿《さらしもめん》で包み、桐箱にそっと収めます。それからまっすぐに私の目を見、酔いつぶれた西洞院をにらんで、ひとことこう呟きました。

「国宝にはならへんけど、板前の包丁は見て楽しむもんとちゃいますねん。それだけは言うときまっせ、先生」


あくる日はまるで町全体が油紙にくるまれたような、暑い日でございました。

錦小路の刃物屋の主人に書いてもらった地図をたよりに、土地鑑の悪い私はいちど知恩院の門前に立ち、そこからまっすぐ西へ下る新門前町を歩き出しました。

東山の蟬《せみ》の声が遠ざかると、かわって祇園囃子《ぎおんばやし》が聞こえてまいりました。こんちきちん、こんちきちんと、字のとおりの囃子が、町屋の二階に並んだ京簾《きょうすだれ》のどこからか流れて来ます。

風は動かず、犬の吠え声も自転車の音も、往来の囁きも、悪い録音のようにくぐもっておりました。その中で、こんちきちん、こんちきちんという音色だけが、まるで天から降り落ちてくるように、いくら歩いても遠ざかりも近づきもしません。

路上には打ち水の陽炎《かげろう》が、ゆらゆらと立ち昇っております。

人ひとりがやっと潜《くぐ》り抜けられるほどの路地の表に、何枚もの表札が並んでいます。いったいこの奥はどういう仕組になっているのだろうと訝しみながら、私はとうとうそのうちのひとつの路地の入口に、「平田精三・ちよ」と書かれた、粗末な表札を見つけ出しました。

路地の奥からは、ひんやりと涼しい風が吹き抜けてまいります。その心地よさといったら、ためらいがちに佇《たたず》む私を、暗い井戸の底から手招くようでございました。自分がいったい何のためにここを訪れたのか、何をしようというのかわからぬまま、私は路地の濡《ぬ》れた石畳を踏み出しました。

路地は突き当たったと思うといっそう狭まって右に折れ、さらに左へと迷路のように曲がります。

両側の古いたたずまいの民家は、どこも小さな工場か職人の作業場であるらしく、機械の規則正しい音や、さくさくと道具を操る気配がいたします。暗い窓のあちこちから、職人たちのうろんな目が、私を追ってくるような気がしました。

路地は歪《ゆが》んだ黒塀に囲まれて行き止まりました。小さな木戸の前に、炭俵が積み上げられております。坪庭から吹き抜けてくる風に乗って、かすかに藁灰《あく》を焼く匂いが漂っております。

朽ちた敷居をまたいで庭に入ります。真四角の空の下に、苔《こけ》のみっしりと生えたそこは、こうごうしいほどの清浄な空気に満ちておりました。

庭の奥に古家があり、ぽっかりと口を開けたにじり口の脇に、櫺子《れんじ》窓が張り出しています。私は窓に寄ると、息をひそめて家の中を覗きこみました。

日ざしの中を歩きとおしてきた目に、屋内の様子が少しずつ現われます。

低い天井から下がる純白の幣《ぬさ》。煤色《すすいろ》に光る壁に張りめぐらされた注連縄《しめなわ》。そしてあかあかと切炭をたくわえた火床《ほど》の前に、浅黄色の鍛冶装束を着、高烏帽子を冠った老人が、右手に小鎚を握ったままじっと座っております。まるで勅諚を賜って小狐丸の想を練る宗近が、そこにいるようでした。

老人は背中まで届く白髪を、烏帽子のうしろで束ねている。何かに見入っているのでしょうか、呼気の分だけわずかに肩が揺らいでいます。

「誰や」

と、老人は細い首だけをからくりのように動かして横を向きました。薄暗い壁に、鋭い鷲鼻がくっきりと浮かびあがりました。

「錦小路の高善さんでここを聞いて……」

と、私は名乗れぬままに、そう言いました。

「しゃあないな。仕事ならもうしまいや言うてあるはずやけど」

と、老人は窓越しの私をひとめ見たなり、異様な感じのする大きな目を、ふと閉ざしました。

「はて、職人さんには見えへんなあ。ご商売か」

包丁ではなく刀か、というふうに聞こえ、私はひやりとしました。

「まあ入り。人目につくさけ」

言われるままににじり口をくぐって土間に入りました。藁灰《あく》を焼いた煙が、櫺子窓から射し入る光の中で、いささかも動かずに縞《しま》紋様を描いております。

「鎌倉から、まいりました」

いくつもの言葉を選んだすえ、ようやくそう言いました。

「なんや。徳阿弥のつかいか」

「つかいではありません」

老人は小鎚をかたわらに置くと、膝をめぐらせてこちらを向き直りました。火床の火が装束の肩や肘の輪郭を隈取っています。まるで人形のように小さな体の上に、真白な顎鬚《あごひげ》をたくわえた、やはり小さな顔があります。後ろ姿がたいへん巨《おお》きく見えたのは、こわい麻の装束のせいでした。

「つかいやない、言わはると」

「私が徳阿弥でございます」

私たちの間には注連縄を張りめぐらせた水桶が置かれ、その縁には無造作に大鎚が立てかけられております。老人はじっと私をにらみ、ふいに身を反りかえらせて笑った。

「そら驚いた。談山いうのはあんたかいな。評判の目利きやいうから、もうちいとましなつら構えをしとると思うたが――若いな、いくつや」

「三十五です」

老人は膝を叩いて、またからからと笑った。

「なるほど、噂どおりの素直な子ォや」

まるで私を品定めでもするように、老人は小首をかしげ、目を細めました。

「で、なんや。徳阿弥のご当代が、このわしにいったい何の用事やねん」

私はきっかりと老人の目を見据えて答えました。

「薬研《やげん》藤四郎を拝見いたしました。甲斐江《かいごう》も」

老人は微笑みを消し、大きな、ふしぎなくらいに澄んだ瞳で私を見据えました。

「とうとう、極めよったかい」

一瞬、老人の言葉が頭の中を駆けめぐりました。

「とうとうとは、どういう意味でしょう」

「とうとうはとうとうや。鳳山は刀が見えんさけ、わしの打った刀をただの一口もよう極めなんだ。正恒、友成、一文字、長光、景光、正宗、左文字《さもじ》、虎徹、真改、助広……みなごていねいに折紙をつけよったで」

驚きのあまり、私はよろめいて壁に背をもたせかけました。

「あんた、よう極めよったな。ええ目えしとる」

「いえ、極めたのは、義父です。義父が精三打ちだと、はっきり申しました」

「ほ。棺箱に片足つっこんで、ようやく目えが開いたいうのんか。はてな——そういうもんかも知れへん」

老人はしばらく思いめぐらすように、櫺子窓の外に目を向けておりました。それから後ろを振り向くと、框《かまち》に置かれていた抜身の刀を手に取った。

反りが浅く身幅の広い豪壮な姿に、華やかな大乱れの刃文を焼いています。地肌は遠目にも深みのわかるほど、青黒く澄んでいます。

「清麿、ですか」

私が言うと、老人は鉤《かぎ》形の鋭い眉を吊り上げました。

「よう鑑るやないか、当たりや。ただし、これは正真やで」

老人はしばらく清麿のみごとな立姿を見、それからゆっくりと、切先を光に向けました。茎尻を目の高さに上げて、刀身の地肌をすかし見ながら、ぽつりと呟きました。

「へたくそやなあ、清麿は。四谷正宗が聞いてあきれるわ……」

次の瞬間、精三はさげすむように刀身から目を離すと、やおら鉄床《かなどこ》の上に清麿の切先を打ちつけたのです。私は思わず、わっと声を上げました。

「なんてことを、なさるんです」

「どうもこうもあるかい。へたくそやから、潰《つぶ》したるんや」

鉄床の上でぎりぎりと刃を引き切り、精三は壁に向かって清麿を投げつけました。

「なんやその顔は。こんなもんなら、なんぼかてわしが打ったるわい」

「あなたはどうかしてる」

精三は小鎚を振り上げると、そっぽうの弾《は》ぜるほど、力まかせに鉄床を叩きました。それからふうっと大きな溜息とともに体じゅうの力を抜き、節張った匠《たくみ》の指先で膝元の藁灰を弄びながら、こう呟いた。

「――かかあが死によってな。五十年も女だてらにわしの向こう鎚を叩いたかかあやった」

「それは……」

私は返す言葉を失って、水桶に立てかけられた大鎚に目を向けました。

「そや、あんたとは他人やないんやった」

「私の家内の、叔母様にあたる方ですね」

ほの暗い鍛錬場の中には、煤《すす》けた、気の遠くなるような時間が積み重なっているように思えました。

「せやから、仕事はもうしまいや。かかあも死んで、鳳山も死によって、あんたなんぞわしはよう知らんし。もうここらで堪忍《かんにん》したるわ」

精三がそう言って哀《かな》しげな目を上げたとき、私はほとんど考えもなく、自分でも信じられない言葉を口にしたのです。

「もう一口だけ、打っていただけませんか」

にじり口から吹き抜ける風が、からからと鳴り子のように幣を鳴らしました。

「――徳阿弥が、わしに刀を打て言わはるんか」

「はい」

「あんた、自分が誰だか承知したはるんか」

「はい、わかっています」

私の心をすかし見ようとするように、精三は押し黙った。

「で、何を打て、言わはるんや」

「小狐丸を、打って下さい」

精三は驚いたように目を見開き、口元を歪めて微笑みました。

「言うたな、小僧――わしに、宗近を打てやと」

「代金はお払いします。おのぞみなだけ」

「徳阿弥のくされゼニなんぞいるかい」

「打てませんか」

「ふん、わしに打てんものがあってたまるか。わしは天才や。打て言うのやったら草《くさ》薙剣《なぎのつるぎ》かて打ったるわい」

「向こう鎚は、私に打たせて下さい」

精三は冷ややかに私の顔を見つめてから、いきなり部屋中をゆるがすほどの大声で笑い出しました。

「だめでしょうか、私では」

「せっかくやが、徳阿弥談山では、ちと役者が足らん。この精三が宗近になりかわって小狐丸を打つからには、向こう鎚なら――」

風が抜けて、からからと幣が鳴りました。ふと精三の視線を追って土間の隅に目をやった私は、そこにはっきりと、縹色《はなだいろ》の装束を着、赤い鉢巻に金の冠を冠った稲荷明神の化身を見たのです。

「あんた、小鍛冶の能を知っとるやろ。小狐丸の向こう鎚なら、伏見稲荷の奇特に頼らなあかんで。そやろ、徳阿弥――」

あちこちで溜息が洩れた。

童子の姿をした伏見稲荷がたしかにそこにいたのだと、小日向君は言った。

「まるで、狐につままれたようですな」

円卓に座った男が冗談まじりに言っても、誰も笑おうとはしなかった。真実を語ることと胸に蔵うこと、それともうひとつ疑念をはさまぬことも、この会合の掟のようであった。

「そうかも知れません。しかしそのとき私の見たものは、確かに小鍛冶の舞台そのままの童子でございました。伏見稲荷のご化身が、土間の隅に、こう、座っていた」

小日向君は童子の姿をまねるように、背筋を伸ばし、拳を股のつけ根に置いた。

「話は、それでおしまいです」

沈黙からひとり脱け出すように、小日向君は言った。声を殺した不満が口々に囁かれた。

ゆっくりと室内を見渡してから私の顔色を窺《うかが》い、小日向君はくすりと鼻で笑った。

まるで、話の続きは考えて下さい、とでもいうふうである。

「それで、おしまいなのですか」

　と、人々の不満を代弁するように、女装の主人が言った。

「はい、おしまいです」

「皆さまが眠れなくなると、困りますね。眠れぬ夜のために、こうしてお集まりいただいているのですから」

「そうですか――では、後日譚だけを添えておきましょう――わずか半年の後、小狐丸は打ち上がっておりました。約束の日に私が訪ねますと、すっかりとりかたづけられた土間の中央に、みごとな古代の太刀がぽつんと置かれていたのです。佩表に小鍛冶宗近、佩裏に小狐と銘があった」

「ああ、それじゃ物語のままの……」

「そうです。そしてあれほどの鉄《かね》を、私はかつて見たことはありません。いや、これからも見ることはないでしょう。しかし――」

　と、小日向君は満足げに肯き、きっぱりとした口調で言った。

「しかし、それは宗近ではなかった。小鍛冶宗近の古雅な銘に並べて、細たがねの美しい字体で、添銘があったのです。

応徳阿霊《とくあのもとめにおうじ》　平田《ひらた》精三《せいぞう》鍛之《これをきたう》　畢生之《ひっせいの》作也《さくなり》、と。

　その添銘の周囲だけ、古代の錆が削ぎ落とされておりました。私は思わず刀身を抱いて、その場に長いことうずくまっておりました。以来、精三の行方は誰も知りませんーー話は、これでおしまいです」

小日向君はもう二度と口を開こうとはしなかった。


主人の合図で、円卓の上に食事が供された。

まるで一幕を終えたように、室内は明るさを取り戻し、雑談の花が咲いた。人々は席を立って、めいめいにオードブルや鮨《すし》をつまみ始めた。

小日向君は二人分の小皿を運んでくると、私をベランダにさそった。

光の渦を眼下に見下す空中庭園に出て、私たちは厚い木組の長椅子に腰をおろした。

「わかっていただけましたよね」

キャビアを頬ばりながら、小日向君は言った。

「さあ。わかったような、わからないような」

「たぶん、わかってらっしゃるでしょう。あなただけにはわかって下さらないと困ります」

「刀の話はもちろんよくわかりました。しかしーー」

私はずっと考え続けていたことを、ひとつだけ訊ねた。

「いったい小狐丸の先手《さきて》は、誰がつとめたのですか？」

小日向君はふと手を止めて、私を見た。

「うん。その疑問を持つのは、あなただけですね。刀は向こう鎚を打つ先手がいなければできないから。つまり、みなさんは話が半分しかわかっていないのです。精三という天才的偽物師のことしか。さて、誰でしょう、童子の正体は」

鮨を一口つまんでから、私は答えた。

「こういうのはどうでしょう――五十年前、鎌倉を追われたとき、徳阿弥家にはひとりの男の子が残された。徳阿弥の血をつなぐ者として。祖父と伯父の手で父母を奪われた子供は、徳阿弥を呪いながら成長した。やがて徳阿弥も、子供のうちにひそむ精三の血に気づき、それを怖れるようになった。そして他人のあなたを娘婿とし、家を継がせた。初めてあなたが精三と会ったとき、彼がふと口をすべらせたように、あなたは噂どおりの素直な子、ですから。伝統をつなぐ者は凡庸でなければなりません。しかし、天才の向こう鎚は凡庸ではつとまりません。やはり天才の血を享《う》けた者、たとえば『鋼鉄の魔術師』と呼ばれるような天才でなければね。――話としては、それが一番おもしろいと思いますが」

「そう。それが一番、おもしろい」

小日向君は実に満足そうに、嫣然《えんぜん》と笑った。

椅子から立ち上がると、徳阿弥談山はまるで二引龍《ふたつびきりょう》の羽織の袖に夜景を包み込むような、大きな伸びをした。

「よかった。凡人はこれでようやく眠れます。さ、そろそろまいりましょうか。じきに次の話が始まりますよ」

糸電話

「みなさま、お揃《そろ》いですか」

来客たちが思い思いの椅子《いす》に腰をおろすと、女装の主人は広いラウンジを見渡した。

私は小日向《おびなた》君と並んで暖炉に近いソファに座り、炎に手を温《ぬく》めた。休憩時間に空中庭園でワインを飲み、すっかり体を冷やしてしまった。

いくらか酒が入ったせいであろうか、小日向君は親しげな口調で私に語りかけた。

「どうだい。とても途中で帰る気にはならんだろう。忙しいくせに退屈している人種にはたまらない道楽だ」

言い得て妙である。来客たちの顔を見れば、彼らがけっして暇をもて余す老人ではなく、「忙しいくせに退屈している人種」であることがよくわかった。

沙《さ》高楼《こうろう》と名付けられた高層ビルのペントハウスに寄り集《つど》い、高みに登りつめた人々の秘密を披露し合う。偶然のなりゆきとはいえ、このような興味深い会合に招いてくれた小日向君に、私は感謝をしなければならなかった。

「ところで、どういうグループなのかな。みなさん年齢も職業もまちまちのようだが」

「さあ――実は僕もよくわからないんだ」

「わからない？」

「ある日突然、招待状が来た。パーティの内容はまったく意味不明なんだが、ひどくそそられてね。ほら、さっきマダムが言っていたろう――みなさまがご自分の名誉のために、また、ひとつしかないお命のために、あるいは世界の平和と秩序のためにけっして口になさることのできなかった貴重なご経験を、心ゆくまでお話し下さいまし――招待状にはそれだけが書いてあったんだ」

十数人の来客たちに共通する点は、居ずまいの正しさである。突然の招待状はけっして偶然に届けられたのではあるまい。功名をとげ、なお現在もしかるべき地位にある人たち。あらかじめ厳選された人々がのっぴきならない秘密を披露し合うことこそ、このふしぎな会合の目的なのだ。

「事実は小説より奇なり。あるいは、王様の耳はロバの耳――」

小日向君は暖炉の炎に目を細めながら、そう言ってくすっと笑った。

やがて女装の主人が、舞台の上にあるような朗々とした声で言った。

「みなさま、今宵も沙髙樓へようこそ。次のお話をうかがう前に、もう一度お断わりしておきます――語られます方は、誇張や飾りを申されますな。お聞きになった方は、夢にも他言なさいますな。あるべきようを語り、巌《いわお》のように胸に蔵《しま》いますことが、この会合の掟《おきて》なのです――では、志摩先生。お願いいたします」

人々の視線が、円卓の上座に注がれた。銀の燭台《しょくだい》の炎の中に、縁なしの丸いメガネをかけた、品のよい男の顔が照らし上げられた。細い、神経質そうな指を顎《あご》の下に組んで、男は聴きとりづらい小声で話し始めた。


私は、先日亡くなられた橋口先生のご紹介で、きょう初めてこの会に参加させていただきました。

橋口先生は私の恩師です。ご一緒することを楽しみにしておりましたところが、突然のご病気であのようなことになり、私ひとりで参加する次第となりました。

は、病名ですか？

心筋梗塞《こうそく》です。真夜中にご自宅で倒れられまして、たまたま私の勤務する大学病院に運ばれたのですが、すでに心肺停止、血圧も対光反射もない状態だったそうです。

たいへん不謹慎な言い方ですが、典型的な医者の不養生というやつです。私たちの仕事というのは常にオーバー・ワークで、しかもストレスがたまります。生活自体が不養生であるうえに、専門外の病気にかかれば適切な自己診断もできません。医者の平均寿命が実はとても短いということを、みなさんはご存じでしょうか。

さて——きょうはその橋口先生がお話をする番だったそうなので、代診というわけではありませんが、弟子の私が代わりを務めさせていただくことになりました。

申し遅れましたが、私は精神科の医師で、志摩裕次郎と申します。シマは伊勢志摩の志摩、裕次郎は石原裕次郎と同じです。

ただいま四十八歳ですから、べつに石原裕次郎の名を拝借したわけではありません。たまたま同じ名前のスターが、私の生まれた後からデビューしただけのことです。いちおう両親になりかわって、説明を加えておきます。

父も祖父も医者でした。これは珍しい話ではありませんね。医者の家というのは原則的に世襲するものなのです。ただし、精神科医というのは一族の中で私ひとりです。生まれつき気が弱かったので、ともかく血を見ずにすむという理由だけで精神科を選びました。

でも、近ごろしみじみ後悔しているのですよ。この専門は、ほかのどれにも増して怖いことが多過ぎますから。

失礼して、タバコを一服つけさせていただきます。

――医者はあんがい喫煙率が高いのです。害毒であることは誰よりも知っているはずなのに、それだけストレスを感じているということでしょうね。タバコはたしかに有害ではありますが、すぐれた鎮静作用があることも事実でしてね。

少し上がってしまったようです。気持を落ち着けて、話のとっかかりを見つけなくては。

ああ、そうだ。思い出しました。話の枕にこれを言おうと思っていた。

先ほど医者は代々世襲するものだと言いましたけれど、少なくとも精神科医に限っては、あまり良いならわしだとは思えません。なぜかというと、お坊ちゃまには人の心がわかりませんから。

当たり前ですよね。心の病というものは、ある程度までは病理的な説明がつきますけれど、おおかたは個々の患者さんの、苦労の結果なのです。苦労知らずの医者が診察したところで、本質的な治療などできるはずはないのです。

つまり、私など大学教授の肩書をつけて、ひとかどの権威ぶってはおりますが、正直のところ精神科医としての資格はない。ちかごろ、しみじみそう考えているのです。

そう――こんなことはけっして口に出せない。しかし二年前に出会ったひとりの患者さんに、私は思い知らされたのです。私のように何不自由なく育った人間に、医者としての資格はないのだ、とね。

「どうか落ち着いてお話し下さい。ここにおいでのみなさまは、おのおの秘密を分かち合うのです。何のご心配もありません」

女装の主人が青いドレスの袖《そで》を翻《ひるがえ》してそう言うと、志摩教授は室内を見渡してひとつ肯《うなず》いた。

「みなさまもどうぞ、もっとお近くに」

主人に促されて、人々は円卓の周囲に寄り集まった。

「申しわけありません。べつに医師の守秘義務をおかすことに躊躇《ちゅうちょ》しているわけではないのです。もともと声が小さくて」

人々の失笑が、かえって志摩教授の緊張をほぐしたようだった。二本目のタバコに火をつけると、志摩はいくらか和《やわ》らいだ口調で話を続けた。

物心ついたときから私は特別の子供でした。祖父の経営する病院は、当時としては大規模な二百床のベッドを有しておりまして、父が副院長兼外科部長、叔父が内科、伯母の夫が事務長というふうに、まったくの同族によって運営されておりました。

祖父はもちろん大資産家であり、地域の名士でした。

こういう家は地方都市に行けばまだ存在するのかもしれませんが、東京ではなくなってしまいましたね。代がかわるたびに重い相続税が課せられて、病院を維持するどころか家屋敷まで切り売りするはめになるのです。今では一番上の兄がともかく「志摩病院」の看板を引き継いではいますが、病院と称するのが恥ずかしいくらいの、ごくふつうの町医者です。

つまり、富の偏在をなくすための税制が敷かれても、祖父が達者なうちは戦前のままの名家でいることができた。私の少年時代は、知れきった没落の執行猶予期間だったというわけです。

祖父が私や兄たちに格別な教育と環境を与えた理由は、ただ資産家であったからではなく、確実にやってくる未来を予見していたからだと思います。簡単にいえば、いずれ税金として召し上げられるのだから、子供らにはできるだけの贅沢《ぜいたく》をさせ、無形の財産を与えておこう、ということでしょうか。

三人の兄弟にはそれぞれ女中と、遊び相手の書生と、家庭教師とがついておりました。毎朝、御料車のようなリムジンに乗って、私たちは荻窪の屋敷から中野の私立小学校まで通学していたのです。

昭和三十年代の私立小学校というのは、きょうびのそれとはまるでレベルがちがいました。家が金持ちだからとか、頭がいいから、とかいう理由だけではとうてい入学することなど許されぬ、一種の貴顕《きけん》社会でした。たとえば、挨拶《あいさつ》ひとつにしても「こんにちは」「さようなら」などという庶民的な言葉は存在しない。「ごきげんよう」。それも、お公家様ふうに「よ」のところにアクセントを置いた「ごきげんよう」です。そのほかの躾《しつ》けについてもきわめて厳格で、戦前の上流子弟教育にキリスト教の精神を複合させ、嘘をつくことやいわゆる「はしたない」行いは、かたく戒《いまし》められていたものでした。

もちろん、授業のカリキュラムもたいしたもので、たとえば一年生から外人教師による英語の時間があった。高学年になると有名中学に入るための受験教育が徹底的に行われました。

しかもそうした躾けや学問が、一学年わずか四十人たらずの子供らに施《ほどこ》されるのですから、卒業するころには一人残らず判で捺《お》したような「よい子」に育っていたものです。

クラスは一学年にひとつだけです。したがって入学してから卒業するまでの六年間は、ずっと同じ顔ぶれでした。幼なじみというより、ほとんど兄弟のような親密さがありましたね。

さて――舞台のあらましを説明いたしましたところで、この話のヒロインをみなさまにご紹介しなければなりません。

その人の名は「凜《りん》」と申します。字は「凜とした」などという、ニスイの一文字です。苗字《みょうじ》は彼女の出自を示す旧大名家のもので――明らかにする理由はないと思いますので、どうかご容赦下さい。

そういう学校のことですから、友人どうしが苗字で呼び合ったためしはなかったのです。私はみんなから「ゆうちゃん」と呼ばれており、彼女は「リンちゃん」でした。凜は早生まれのせいかクラスでは一番体が小さく、病弱というほどではありませんでしたが、何となく向こうがわが透けて見える感じのする、おとなしい子供でした。これといって劣っているものもないかわりに、芸も特技もない。いてもいなくてもわからないような、目立たぬ子供だった。

噂では「リンちゃんはおかあさんがちがうから学習院に行けなかった」ということでしたが、はたして事実はどうだったのでしょう。子供の噂話というのは、親から仕入れた情報の正確な伝達ですから、たぶんそういう事情のある子だったのだと思います。

大名家の姓を持っていたのは父親から認知をされていたからでしょう。名簿にある保護者の名は、苗字のちがう母親だったと記憶しています。

私と凜が仲良しだったわけは、おたがいチビだったからです。小学校の席順は背の高さで決められていましたので、二人はずっと隣り合わせだったのですね。

三年生か四年生のころ、こんなことがありました。

理科の授業で、糸電話を作ったのです。どなたにもご経験はあるでしょうが、ボール紙でこしらえた受話器の筒を木綿糸で結びつけて話をする、音声伝達の実験です。

校庭の桜があらまし散った、雨上がりの午後でした。子供たちは二人一組になって、通話の実験を始めました。

「もしもし、ゆうちゃん。きこえますか」

校庭のずっと先の、真白に散り敷いた花の上に立つ凜の声が、私の受話器にはっきりと伝わってきました。

「はい、とてもよくきこえます。もしもし、リンちゃん。きこえますか」

凜は受話器の筒を耳に当てたまま、じっと桜の枝を見上げています。

「もしもし、リンちゃん。きこえないの？　きこえたら手を上げてよ」

私の声には応えず、凜はやがて悲しげな表情でこちらを見ました。

「もしもし。ちゃんと話してよ、ゆうちゃん。何もきこえない。ゆうちゃんの声、何もきこえない」

どうしたことでしょうか。凜の声は細い糸を通してはっきりと伝わってくるのに、私の声はまったく凜の耳に届かないのです。

私は受話器をおろして声を上げました。

「よくきこえるよ！　そっちはきこえないの？」

「ぜんぜんきこえない。ゆうちゃん、ちゃんと話してるの？」

「話してるよ。耳が悪いんじゃないのか」

「だってきこえないんだもの。ゆうちゃんの声、何もきこえないんだもの」

何度くり返しても、結果は同じでした。そうこうするうちに教師がやってきて、音声の伝達が一方通行だなどということはありえない、と説明をしました。しかし凜は、どうしても聞こえない、と言い張った。耳が悪いんじゃないかと教師にも言われて、凜はとうとう泣き出してしまいました。

凜が母親に連れられて祖父の病院を訪ねたのは、数日後のことだったと思います。住いは病院の庭続きでした。看護婦に呼ばれて外来の待合室に行ってみると、制服にランドセルを背負ったままの凜が、母親と一緒に診察を待っていたのです。躾けどおりに、私たちは「ごきげんよう」と挨拶をかわしました。

凜の母親は、子供らの間でも評判になるほどの若くて美しい人でした。

「耳が悪いかもしれないから、聴力検査にきたの。ゆうちゃん、凜にいじわるなんかしていないわよね」

母親は私の目の高さに屈《かが》みこんで、笑わずに言いました。何だか叱《しか》られているような気がして、私は懸命にかぶりを振った。

凜の家は学校の近くでしたから、電車の駅で三つも離れた病院まで、わざわざ診察を受けにくるはずはありません。第一、子供の聴力に異常があれば、親はまっさきに気付くはずです。

ということはつまり、凜の母親は私がいじわるをしたのだと疑い、検査の名目で病院まで乗りこんできたのです。看護婦に私を呼びに行かせたのも、診察を受けるよりも本人を呼んで白黒をつけようというつもりだったのかもしれません。

凜の耳には何の異常もありませんでした。親子が帰ったあと、私は院長室に呼ばれて祖父に問い質《ただ》されました。

「さきさんは、おまえがいじわるをしたのだと言いたげだったが、そういうことはよもやあるまいね」

もちろん、私は潔白を主張しました。

「そうか。ならばよろしい。あのおうちにはいろいろとご不幸な事情がおありのようだが、子供同士は分け隔《へだ》てなく付き合わねばいけないよ。むしろ、いたわってさしあげねばならない。もしいじわるをするような子供がいたら、おまえは守ってあげなさい。いいね」

祖父は彫像のような人でした。いつも厚紙のように糊《のり》のきいた白衣を着ており、家にいるときも病院にいるときも、食事をするときも一緒に風呂に入るときでさえ、まったく一様の同じ顔をしていました。


「本当のところは、どうだったんです？」

ボーイの運んできたコーヒーにこってりと砂糖を入れながら、初老の紳士が笑って訊《たず》ねた。

「と、申しますと？」

志摩教授の表情がやや翳《かげ》った。

「子供というのは、無意味ないたずらをするじゃないですか。何の悪気もなく、べつにいじめるつもりもなく」

さあ、と志摩はタバコをくわえたまま考えるふうをした。

「何ぶん遠い昔のことですので、細かな点は覚えていないのですがね。たしかにいじわるをしなかったという自信はありません。凜の声があんまりよく聴こえたから、わざと小さな声で話してとまどわせてやろう、とか。そう考えればすべての説明がついてしまいますね。しかし、私の地声は昔から小さいので、あながち故意ではなかったのかもしれませんが」

志摩教授には彼が語る祖父のような冷酷な印象はない。厚いメガネや鼻梁《びりょう》の秀でた端整な顔は、話の中の祖父を彷彿《ほうふつ》させるが、口元には微笑を絶やさなかった。

「話が進みませんね」

と、私の隣で小日向君が不本意そうに言った。

「いえ、すでに本筋に入っているのです」

軽い咳《しわぶ》きをしてからワインで咽《のど》を湿らせ、志摩教授は話の続きを始めた。

小学校の高学年になったころから、友人たちの生活に変化が現われ始めました。昭和三十年代のことですね。

何しろ七千円も八千円もの月謝がかかりその他の諸費用を加えれば毎月一万円以上のお金がかかる学校です。当時のサラリーマンの初任給と似たようなものですよ。家庭の状況が変われば、子供はたちまち転校しなければならなくなります。

たとえば私の家のように戦前から大きな資産を持っている場合は、祖父から父へと代が替われば巨額の相続税を支払わねばならない。お坊ちゃまが急転直下、ふつうの子供に成り下がってしまいます。

あるいは、これも典型的なケースでしたが、戦後成金の家。復員した父親が闇市《やみいち》で一旗上げたという家ですね。世の中が東京オリンピックをめざしてめくるめく高度成長の時代に突入すると、この闇市成金の家があんがい脆《もろ》かった。価値観の変化に焼跡流の商売がついていけなかったということでしょうか、私の親しくしていたある友人なども、家が破産して突然行方をくらましてしまいました。

凜が区立の小学校に転校していったのは、六年生の一学期のことでした。

もちろん子供には社会の動きなどわからない。教師の説明どおりに、「おとうさまのお仕事のつごうで」どこかに引っ越して行くのだとばかり思っていました。凜と前後して四、五人の子供が学校をやめていったと思います。

別れの日には、凜の母親がお迎えにきていました。校門で「ごきげんよう」と言うと、母親は目がしらをおさえながら屈みこんで、「うちの子はゆうちゃんのことが大好きだから、学校をかわってもずっとお友達でいてあげてね」というようなことを言いました。私は、「はい、わかりました」と返事をしたと思います。

自家用車のリア・ウインドから振り返ると、霧雨の中をお揃いの赤い傘をさしてとぼとぼと歩く親子の姿が見えました。

「ねえ、送ってってあげてよ」

と、私はお迎えの女中に言いました。

「いいえ。それはなりません」

女中があんまりきっぱりと拒んだので、理由を訊ねる気にはなれませんでした。未練を残すようなまねをしてはいけない、ということでしょうか。あるいは貴顕社会から脱落した子供を車で送るなど、あてつけがましいという判断でしょうか。いやもしかしたら、私の家では特殊な事情がある凜を、もともと敬遠していたのかもしれません。

雨の中に遠ざかる凜の姿は、あじさいの生垣に見え隠れしながら、やがて消えてしまいました。

あのころ凜がどういう環境におかれていたのかは、結局わからずじまいです。ともあれ旧華族の庶子などという戦前の遺物は、ひとたまりもなく切り捨てられる時代だったのでしょう。

さて、私と凜との奇妙な因縁《いんねん》というのは、実は別れたのちから始まるのです。

偶然の邂逅《かいこう》というものについて、みなさまもそれぞれにふしぎな経験をお持ちのことと思います。

まったく思いもかけぬ場所で、旧知の人とバッタリ出会う。しかも、そのバッタリ出会う相手というのはどういうわけか決まっているのです。

長い人生の間には、会いたいにも二度と会えぬ人が大勢いるのに、なぜかさして会いたくもない人物と何度も出くわす。因縁というべきか、はたまたそういう相性とでもいうのか、おそらくどなたも、該当する人物の一人や二人はご存じのはずです。

転校してしまってから、凜の消息は杳《よう》として知れなかった。子供というものはあんがい冷淡で、転校した翌《あく》る日から話題にものぼらなくなったように思います。もっとも受験勉強の真只中にあった私たちには、去って行った友人のことなど考える余裕もなかったのでしょうけれど。

凜との最初の邂逅は、中学一年の秋のことでした。そう、街じゅうに東京オリンピックマーチがこだまする、国民すべてが熱病に冒《おか》されていたような、昭和三十九年の秋のことです。

私はさる有名私立中学に通学していました。新宿で友人たちと別れ、中央線に乗りかえて家路を急いでおりますと、途中の中野駅のホームで凜を見かけたのです。

向かい側のホームにぼんやりと立つ凜は、髪をおさげに編み、区立中学のセーラー服を着ていました。しかし、相変わらず体が小さく、面立ちも小学生のころと余り変わっていなかったので、電車の窓ごしからもすぐにそうとわかりました。

べつだんどうとも思いませんでした。ああ、リンちゃんはまだここいらに住んでいるのか、とか、区立の中学生がどうして電車で通学しているんだろう、などと考えたような気がします。

凛は大声で「ゆうちゃん!」と私の名を呼びました。しかしこっちは電車の中ですから、答えるわけにはいきません。で、窓ごしに手を振って笑い返した。

電車が動き出すと、凛はホームを走り出したのです。大声で私の名を呼びながらね。向こうは日活の青春映画の一場面を気取っていたのかもしれませんが、こっちは恥ずかしかった。

凛の姿が見えなくなってから、ちょっと感傷的になりました。白いズック靴が瞼《まぶた》から離れなかったのです。

私立の中学生は革靴に革鞄、区立の中学生はズックの運動靴に吊《つ》り鞄というのが、当時のはっきりとした識別でしてね。小学校の同級生はみんな私立に進学したのに、凛は家庭の事情で転校して行った。いや、もちろんそれのほうがふつうなのですけれど。しかし、凛が実はさるやんごとない血筋であるということは覚えていましたから、何となく切ない気分になったのです。

どうとも気にかかってならなかったので、オリンピックのテレビ中継を見終わってから、思い立って電話をしてみました。男子校に通う中学生にしてみれば、ずいぶん勇気のいることでした。小学校の名簿をたぐってダイヤルを回しますと、見知らぬ家にかかってしまいました。内心ホッとしたものです。

二度目の邂逅――いや、この言葉はあまりにも冷ややかですね。めぐりあい、とでも言いかえましょう。

その二度目のめぐりあいが、またドラマチックなのですよ。

これは日付までちゃんと覚えています。昭和四十一年六月二十九日。みなさんの中にも、この日を克明に記憶している方はいらっしゃるでしょう。ザ・ビートルズが来日した日ですよ。私は中学三年生、レコードはシングル盤もＬＰもぜんぶ持っているという大ファンでした。

彼らの来日は六月二十八日の予定だったのですが、台風が来て出発が遅れ、羽田に到着したのは二十九日の午前三時でした。もちろん学校はサボりです。家にも学校にもあれこれと細工をしまして、友達と二人で羽田まで行きました。

ところが空前の厳戒態勢で空港には入れてもらえない。仕方なく沿道でずぶ濡《ぬ》れになりながら、せめてジョンの横顔をひとめ見ようと待ちかまえていたのです。

私たちが空港に行ったのが二十七日の夜。そのときはすでに大勢のファンが殺到していて、空港に入れろ入れないと、さかんに警備陣との押問答をしていました。それから風雨の中を翌々日の朝方まで待ったというのですから、まったくご苦労な話です。

そんな若者たちが、いったい何千人いたのでしょうか。ともかくいつ暴動が起こってもふしぎはないほどの膨大な人数でした。

その雑踏の中で、凜にめぐりあったのです。

「ゆうちゃん」と呼ばれて振り返っても、すぐにはわからなかった。凜はすっかり様変わりしていたのです。ミニスカートにブーツ、髪はショート・カットで赤く染め、つけ睫毛《まつげ》までつけた濃い化粧をしていました。

かかわりあいになるべきではない、と思いました。私はビートルズに血道を上げているとはいえ、正体はしごく真面目な中学生でしたし、凜は一見してふつうではなかったから。

怖い感じもしたのです。二年前に中野駅のホームで見かけたセーラー服姿が胸に甦《よみがえ》りまして、いったいあれから何があったのだろうと考えると、怖くなった。

今ではほとんど死語となっているでしょうけれど、「非行少女」という言葉がぴったりでした。そういう女友達がいることを友人に知られたくはなかったし、凜の周囲には似たりよったりの連れが何人もいました。男たちは明らかに齢上の不良高校生というふうでした。そんなわけですから、多少の言葉はかわしたと思うのですが、話しこんだというほどではありません。

ビートルズを乗せたリムジンは白バイとパトカーに先導されて、あっという間に私たちの前を通り過ぎてしまいました。凜とのめぐりあいも、それと同じくらいほんの一瞬の出来事だったと思います。

武道館のコンサートには、もちろん行きましたよ。音響がひどい上にマイクのセッティングが悪くて、がっかりしましたけれど。

歌いながらしきりにマイクの角度を気にするポールがかわいそうでなりませんでした。


「私の話は、あまりみなさんのご興味をそそりませんでしょうか」

志摩教授は話しながら人々の表情を窺《うかが》った。

「そんなことはございませんわ。とても興味深くお聞きしていますす」

女装の主人が言うと、客たちは一様に肯いた。

「私の職業は、目に見えるものが実は何もないのです。患者さんは『心』という実体のない器官を病んでおり、医師はなかば宗教家のようにその病を癒《いや》そうとするのです。ウイルスも存在せず、具体的な病巣もない病には、すなわち完治がありません。目に見えぬ病を覗《のぞ》きながら、ほとんど不毛と思える対話をくり返すことが、私の仕事なのです」

「どうぞお続け下さい、志摩先生。リンちゃんとあなたのかかわりについて、余すところなくお話し下さい。あなたが医師の守秘義務を冒しているということだけで、私たちは十分に興味をそそられます」

主人の朗々とした声に励《はげ》まされて、志摩教授は話を続けた。

凜からは日ごろ何の便りもなく、電話の一本すらかかってくるわけではありません。だのに何年かに一度、まるで神様が狙《ねら》い定めたかのようなめぐりあいがあるのです。

高校時代には軽井沢と湘南《しょうなん》の海岸で出会っています。

旧軽井沢の三笠通りを少し入ったところに別荘がありまして、そこで一夏を過ごすのがわが家のならわしでした。別荘は祖父が亡くなったとき、相続税を納めるために売却してしまいましたから、高校二年生の夏休みといえば、わが家にとって最後の別荘生活だったことになります。

軽井沢銀座の人混みの中で「ゆうちゃん」と声をかけられたときは、驚くよりもむしろ、またか、と思いました。

高校生の私は学業こそ怠りませんでしたが、かといってお世辞にも品行方正ではなく、男と女のことなどもあらましは知っていました。そうした点では、東京の男子進学校の生徒というのは、あんがい早熟なのです。

ですから、そのとき凜と腕をからめていた男が、やくざまがいのろくでなしだということはすぐにわかりましたし、やはりかかわり合うべきではないと思った。

歩きながら、しばらく言葉をかわしました。やはりどんなことを話したのかは記憶にありません。ただ、妙に耳に残っているのは、「ゆうちゃん、彼女いないの?」という執拗《しつよう》な質問でした。これ見よがしに男とじゃれ合いながら、凜はそればかりを訊《き》いていたような気がします。

軽井沢銀座のつき当たりの旅館と茶店の前で、私たちは別れました。別れぎわに凜は、「電話ちょうだい」と言って、住所と電話番号を書いたメモを手渡しました。男は茶店の緋毛氈《ひもうせん》に腰を下ろして、不愉快そうにタバコを吹かしていました。

「彼氏に悪いじゃないか」

「いいのよ、どうせヒモみたいな奴なんだから。聞いてよ、ゆうちゃん。ホテル代がもったいないからって、勝手に私のアパートに居ついちゃってさ。そのうち叩《たた》き出してやろうと思ってるんだけど」

それ以上のことは聞くべきではないと私は思いました。幼なじみにはちがいないけれど、今ではまるきり別世界に住む異物だと思った。

「電話、待ってるからね。きっとよ」

私は生返事をして、別荘に続く森の道を歩き出しました。しばらく行って振り返ると、凜は木洩《こも》れ陽の中に立って、じっと私を見送っていました。

メモはすぐに捨てました。私が電話をしなければならぬ理由は、何もありませんでしたからね。

湘南の海で凜に出会ったのは、同じ年の夏の終わりだったと思います。三年生の夏休みは学校の補習授業と予備校の夏季講習で忙殺されていましたから、やはり二年生の夏のことです。

逗子《ずし》の渚橋、ですか。ともかく夕暮れどきに民宿へ帰ろうとぶらぶら歩いているところに、車の中から「ゆうちゃん」と声をかけられた。

真赤なムスタングのオープンカーの助手席で、凜は手を振っていました。

「どうなってるの。ほんとにゆうちゃんとはよく出くわすわね」

めぐりあいも四度目になれば、ふしぎを通り越して怖い感じがしますよ。もしかしたらいずれこいつとどうにかなる運命なのじゃないか、なんて考えたものです。

車を運転していたのは、軽井沢で一緒だった男とは別人でした。

「これ、彼氏。ハーフなの。カッコいいでしょう」

そのころ、ハーフというのが妙にもてていましてね。考えてみれば占領時代の申し子が年頃になっていたのです。男でも女でも、ハーフと付き合うことが一種のステータスになっていた。

白人と日本人の混血というのは、なぜか例外なく美しい。きっと遺伝学的には明確な根拠があると思うのですが、ともかく女ならとびきりの美人で、男はみな背が高くて格好がよかった。

「どうして電話くれないのよ」

「用事がないからさ」

「用事がないと、電話くれないの？」

「だったら、そっちからかけてくればいいじゃないか」

邪慳《じゃけん》に言うと、凜はたちまち暗い表情になりました。笑顔がふっと消えて、何だかこごえつくみたいに。

「電話番号、教えてよ」

「名簿あるだろ、昔の」

「そんなの、とっくになくなっちゃったわ。おかあさんが捨てちゃった」

いやなことを聞いた、と思いました。

「おふくろ、元気かよ」

「死んじゃったわよ」

もちろん冗談だと思いました。だが、凜は真顔だった。

「死んだ？」

「それがさあ、酔っ払い運転で環七の橋げたを突き破ってまっさかさま。あたしが中学一年のときだから、もうずっと昔の話だけどね」

中学一年のいつだ、と訊こうとして、私はすんでのところで口をつぐみました。それは東京オリンピックの年ですよ。中野の駅で私の乗る電車を追ってホームを走った凛の姿が、胸にうかびました。

「ねえ、ゆうちゃん。もうひとついいこと教えようか」

真顔のまま、凛は唇をきつく嚙《か》みしめて、怖いことを言ったのです。

「おかあさん、あなたの病院で死んだのよ。救急車で担ぎこまれて」

そんな話はまったく耳にしたこともなかった。環状七号線での事故なら、志摩病院に来ることもあります。たとえ母親に意識がなく、救急用語でいうところのデッド・オン・アライバルの状態であったにしても、祖父や父が気づかぬはずはありません。ましてや遺体は霊安室にいったん安置されたはずですから、ともかく凛はうちの病院に来たことになります。

家族は私の耳に入れなかったのでしょう。かかわりになるな、と。

「知らなかったよ」

「べつに知らなくたっていいわ。偶然だもの」

そう。偶然なのですよ。私と凛のふしぎなめぐりあわせはすべて偶然だったのです。少なくとも私は、そのとき自分に言い聞かせたはずです。すべては偶然なのだ、私に責任は何もないのだ、とね。

「行くぞ」と、ハーフの男が言い、車はたちまち爆音を轟《とどろ》かせて走り出した。

「ゆうちゃん！　電話ちょうだい、お願いよ！」

ああ、と私は生返事をしました。

「ゆうちゃあん、ゆうちゃあん！」

車が闇に呑《の》まれるまで、凜は私の名を呼びながら手を振っていましたっけ。

「何となく、怖い話だね」

話の合間にコーヒーをすすりながら、小日向君は言った。

「そうだね。何となく、怖い」

「すごく怖いオチがつくような気がするんだが」

私には話の結末が想像できなかった。凜と志摩教授とは、因縁の糸にあやつられて地獄のような恋に陥《おちい》る——当たり前に考えればそんなところだろうか。

「凜が彼のワイフだというオチはどうだい。なれそめ話としては、かなり怖いけど」

「まさかね」

と、私は答えた。

「どうして? なかなか面白いオチじゃないか」

「いや。あのタイプはまちがいなく恐妻家だろう。横目で人の顔色を窺う癖があるからね。だとすると、話は怖いどころかシャレにもなるまい」

「なるほど。だとすると、どうなるんだ」

「さあね。ともかく、ここで披露する話はとっておきのものでなくてはならないんだろう?」

「期待するか——」

志摩教授が一息入れている間に、客たちは同じような囁《ささや》きをかわし合っていた。

「ご気分、いかがですか」

しきりに額の脂汗を拭《ぬぐ》う志摩教授に向かって、主人が訊《たず》ねた。

「ご心配なく。話すより先に、いろいろなことを思い出してしまいましてね」

「どうぞ存分にお話し下さいな」

「いえ——」

と、志摩教授はボーイの差し出した濡れタオルを額に当てたままかぶりを振った。

「実はそれからのちも、決まって二年に一度か三年に一度、まったく思いがけない場所で凜と出くわしたのです。いちいち話していたらきりがありません。学生時代には、町なかの雑踏や喫茶店や映画館で、ばったり出会いました。とりわけ一番びっくりしたのは、ハネムーンの旅先で――」

人々のどよめきが静まるのを待ってから、志摩教授は語り始めた。

オーストラリアのケアンズという町をご存じでしょうか。

クイーンズランド州の北部にある、熱帯雨林に囲まれた小さな町です。昭和五十五年と申しますと、オーストラリアへの海外旅行がブームだったころです。私と家内も、ケアンズ、ゴールドコースト、シドニーとめぐるコースをハネムーンに選んだのでした。

グレートバリアリーフへのゲートタウンというだけで、ケアンズの町にはべつだんこれといって観光資源はありません。ビーチもリーフもなく、濁ったトリニティ湾に面して、のんびりとした美しい風景が拡がっているだけです。ですからケアンズに長く滞《とど》まる観光客はいません。せいぜい一泊か二泊、いやむしろ、旅の通過点とかオーストラリア旅行の玄関口といったほうがいい。私と家内も、成田からまずケアンズに入って、翌朝にはグレートバリアリーフのへイマン島に渡る予定でした。

わずか一夜のケアンズの町で、凜と出会ったのも偶然でしょうか。こうなると、もはや邂逅とも、めぐりあいなどとも言えない。奇跡の遭遇ですね。

トリニティ湾にそって、エスプラネードという、夜店やオープン・カフェの並ぶアーケードがあります。ホテルで食事をすませてから、少し町を歩こうと思い、ぶらぶらとそのエスプラネードに出かけたのです。

途中、急に生ぬるい風が吹いて、スコールがやってきました。家内と私はずぶ濡れでアーケードのカフェに飛びこんだ。

「ゆうちゃん」

家内が初めてそんな呼び方をしてくれたのだと思いました。勤務先の病院の看護婦だった家内は、私のことを「先生」とか「ドクター」としか呼べなかったのです。ところが、親しげに私の名を呼んだのは家内ではなかった。びっしょりと濡れた家内の髪のとなりに、凛の顔があったのです。こう、肩ごしに覗きこむような笑顔でした。

「ゆうちゃん」

凛はもういちど私を呼んだ。

家内は叫び声を上げて私にしがみつきました。私は驚きのあまり声も出せず、つっ立ったままでした。

熱帯性のスコールは滝のようで、話し声も聞こえないほどです。その喧噪《けんそう》の、しかもカフェのイルミネーションだけが奇妙な色にはぜ返る闇の中で、いきなり見知らぬ女が夫の名を親しげに呼んだのですから、家内が怯《おび》えたのも無理はありませんね。

「約束やぶり」

と、びしょ濡れの凜は、私の顔をまっすぐに見据《す》えて言った。

「何だよ。何が約束やぶりなんだ」

私はとっさに言い返しました。

「ずっとお友達でいてくれるって、約束したのに」

笑顔は消え、こみ上げる怒りを押しとどめるように、凜は慄《ふる》えていた。

「学校をかわっても、ずっとお友達でいてくれるって、あたしとおかあさんに約束してくれたじゃない」

どういうこと、と家内が私の腕を引き寄せました。誤解をされるのも当たり前です。家内は、私に捨てられた女が新婚旅行の先まで追ってきたとでも思ったのでしょう。誤解をとこうにも、話は長くなりすぎる。第一、合理的な説明をする自信が私にはなかった。くり返される凜とのめぐりあいそのものが、不合理な偶然の連続なのですから。

と、突然、凜が家内に摑《つか》みかかったのです。わけのわからぬ怒鳴り声を上げながら、家内の髪の毛を鷲摑《わしづか》みにしたのですよ。とっさに凜を羽交《はが》いじめに抱きかかえたのは、連れらしい若い男でした。

「すみません、知り合いじゃないですよね」

と、サーファーふうの若者は、腕の中で暴れる凜をもて余しながら言った。

「ええ。名前を知っているくらいの人なんですけれど、けっして変な関係じゃありません」

と、私はとっさに答えた。

「こいつ、ちょっとおかしいんです。おい、やめろよ、いいかげんにしろ」

ドラッグだな、と私は思いました。ゴールドコーストあたりに住みついているサーファーたちの間で、麻薬やマリファナが流行しているという噂は耳にしていましたから。

それにしても、偶然はどう説明したらいいのでしょうか。もっとも合理的な説明がつかないからこそ、偶然なのですけれど。

「行こう。かかわりあいになっちゃいけない」

私はスコールの中を、家内を抱きかかえて走り出しました。

十日間の新婚旅行が、説明のつかない説明で真黒に塗りつぶされてしまったことは言うまでもありません。家内にはすべてを包み隠さず話しました。信じようと信じまいと、くり返される偶然は事実なのです。隠しごとをする理由は何ひとつなかったのですから。

家内が私の話を信じてくれたかどうか、それはわかりません。むしろ信じろというほうが無理ですよ。


「話はこれでよろしいでしょうか」

志摩教授は救いを求めるように人々を見渡し、ふいに口をとざしてしまった。あちこちから不満げな溜息《ためいき》が洩《も》れた。

「お辛《つら》い気持はよくわかりますが、告白を中途でやめることは毒ですわ」

主人が教授の横顔を羽根毛の扇で煽《あお》ぎながら言った。

「いえ。彼女とはその後、ぷっつりと出会うことがなくなったのです」

教授が話の結末を避けていることは明らかだった。

「ちょっと待って下さいよ、先生」と、黙って話を聞いていた初老の紳士が、椅子から腰を浮かせて言った。

「あなた、話の初めにおっしゃったじゃないですか。自分に精神科医としての資格はない、二年前に出会った患者さんに、そう思い知らされた、とか」

志摩教授は「ああ」と呻《うめ》いて、顔を被《おお》ってしまった。

「ねえ先生。あなた、二年前にリンちゃんと会っているんでしょう。二年前に出会った患者というのは、彼女のことなんでしょう?」

教授は力なく肯いた。

「どうやら、そこまで話さねばならないようですね――はい、たしかに私は凛に会いました。おととしの夏のことです。大学病院の外来に凛がやってきたのです。どうしても私に診察をしてもらいたい、名前を言ってくれればわかると、担当医を困らせたそうです。教授室に私を迎えにきた看護婦は言いました。だいぶ重篤の患者さんですので、お気をつけ下さい、とね――」

窓のない、灰色の壁に囲まれたカウンセリング・ルームで、凛は私を待っていました。

重篤な患者であることは、看護婦の目にも明らかだったのでしょう。純白のウェディング・ドレスを着ていたのですからね。

「身体検査はしてあります。危険物は持っていませんが、いちおう警備員を」

そう言う担当医も、看護婦も警備員も、苦笑しながら青ざめていました。

「いや、それには及ばない。この患者さんはよく知っている」

私は全員を退室させて、ドアを閉めました。この出会いばかりは、偶然ではなかった。医師として、私は患者に向き合わねばならないと思いました。

ヴェールに包まれた凛の顔は、ぞっとするほど美しかった。

「どうしたの、リンちゃん」

と、私は問いかけました。

「結婚式から、逃げ出してきちゃったのかよ。だめじゃないか」

凛はヴェールの中で、俯《うつむ》いたままにっこりと笑いました。どうしても四十六歳の女には見えなかった。少なくともケアンズのスコールの中で別れた、二十代の彼女のままでした。いや、その表情からは苦悩という苦悩がいっさい拭い去られていた。私はまるで、嫁に行く娘と対峙《たいじ》しているような、ふしぎな気持になりました。

凛は長いこと、笑いながら泣いていました。

「ゆうちゃん――」

「何だい。言ってごらん、何でも」

「お願いがあるんだけど」

「お嫁さんにはしてあげられないよ」

「ちがうわ。そんなことじゃない」

凛は美しい顔をもたげ、少しためらってから言いました。

「私を診察してよ。胸が、苦しいの。ずっと、ずっと、苦しくてたまらないの」

レースの手袋をはめた指が、首に下げた聴診器を差しました。

私は椅子を進めて、凜の白い胸元に聴診器を当てた。

「ねえ。きこえるでしょ」

凜の鼓動を聴きながら、私は目を閉じました。すると瞼の裏に、校庭のずっと先の、真白に散り敷いた花の上に佇《たたず》む小さな少女の姿が浮かびました。

「とてもよくきこえるよ」

「でも、あたしにはきこえないの。ゆうちゃんの声が、何もきこえないの。すごく好きだったのに。おかあさんよりもずっと好きだったのに。大好きなゆうちゃんの声が、きこえないの」

雨上がりの校庭で、私が凜に何をしたのかは記憶にありません。ただ、私を心の底から愛していたひとりの少女を、校庭の片隅の花の上に置き去りにしてきたのはたしかでした。

「だからずっと、ゆうちゃんの声がききたくて――」

そこまでをようやく言うと、凜は大声で泣き出しました。廊下から警備員と看護婦が飛びこんできて、凜を処置室へと連れ去りました。

トランキライザーと睡眠薬の投与を指示するしか、私にはできなかった。

「これでよろしいですね。では所用がありますので、お先に失礼させていただきます」

突然幕を落とすように話をとざすと、志摩教授は講義をおえたように、そそくさと立ち上がった。

「わからないわ」

と、知的な感じのする妙齢の女性が、長い髪をかき上げながら言った。

「私にはわからない。ささいな幼時体験が人生を支配するなんてよくある話ですわ。それがたとえ、プロフェッサーの直接関与する事実であっても、医師の尊厳をあやうくするほどのことではないでしょう」

「わかりませんか？」

と、教授は冷ややかな目で女性を見つめた。

「私が衝撃を受けたのは、その患者さんの行動が統合失調症や強迫神経症といった病気では説明がつかなかったからです。たしかに女性の結婚願望が高じれば強迫神経症という一種の病気になります。さらに本人の資質や環境、幼少期のトラウマなどと結びつけば統合失調症の原因にもなりかねない。でも――そうじゃなかった。病気ということで片付けられるならば、私の話にこれほど長い時間はかかりません」

さらに言い返そうとする女性客の声を、主人の羽根毛の扇が制した。

「よくわかりました。ところで――リンちゃんはその後、どうなさっておられますか」

緩めたネクタイを正しながら、教授は答えた。

「その日のうちに、ご主人だとおっしゃる方が挨拶にこられました。上場会社の部長さんで、とてもやさしそうな、立派な方でしたよ」

意外な結末に人々はどよめいた。

「都心にかかりつけの病院があるとかで、そのままお引き取りになった。それからの消息は知りません。無責任なようですけれど、追求する必要がないと思いました」

「どうしてですか」

と、女性客が不本意そうに訊ねた。

「いずれまたどこかで、めぐりあうと思いましたから。彼女、病気じゃないんですよ」

それだけを言うと、志摩教授はボーイに導かれて部屋を出て行ってしまった。

人々は呪縛《じゅばく》から解かれたように席を離れ、酒をくみかわし始めた。

「ふしぎな話だったね」

私が感想を洩らすと、小日向君は掌でブランデー・グラスを温めながら、口元で笑った。

「ふしぎな話？――そうじゃないだろう。この話にふしぎなところなんてひとつもない。とても怖い話だがね」

同じような会話が、ほの暗い沙高樓のあちこちで囁かれているようだった。

「はっきりとは言わなかったが、プロフェッサーはすべてわかっているのさ。何人かの女性客に気をつかって、結論をうやむやにした」

「どういうことかな」

「女性客はみなわかっている。男でこの話を理解できた人は、かなり世慣れているね」

小日向君は私の背を押して、炎のはぜる暖炉のほとりにいざなった。

「偶然は何ひとつなかったんだよ。すべては偶然を装った必然さ。中野駅のホームの一件から、ケアンズのスコールの夜までね。彼女はずっと、偶然を装ってプロフェッサーを追い続けた。たぶん、この先もね。それが恋心によるものなのか、復讐《ふくしゅう》心であるかはわからない。あるいはその両方の複合かもしれない。いずれにせよ、女の一念とはそういうものさ」

私と小日向君は教授の怖ろしい話を反芻《はんすう》しながら、しばらく暖炉にはぜる生木の炎を見つめていた。

立花《たちばな》新兵衛《しんべえ》只今《ただいま》罷《まかり》越《こし》候《そうろう》

「今宵も沙高樓《さこうろう》へようこそ。この会合はみなさまの無聊《ぶりょう》をお慰《なぐさ》めする怪談の集《つど》いではございませんから、お話をおえるごとに蠟燭《ろうそく》の灯を消すようなことはいたしません」

女装の主人がラウンジを見渡しながら微笑《ほほえ》むと、薄闇《やみ》のあちこちから乾いた笑い声が洩《も》れた。

「そう。君子《くんし》は怪力乱神を語らない。まがりなりにも功なり名を遂げれば、不可思議な体験談など口には出せなくなるものだ。何だか淋しい気もするがね」

次の語り手であるらしい老人が、ロッキング・チェアをゆったりと揺すりながら独りごつように言った。

紺色のブレザーにアスコット・タイを締めた身なりは極めつきのブリティッシュだが、パイプを弄《もてあそ》ぶ指は頑丈《がんじょう》な職人のものである。

私は小日向《おびなた》君の耳元で訊《たず》ねた。

「誰だい、あの人は」

「キャメラマンの川俣信夫《かわまたのぶお》だよ」

「ああ……それはすごい」

彼にキャメラマンという呼び方はそぐわない。その手にかかる映画のパンフレットには、必ず「撮影監督」もしくは「映像監督」という一種の称号が冠されている。

女装の主人は、傲岸《ごうがん》で無愛想に見える老キャメラマンの横顔に視線を止めたまま、朗々と物語の幕開けを告げた。

「川俣先生は多年にわたって、本邦映画界の巨匠小笠原有楽《うらく》監督とコンビを組んでこられましたが、先年有楽さんが物故なさりましてからは、他の映画監督のスタッフとなられることを潔《いさぎよ》しとはせずに、現在はハリウッドのアカデミーに招かれて後進の指導にあたってらっしゃいます。今回はこの会合にご出席下さるために、わざわざご帰国になりました」

ラウンジの闇に静かな拍手が湧いた。

「たいそうな言い方はやめてくれよ、マダム。齢《とし》をとると、この次、ということが考えられなくなるだけさ」

川俣老人の口ぶりは、主人との旧《ふる》い知己《ちき》を感じさせた。

「よくわかります。その気持は私も同じですわ。ですから今晩もみなさまのお話を、一言一句噛《か》みしめるように聞かせていただいております。さて――」

女装の主人は背筋を伸ばし、第三の語り部をまっすぐに見つめて言った。

「ひとり川俣先生に限らず、各界において功名を遂げたみなさまは、口に出すことのできぬ秘密をお持ちのはずです。語られます方は、誇張や飾りを申されますな。お聞きになった方は、夢にも他言なさいますな。あるべきようを語り、巌《いわお》のように胸に蔵《しま》いますことが、この会合の掟《おきて》なのです――」

やがて川俣老人は人々に横顔を向けたまま、ロッキング・チェアを揺すって語り始めた。

僕がこの話をする気になったのは、盟友であった小笠原有楽が死んだからだ。

キャメラマンは世間の風評など気にする必要はないが、映画監督はそうではないからね。ましてや世界中のファンや映画関係者が首を長くして次回作を待望する小笠原有楽ともなれば、彼にまつわるめったなことを言ってはならない。

そう。この話は僕と有楽だけの秘密だった。今から半世紀近くも昔、僕らは誓った。僕らのどちらかがあの世に行くまで、このことはけっして口外するまい、とね。

二人はともに根っからの映画少年だった。僕がそのころ映画のメッカであった京都の太秦《うずまさ》でキャメラマンの見習を始めたのが十六のとき、有楽は大学を出て入社したエリートだから、映画に関しては僕のほうがずっと先輩ということになる。自慢話のようだが、有楽が助監督の肩書など名ばかりの、右も左もようわからん駆け出しのころ、僕はもうアメリカ製のミッチェル撮影機を回していたんだ。

入社後何年かして、有楽は満州に転勤になった。日本の満州経営には欠くべからざる、満映という一種の国策映画会社さ。昭和十四年の春だったか、ちょうど同じころ、僕も軍隊にとられて支那大陸の戦線に送られた。

有楽は学生時代に胸を患《わずら》っていて、徴兵検査は不合格だったんだが、結局は戦争末期の根こそぎ動員とやらで、赴任先の新京で徴兵されたという話だった。

おたがいひどい苦労をして、それでも北京で武装解除された僕は終戦のあくる年に復員したが、いったんシベリアに抑留された有楽が帰ってきたのは、転勤になってから十年もたった昭和二十五年の秋だった。

撮影所にひょっこり現われた彼の姿は今でもよく覚えている。ぼろぼろの軍服に頭《ず》陀袋《だぶくろ》のような衣嚢《いのう》を背負い、軍隊毛布を肩から袈裟《けさ》がけにくくりつけてね、あいつは舞鶴の港からまっすぐ撮影所にやってきたんだ。

撮影所の南の端にある第六ステージは時代劇のリハーサル中だった。有楽はフレームの歪《ゆが》んだ丸メガネをかけて、ステージの隅の暗がりで、声も出せずにぼんやりとリハーサルを見つめていた。

有楽に気付いたのは、当時売り出しの尾上《おのえ》小団次だった。

「有楽さんやないか。ああ、有楽さんが戻らはった」

小団次は殺陣《たて》の動きを止めて、何だか台詞《セリフ》でも呟《つぶや》くみたいにそう言った。小団次は有楽と同い齢で仲が良かったから、十年ぶりの様変わりした姿にも、すぐにそうと気付くことができたのだろう。

小団次は立ち回りの浪人姿のまま有楽に駆け寄って、手を取ったり抱き合ったり、たいそうな喜びようだったよ。そう――尾上小団次という後の千両役者は居合と剣道の達人で、若い時分には立ち回りのときに必ず本身《ほんみ》を使っていた。真剣を鞘《さや》にも収めず、そんなふうにするものだから、「あぶない、あぶない」とみんなが口々に言ったのを覚えている。

そうこうしているうちに、僕らはようやくその復員兵の正体を思い出してね。何しろ十年ぶりの再会だし、仲間たちはそれぞれ、言うに言われぬ苦労を舐《な》めてきた。戦死した者も大勢いた。その間の自分の経験と、無為に消費してしまった時間とが頭の中でごちゃごちゃになって、目の前で起こっていることがとっさにはよくわからなかった。

何だか、映画を見ているような気分だったな。映画という嘘の世界に住んでいる僕らは、現実か虚構かわからなくなる妙な感覚に襲われることがしばしばあるのだが、そのときはまったくそういう気分だった。

もっとも、僕らのような見習から叩《たた》き上げた活動屋と、帝大を出て入社した小笠原有楽のようなエリートとでは、人間関係の上で明らかな壁があったし、僕自身も有楽とはかつてそう親しかったわけではない。だからその現実に気付いてからも、ああ、あの助監が帰ってきたんだなあ、という程度の感慨しか持たなかった。

もちろん、嬉《うれ》しくなかったわけではない。理不尽《りふじん》な苦労をさせられて、命を失った者も多かったけれど、戦《いくさ》が終われば生き残った者はみな撮影所に帰ってきた。大好きな映画を作るためさ。嬉しくないはずはないだろう。

長い戦が終わり、テレビがまだお茶の間を席巻する前のそのころ、映画は戦前の隆盛期をしのぐほどの黄金時代を迎えようとしていた。松竹、東宝、東映、日活、大映の大手五社が、こぞって週替わり二本立ての映画を製作し、日本中にそれこそ星の数ほどあった映画館に供給していた。そしてどこの小屋も、壁まわりや通路までぎっしりと観客で埋まるほどの大盛況だった。

今にして思えば、冷房もない映画館で汗を拭《ふ》きながら、よくもまああれだけのファンが映画を観たものだ。ほかに楽しみがなかった？　いや、それればかりではあるまい。

あのころの映画には、観客を動員するだけの魅力があった。僕ら活動屋の胸には、荒廃した日本に、映画という花を咲かせようという強い意志があったんだ。

戦災に遭わなかった京都には、昔のままの撮影所が健在だった。ことに洛西《らくせい》の太秦は、日本のハリウッドと謳《うた》われた映画の都そのままでね。いや、あんな熱気はハリウッドにだってありはしない。たとえばオープンセットにしても、今の映画村の何倍もある壮大で完全な江戸の町が、山陰本線にそって本物の城下町そのままに拡がっていた。その町なかを、日に何本もの映画をかけもちする夥《おびただ》しい数のエキストラが、武士や町人や町娘の衣裳のまま走り回っていたものさ。

さて——小笠原有楽が復員して間もない、昭和二十六年の春先のことだったと思う。撮影所長に呼び出されて行ってみると、応接間のソファに所長と有楽と、もうひとり尾上小団次がにこやかに談笑していた。

所長はたしかこんなことを言った。

「今年のお盆に公開する予定の映画は、どこもかしこもウラメシヤァばかりでおもろない。そこでな、うちとこはひとつちがった趣向で行こ思うてんのや。どや、ノブさん」

テーブルの上には台本の初稿が置かれていた。「祇園宵宮《ぎおんよいみや》の惨劇——実録池田屋騒動」題名もさることながら、台本を一読してずいぶんユニークな映画だなと思った。

幕末のチャンバラ物といえば、嵐寛寿郎《あらしかんじゅうろう》の「鞍馬天狗《くらまてんぐ》」に代表されるように、勤王《きんのう》の志士がいい者で新選組が悪者と相場が決まっていた。ところがその脚本によれば主人公は近藤勇で、京の巷《ちまた》に跳梁跋扈《ちょうりょうばっこ》する「勤王の志士」ならぬ「倒幕の不逞《ふてい》浪士」をバッサバッサと斬《き》る、というのだ。

まあ、かつて「勤王の志士」は国家体制に直結していたから悪者にはできなかった。しかし戦争を境にして国も変わったことだし、こういう解釈もよかろうというわけだ。しかも「倒幕の不逞浪士」はそのころ脅威と思われていたコミュニストのイメージと重なるから、ＧＨＱの検閲官も大いに賛成しているという話だった。

所長はそのとき、うまいことを言ったな。

「メガホンを執《と》る有楽君は満州やシベリアで、キャメラのノブさんは支那戦線で、主演の小団次さんは南方で、それぞれ地獄を見てきはったと思う。そないなこと、今さら思い出したくもなかろうが、諸君のやり場のない怨念《おんねん》を、せえだいこの映画に叩きつけてくれへんやろか」

たしかに思い出したくもないことばかりだった。それでも勝ち戦のまま終戦を迎えた僕はまだしもましで、ソ連の突然の参戦やシベリア抑留でひどい苦労をした有楽、ましてや激戦地の東部ニューギニアで人肉を食らうような飢餓地獄を見てきた小団次があえてやる気なのだから、意気に感じぬわけにはいかない。

有楽は真顔で言った。

「リアリズム。リアリズム。これからの映画はただの造り物ではあかん。血を噴《ふ》き出させようやないか。こう、バアッと派手に血ィを流すのんや」

その一言で、「祇園宵宮の惨劇――実録池田屋騒動」はでき上がったようなものだった。

近藤勇をヒーローとし、それまで悪役だった新選組の側からキャメラを回して、リアリティあふれる映画を撮《と》る。いわゆるチャンバラ時代劇のお定まりの形を、ストーリーも台本も映像も、小道具に至るまですべて覆《くつがえ》す。

べつに、どこにもぶつけようのないわれわれの怨念を映画にしたわけではないよ。われわれの名誉のために言っておくと、小笠原有楽が天才的な監督で、尾上小団次が不世出の時代劇役者だっただけさ。

あの映画は、日本映画史上のエポック・メイキングだった。


そこまでを話しおえると、川俣信夫はパイプに火を入れ、ボーイにブランデーを注文した。

小笠原有楽と長くコンビを組んだ彼が、やはり天才的なキャメラマンであることは周知の事実である。だが、川俣信夫にはけっして自《みずか》らの業績を衒《てら》うふうがなかった。

女装の主人が川俣の背中に向かって言った。

「尾上小団次はまったく千両役者という表現がぴったりの名優でした。でも、小笠原作品に主演なさったのは、たしか後にも先にもその一本だけか、と——」

川俣老人は振り向きもせずに肯《うなず》いた。

「その通りです。あれ以来こちらから出演依頼をすることもなく、小団次から誘うこともなかった」

「ふしぎですわ。その後の小笠原作品でも、小団次を起用したならさぞかし、と思われるものが多々ありますのに」

「その謎は僕の話が解き明かすよ、マダム。有楽と小団次の間に、べつだん何があったわけではない。二人の親しい付き合いは小団次が死ぬまで続いた。そして、有楽は死の床で、まるで遺言みたいに僕の手を握って言ったんだ」

川俣老人は少し言い淀《よど》んだ。

「どうぞ包み隠しなく、川俣先生」

「もう一本でいいから、尾上小団次の映画を撮りたかった。あんなスターは後にも先にも出ないだろう、とね」

「同感ですわ。先生のご意見は」

「むろん、同じだよ。小団次という俳優は、フィルムのどの一齣《ひとこま》を切り取ってもスチール写真になるような役者だった。だから僕はキャメラを回しながら、ただ貪《むさぼ》るように、ニュース映画でも撮るみたいに、小団次の所作や表情を追った。どこからどう撮っても、すばらしい絵になったんだ。あんな俳優はハリウッドのどこを探したっていやしないさ」

ブランデーの香りだけを嗅《か》いで、川俣信夫は話の続きを始めた。

梅雨明けを待ってクランク・インした撮影はしごく順調に進んだ。

小笠原有楽は当時無名だったが、主演が人気急上昇中の尾上小団次ということもあって、製作費は潤沢だったし、脇役にもなかなかの芸達者が揃っていた。

何よりも、スタッフやキャストがみな燃えていたんだ。有楽が打ち出すアイデアはともかくユニークで、これは今までの映画とはまったくちがう、斬新な作品ができ上がると誰もが予感していたからね。

たとえば、それまでのチャンバラ映画は一種の良識として、ほとんど血を見せることがなかった。しかし有楽は、ありとあらゆる仕掛を使って血を噴き出させた。人を斬るときの音は、豚肉の半身を実際に吊《つ》るし斬りをして音声に入れた。撮影中に大怪《け》我《が》をした役者など、カットも入れずにそのままうっちゃらかしておいて、もがき苦しむ様子をアップで撮ったりしたものさ。

有楽にはまるで何かが取り憑《つ》いているようだった。

その気持はわからんでもない。末は博士か大臣かと将来を嘱望《しょくぼう》された帝大出のエリートが、一族郎党の期待を裏切って映画の世界に飛びこんだ。しかし時はすでに軍がフィルムの検閲をする物騒な時代さ。そのうえたちまち満映に飛ばされて、国策映画を作らされるはめになった。あげくの果ては応召、抑留。そうした数限りない理不尽を経て、ようやく映画監督としてデビューする場を与えられたんだ。

有楽は一頭の鬼になっていた。クランク・インすると大好きな酒も断って、撮影所に泊まりこんでいた。着のみ着のまま、髭《ひげ》も髪も伸び放題で、臭くてかなわんからスタッフがむりやり風呂に連れて行くほどだった。

撮りに入ると我を忘れるのは、その後も変わらぬ有楽の習癖だったが、あのときは格別だった。日ごろは如才ない男なのに、おいそれとは声もかけられないほど有楽は身も心も張りつめていた。

撮影が進むにつれ、有楽のその緊張ぶりがスタッフやキャストのひとりひとりに伝染して行ってね。先が見えたころには、エキストラまでが小笠原有楽になっていたよ。

僕らがあの男——立花新兵衛と名乗るエキストラのひとりと出会ったのは、撮影もいよいよクライマックスの、池田屋のシーンにかかろうとするときだった。

そのころ僕らはみな、池田屋に臨《のぞ》む新選組隊士のように緊張していた。オープンセットには大がかりな予算を投じて、高瀬川から河原町に至る三条通の家並みが再現されていた。ことに池田屋のセットは、昭和六年まで現存していた実物とそっくりに、写真や古老たちの意見をもとにして、ほとんど再建されていたと言ってもいい。

三条通に面した引戸を開けると土間で、右手に帳場、正面に敷台と三畳の座敷。井戸とカマドが並ぶ炊事場と細い通路を隔《へだ》てて、立派な梯子段《はしごだん》が二階へと駆け上がる。梯子段の上には廊下がぐるりと吹き抜けを繞《めぐ》っていて、表側に八畳と六畳と四畳の座敷。奥へと進めば坪庭を隔てて四つの座敷が北向きの屋根へと続いていた。つまり、間口が狭く奥行の深い、京の町家の典型だな。

ともかく天井板一枚さえおろそかにはしていない旅宿池田屋そのもので、キャメラやライトの位置に知恵をしぼらなければならないほど無駄な場所がなかった。

もっとも、撮影に不自由なそうした完全なセットも、実は有楽の狙《ねら》いだったんだ。つまりキャメラの視野を、その場に立ち会った人間の目にしてしまうということさ。キャメラが人を斬り、キャメラが逃げまどう。倒れ、また立ち上がる。

レンズのブレもピンボケも恐れたらあかんと有楽は言った。殺すか殺されるかの戦場で、人間の目が何を見るか、おまえらはみな知っとるはずや、とね。

小笠原有楽のめざした映画のリアリズムとは、つまりそういうものだったんだ。

池田屋騒動については、今さら多くを語る必要はあるまい。祇園祭の宵宮に、近藤勇を始めとする新選組の剣客が志士たちの密会する池田屋に躍りこんで、一網打尽にしたという大事件だ。その晩、九人の志士が斬殺され、手練《てだれ》の新選組隊士にも三人の死人が出たというから、いかに物騒な時代とはいえ大変な騒動だったのだろう。

クライマックスの撮影は七月八日の午後十時——つまり旧暦六月五日の四ツ刻。池田屋騒動と同じ日時と決めた。有楽はそういうことにも拘《こだわ》ったんだ。

集合時間は九時三十分で、スタッフが二十人あまり、キャストが三十何人か、ライトの煌々《こうこう》と灯《とも》る三条通のオープンセットに集まってきた。

あのころ、夜のシーンといえば昼間に撮るものと決まっていた。真昼間に撮ったフィルムを暗く焼いて夜に見せかけていたんだ。だが、いくら月夜の晩でも夜空に雲が映るのはおかしい。ましてや池田屋騒動は旧暦の六月五日だから、たとえ晴れていたとしても月は糸のように痩《や》せていたはずだ。

有楽はそのあたりにも拘って、たくさんの照明や反射板《レフ》を動員し、高感度のフィルムを惜しげなく使って、史実と同じ夜の十時に撮影を決行した。

スタッフやキャストが集まると、まず助監督からの説明があり、次いで有楽が梯子段の中途に腰を下ろして、興奮ぎみの檄《げき》をとばした。

「ええか。映画や思たらあかんで。ここは元治元年六月五日、祇園宵宮の池田屋や。今まではごてくさしょうもないこと言うたが、きょうは何も言わへん。思う存分喧嘩《けんか》せえ。怪我しようがくたばろうが、後のことは心配すな。わしが責任持ったる」

たしか助監督が点呼をとっていたから、出演者は大部屋役者まで全員揃っていたはずだった。いや、一人だけ——近藤勇役の尾上小団次はいなかったと思う。彼はそのころすでに人気がうなぎ登りの大スターで、すべての準備が整ってから悠然と出てきたはずだ。

僕は三条通に据《す》えつけたクレーンの上から、間口を覗《のぞ》きこむようにして有楽の檄を聞いた。初めはメガホンを口に当てて話し始めたが、しまいには両手をうち振って怒鳴っていた。一見して体もそう良くはなく、うらなりにも見える有楽が、そのときばかりは誰の目にも歴戦の勇士のように映ったものさ。

有楽の話が終わらぬうちに、僕はクレーンを上げた。その晩の頭のシーンは近藤勇以下十人の新選組隊士が三条小橋を渡ってくる。キャメラはまず高瀬川を渡る彼らを俯瞰《ふかん》し、歩みに合わせて徐々にクレーンを下げ、池田屋の前では地を這《は》うようなローアングルから見上げる。つまり本番前に、小橋から三条通を見おろす当初のアングルを、きっちり決めておきたかったんだ。

クレーンが町家の軒をかすめる高さまで上がると、僕はファインダーを覗きこんだ。投光機は通りの左右の屋根に据えてあったが、必要以上の光を入れたくはなかった。何しろ数値で結論の導き出せる便利な機械など何もない時代のことだから、すべては経験と勘に頼るほかはなかった。僕はライティングの強さと角度を、メガホンであちこちの屋根に指示した。

結局、ライトは正面上からの一基にしぼって、残りは反射板を使った間接照明でぼんやりとした夜の明るさを出すことにした。そのほうが、じっとりと湿った宵宮の感じが出ると思ったからだ。表情が見えなければ小団次は不本意かもしれないが、有楽は納得するにちがいなかった。僕は近藤勇の精悍《せいかん》な表情を撮るよりも、新選組という、時代の影を黒々と背負った殺人集団を撮ろうとしたんだ。

「ノブさぁん、暗うてあかんのとちゃいますか。真ッ黒ですやろ」

照明係が不安げにクレーンを見上げて言った。

「かめへん。任しとき」

「せやけど、小団次先生が怒らはりますで。撮り直せ言われましてもなあ」

「ごてくさ文句言うな。そないな心配せんと、小団次さんが池田屋の戸口に立たはったら、足元からライト煽《あお》れ」

「へえ、足元から、こうですか」

照明係は池田屋の軒下に用意されたスポットライトを戸口に向けた。

「そやない、レフ使うて煽るのや。どや、暗闇の中からぐいっと、近藤勇の顔が現われる」

照明係はライトを逆に向けて、反射板を揺すった。

「そうや。クレーンが下まで降りたら、ゆっくりとレフを舐《な》め上げて、顔のところで煽るのや」

「こうですか。やあ、難《むずか》しなあ。うまくキャメラと合わせなならんし。ピッタリ入ればいい絵にはなりますやろけど」

「ドーラン塗っとる役者、そこいらにいてへんか。いっぺん試してみよ」

「せやけど、まだ監督の話、続いてますえ」

そのとき、折よく三条小橋の暗がりから侍姿の役者が歩いてきた。

「ノブさん、おあつらえ向きにエキストラが来よりましたで。ついでにクレーンも下ろしたらどないです」

まったくおあつらえ向きのリハーサルだった。三条通を照らす必要最小限のライティングと、クレーンのスピードとキャメラワークと、戸口のアップまでをこれで一度に試すことができる。

僕はメガホンをかざして、なぜか時間に遅れてやってきたその男に呼びかけた。

「おおい、遅刻やけど走らんでええぞ。そこらからゆっくり、そうや、ゆっくり歩いてこい。ここまできて、戸のところで止まってくれへんか。ほな、いくで」

人影は三条小橋を渡りおえたところで、一瞬ギョッとしたふうに立ち止まってクレーンを見上げ、僕の指示通りにゆっくりと歩き出した。歩みに合わせて、僕はクレーンを下げた。

「ここ一番のシーンに遅刻やて。バイトのエキストラかいな。せやけど、ついてるやっちゃ。これで監督にどやされんとすむやろ」

照明係はそんなことを言っていた。

「エキストラにしては、なかなか振りが堂に入ってる。大部屋さんとちゃうのんか」

僕はファインダーを覗きながら、思わずアップを入れた。本番では引きも寄りもしないつもりだったが、どうしてもその男の顔を確かめたかった。もし脇役の誰かだったら、僕らはとんだ粗相《そそう》をしたことになるからだ。

ミッチェル撮影機のレンズは男の顔を捉《とら》えた。照明が暗くてはっきりとは見えなかったが、少なくとも名のある俳優ではないことは確かだった。僕はほっとしてキャメラを引いた。

男はゆっくりと歩きながら、時おり眩《まば》ゆげにライトを見上げ、歩みに合わせて降りてくるクレーンを見つめた。

照明係が池田屋の間口の戸を閉めた。

「オーケー、すんませんなァ、そこいらでいっぺん立ち止まって、戸ォのほうを向いてもらえますやろか」

僕はそう言いながらクレーンから降りて、戸口にローアングルで据えてあったもう一台のミッチェルにかじりついた。

「ほな、いきまっせ。足元から舐め上げるさかい、レフを合わせてんか。いっせえのォ、ホイ」

一瞬、レンズは男の足元で止まってしまった。すり切れた草鞋《わらじ》と汚れきった足袋《たび》が、いかにも長旅をかけてそこまでたどり着いたというふうに、愕《おどろ》くほどリアルだったのだ。

有楽という監督はすごいと思った。この役者が誰で、どういう役回りを演じるのかは知らないが、衣裳や小道具のそんな細かな部分まで厳しく指示しているのだ。

レンズを舐め上げながら僕はいよいよ息をつめた。脚絆《きやはん》の藍《あい》の抜け具合、股立《ももだ》ちを取った裁着袴《たつつけばかま》のくたびれ方、羽織の汚れ、羅紗《らしや》の柄袋《つかぶくろ》を被《かぶ》せた刀の古めかしさ、乱れた髷《まげ》と飴色《あめいろ》に灼《や》けた一文字の菅笠《すげがさ》。

「ほなノブさん、煽りまっせ」

照明係が反射板を揺すると、男は目をかばって怯《ひる》んだ。

「よっしゃ、これで行こ。ご苦労さんどしたな、勝手ばかり言うてすんません」

男の正体がわからないので、僕は帽子を脱いで頭を下げた。すると男は、少しあわてたように菅笠を取って、深々とお辞儀をしたんだ。

「礼儀をわきまえず、相すみませぬ。何ぶん京洛に上《のぼ》るは初めての田舎侍ゆえ、不調法の儀は平にご容赦下され。ときに——池田屋なる旅籠《はたご》はこちらでござるか」

「いかにも」と、照明係はお道化《どけ》て言った。

「はるばる上洛《じょうらく》なされる勤王の志士の方々が夜道を踏み惑いませぬよう、足元を照らし申した次第——わかった、わかった。監督には俺からあんじょう言うとくさかい、早よお入り」

男はきょとんと僕らの顔を見つめた。時代劇の赤いドーランではなく、垢《あか》じみた黒っぽい化粧がまた妙にリアルだった。鬢もこめかみのあたりを深く剃《そ》りこみ、小さないたぶさをちょこんと載せていた。まるで古写真の侍だった。

貧相な撫《な》で肩をいっそうすぼめて、男は頭を下げ続けていた。

「拙者ごときのために、足元を照らして下さるとは……まことにかたじけない」

「いいかげんにしとき。監督にどやされるで」

照明係は苛立《いらだ》って男の背を押した。

「監督と申さるるは、どちらのご家中のどなたさまでござるか」

「小笠原監督や。何言うとんのや、あんた」

「小笠原様と申されまするか。これはしたり、よもやこたびの一件の監督は、豊前《ぶぜん》小倉十五万石の小笠原様にござりまするか」

「ま、それならそれでええわ」

付き合いきれんというふうに、照明係は反射板の埃《ほこり》を拭き始めた。

「しからば、肥前唐津六万石の小笠原様でございますか」

大部屋役者というのは、いつも冗談を言ってでもいなければやりきれない。せっかく勤王の志士役に抜擢《ばってき》されたのに、池田屋のクライマックスの撮りに遅刻をしてしまった男は、持ち前の冗談を連発して何とかこの場を乗り切ろうと考えているにちがいなかった。

僕は男の肩に手を置いて諭《さと》した。

「ええか、監督は大事を前にしてピリピリしたはるよって、怒鳴らはるかもしれへんけど、ともかく頭下げなあかんで。あとは俺があんじょう言うたるさかい」

小柄な男は不本意そうに僕を振り仰いだ。

「しかし、密書によれば、会合は六月五日の四ツ刻だと――」

「しょもないやっちゃなあ、あんた。三十分前に集合してあれこれ聞かななならんのはいつものことやろ」

「いつも、と申されましても、拙者は初めてのことゆえ――これは、大変な粗忽《そこつ》をいたし申した。監督様には衷心《ちゅうしん》よりお詫《わ》び申し上げます。いざ、ご先達《せんだつ》を」

男は袴の股立ちをおろして羽織の埃を払い、大刀を腰から抜いて右手に持った。昔の侍はよその家を訪ねるときは、きっとそういう所作をしたのだろうと、僕は妙に感心した。

「あんた、大部屋さんかいな」

「恥ずかしながら国元では、部屋住みの冷飯食いでござる。三十のこの齢まで、養子縁組の話もなく、無聊《ぶりょう》をかこっており申す」

「さよか。ええ役もろうて、よかったな。せえだいお気張りや」

「もとより命は捨つる覚悟で推参つかまつった」

この男は冗談を言っているのではなく、こんなふうにしてふだんから役を作ってきたのだろうと僕は思った。男の表情にはたしかに、命をかけてこの役を全《まっと》うしようとする覚悟が感じられた。

僕は池田屋の引戸を開けた。セットの内部は本番前の緊迫した気に満ちていた。

池田屋の主人――ご存じの通り内側から引戸を開けたなり仰天して、「お二階のみなさま、御用改めでございます！」と叫びながら梯子段の中途でバッサリと斬られるのがお定《き》まりの主人は、右手の帳場に座って台本を読んでいた。

かまどの前には、一瞬立ちすくんで茶碗を取り落とすだけの女中。余談だがその大部屋女優は、同じ役がこれで三度目だとしきりにぼやいていた。

照明は二階の吹き抜けに足場を組んでいたと思う。ほかには小道具が何人か、襖《ふすま》や行灯《あんどん》の点検をしていた。

二階の座敷から、勤王の志士たちの位置を指示する監督の声が聴こえた。

「上座は宮部鼎蔵《みやべていぞう》、吉田稔麿《よしだとしまろ》、北添佶摩《きたぞえきつま》――その次に、松田重助《まつだじゅうすけ》、望月亀弥太《もちづきかめやた》、あとは志士のA、B、C……も少し詰めなあかんな。ほんまにこの八畳と六畳に二十人もおったのやろか。背筋がさぶうなるわい」

有楽はさほど張りつめているふうはなく、僕はほっとして下から声をかけた。

「監督、大部屋さんをひとり、カメリハに使わさしてもらいましたで」

「なんや、まだおったのかいな」

有楽は腰手拭《てぬぐい》で汗を拭《ぬぐ》いながら、吹き抜けの欄干から顔を覗かせたとたん、ほう、と声を出して肯いた。つまり監督が感心するほど、遅れてきたその侍の身なりや面構えは良かったのだ。

男は土間につっ立ったまま、吹き抜けを見上げて声を張り上げた。

「肥前大村藩士、立花新兵衛、只今罷《まか》り越しました。みなさまに遅れて参上いたしましたる段、なにとぞご寛恕《かんじょ》下されませ」

滴《したた》る汗を拭うのも忘れてしばらく立花新兵衛に見入ったあと、有楽は女中に向かって「よし、水を持て」と命じた。

そこまでを話しおえると、川俣老人はブランデーを一口飲み、パイプに火を入れ直した。

ラウンジはしんと静まっている。

「興味のつきぬお話ですわ、先生。その立花新兵衛という役者、いったい何者でございましょう」

女装の主人は艶《あで》やかな微笑を扇に隠して訊ねた。

「まあ、そうせかしなさんな、マダム。この話はね、あの時代の映画産業の内側をよく知っている人でなければ、実はわかりづらいんだよ。だから僕は若い人にも理解しやすいように順を追って話しているんだ」

「さようでございますわね。私はあの時分の映画の内幕は、少なからず知っておりますけれど」

川俣信夫はロッキング・チェアから身を乗り出して、ラウンジの闇に潜む人々に語りかけた。

「戦が終わって、みんなが撮影所に戻ってきた。大陸や南方の戦線で、あるいは内地の部隊や動員先の工場で、僕らは映画のことをかたときも忘れてやしなかった。大部屋の役者だってそれは同じさ。僕には、そのときの立花新兵衛と名乗る男の気持が痛いほどわかった。戦前にもたぶん、台詞は貰《もら》えなかったのだろう。齢からすれば、応召されてひどい苦労をしてきたにちがいない。だから復員した撮影所で『立花新兵衛』という名前のついた役を貰ったとき、彼は昔の侍になりきってしまうほど身も心も打ちこんだのだ。その気持は僕らにしかわかるまい。僕は北支の戦線でいつも考えていた。命をかける場所はここではない。こんな場所ではない、とね。あの男もきっと、ガダルカナルかフィリピンかインパールか――ともかくひどい戦場のどこかで、そう信じ続けてきたにちがいないと思った」

「では、お話の続きを」

マダムが細い指を川俣老人に向けた。

女中がたらいに水を張って持ってきたとき、表が急に騒がしくなった。

まったく予期せぬ不運だった。間近で稲妻が光ったと見る間に、軒《のき》を叩くほどの雨が降り始めたのだ。

そのころの撮影機材はともかく雨に弱かった。ハリウッド製の高価なキャメラやライトは、日本の気候には適していなかった。ましてやビニールシートなどという便利なものはない時代で、わずかな小雨でも藁筵《わらむしろ》と自分の体とで、機材をかばわなければならなかった。だから僕はたちまち池田屋のセットから駆け出して叫んだ。

「撤収や、撤収や！　キャメラおろせ」

二階の窓が開いて、有楽も濁《だ》み声を張り上げた。

「電源切れ、雷が落ちるで！」

とたんにオープンセットを照らしていたライトが一斉に消え、あたりは稲光りだけがときどき炸裂《さくれつ》する真ッ暗闇になった。こうなると役者もエキストラも監督もない。みんなで戸外に走り出て、機材の撤収を始めた。

立花新兵衛と名乗る男は、梯子段から駆け下りてきた役者やスタッフに押し倒されて、たらいに片足をつっこんだまま土間に尻餅《しりもち》をついていた。

「アホ、なにしとるんや。早よ手伝わんかい」

「はい、ただいま。何なりとお命じ下され」

「ミッチェルや、手ェ貸せ」

クレーンの上の撮影機はすでに助手が下ろし始めていたが、三条通のローアングルに据えつけたままのミッチェルは雨に打たれていた。

「羽織や、羽織脱げ」

僕は雨の中に転げ出してきた新兵衛の羽織を引きはがすと、ミッチェルに被せた。

池田屋の内外は大騒ぎで、もし蹴飛《けと》ばされてレンズでも壊したら大変だ。僕と新兵衛は脚ごと撮影機を持ち上げて、筋向かいにある加賀屋という商家のセットに担ぎこんだ。

「ごめん。火急の用にて店先を拝借つかまつる」

そう言って撮影機を引きずりこんだとたん、新兵衛は「あっ」と小さく叫んで立ちすくんだ。当然のことだが、加賀屋は書割のセットだから、その内部はがらんとした土間だった。

「どないしいはった。べつだん驚くことおへんやろ」

「ここは、普請《ふしん》中でござろうか」

「用もないもんは予算の関係上作らんだけや」

「予算、とな？」

「わかったわかった。実はな、京の町もここんところチャンチャンバラバラで物騒やさかい、住人はみな逃げ出してもうた。そないなことより、キャメラを拭いてくれへんか」

「あいや、かしこまった」

新兵衛は懐《ふところ》から醤油で煮しめたような手拭を取り出して、キャメラを拭き始めた。

「あんた知っとるか、このキャメラ」

「……いや。あいにく田舎者ゆえ」

「ミッチェルのNCサウンドや。昭和の初めに輸入した老兵やけど、進駐軍に頭下げて、このシンクロナス・モーターを交換してもろた。おかげさんで、毎秒三十二コマの定速同時録音まででけるすぐれものに生まれ変わった。新しいキャメラはいくらもあるけど、これの撮る絵ェは貫禄がある」

大きな撮影窓《アパチュア》を向けると、新兵衛ははじかれるように身をかわした。

「船来の飛道具でござるか」

「ハッハッ、おぬし、なかなか言うな」

「密書によれば、来たるべき烈風の夜を期して洛中に火を放ち、混乱に乗じて中川宮を拉致《らち》し奉り――」

「さよう。京都守護職会津侯を討ち果たしたのち、畏《おそ》れ多くも天朝様を長州にご動座奉るのじゃ」

たしか台本に志士たちのそんな会話があった。僕もそうだったが、この大部屋役者もやはり台本のすべてを記憶しているらしかった。

「と申されると、これはその折に使う手筈《てはず》の大砲《おおづつ》でござるか」

「いかにも。おい、脚も拭いてんか。錆《さび》が出るさかい」

手拭を使いながら、新兵衛はひとり納得したように小さな顎《あご》を振っていた。

「ときに、そこもとはどなた様でござるか」

「キャメラマンの川俣や」

「は……亀田藩と申されると、奥州出羽の亀田藩のお方か」

「そんならそれでええわい」

「それは遠路はるばるご苦労にござる。憂国の至情を同じうする者として、力強う存じ申す。新時代開闢《かいびゃく》の先兵たれ、川俣殿。拙者も微力ながら一身を擲《なげう》って国家のため、民草のために働き申す。もはやこの命、わがものとは思わぬ。すべてを捧《ささ》げ申す」

新兵衛はキャメラを拭きながら、瞼《まぶた》ににじむ涙を拭った。

心を鷲《わし》掴《づか》みにされた思いだったよ。この男が誰で、どういういきさつでキャスティングされたのかは知らない。だが、命をわがものとはせずに、荒廃した国家と国民のために捧げようという言葉は、僕の胸を激しく貫いたのだ。僕らはけっして僕ら自身のためではなく、生きる方途を失った国民に、映画という娯楽を捧げるのだと思った。

「あんた、えらい苦労しいはったようやな」

「民百姓の飢渇に較《くら》ぶれば、物の数ではござらぬ。足軽の部屋住みゆえ、飢えは知っており申すが、口にするほどの苦労ではござるまい。そのようなことは、言えば愚痴になり申す」

この男はきっと、南方の飢餓戦線をさまよったのだろうと思った。

ふと、小笠原有楽や尾上小団次が、この男の口を借りて語っているような気がした。彼らはともに、戦時中の苦労を一言も口にしなかった。酒の席などで話題が及びそうになると、いつも言葉をはぐらかした。

思い出したくもあるまい。また、言えば愚痴になる。彼らはそれぞれのやり場のない思いを映画にぶつけ、ただ飢えた国民のために尽くそうと考えているにちがいなかった。

雷雲は洛西の空にわだかまったまま、動こうとはしなかった。戸口に爆《は》ぜ返る稲妻《あきら》が、書割の商家の土間にぼんやりと蹲《うずくま》る侍の姿を、ときおり古い肖像画のように瞭かにした。

「あんた、ええ面構えしてはるな。ほんまアップに耐える顔やで」

新兵衛は少年のようにはにかんで、俯《うつむ》きかげんに笑った。

「耐えることには慣れておりますゆえ」

この男の姿の良さを、有楽が見のがすはずはないと思った。

けっして二枚目ではない。貧相で控え目で、そのくせ潔《いさぎよ》い無私のイメージを持った、これこそ勤王の志士だ。

「雨が上がっても、水溜りやらぬかるみを何とかせな。きょうは無理やな」

助監督がメガホンをかざして、三条通を走り回っていた。

「本日の撮影は中止しまあす。明日七月九日二十二時、宜《よろ》しくお頼みしまあす。進行は本日のまま。きょうはこれにて解散、ご苦労さんどしたあ」

俳優たちはそれでいいが、撮影が順延になれば僕らスタッフにはやらねばならない仕事が山ほどもあった。ことに撮影と照明は、機材をひとまとめにしてセットに泊まりこむほかはなかった。

「明日は七月九日、とな……はて面妖《めんよう》な」

三条通のオープンセットに降りしきる雨を見つめて、新兵衛は小首をかしげた。

さて——その晩はそれからどうしたのだろう。

そうだ。有楽と連れ立って、俳優会館の小団次の控室《ひかえしつ》に行ったんだ。新兵衛はしばらく加賀屋のセットの中でぼんやりとしていたが、雨が小やみになるとどこかへ行ってしまった。

小団次はいかにも緊張の糸が切れたという感じで、近藤勇の衣裳を身につけたまま弁当を拡げていた。

控室に何時間もこもって付け人さえ寄せつけず、無念無想で役になりきってから本番に臨むのが尾上小団次という名優のならわしだった。

「とんだおしめりやなあ。すっかりダウンしてもうて、明日のこの時間にもういっぺん立ち上がれるかどうか、自信ないわ」

小団次は憔悴《しょうすい》しきっていた。威風堂々たる怒り肩からは力が脱け、腹から絞り出すようなあの張りのある声も、まるで凩《こがらし》のようだった。

戦場の思い出話を彼の口から聞いたのは、後にも先にもそのときだけだったと思う。

「ラエの飛行場で何度か特攻隊を送ったことがあるのやけど、水盃かわしていよいよ出撃いうとき、急にスコールがきよってな。思いもかけぬ長雨になって、出撃中止いうことになった。そんときのパイロットの顔いうたら、見るに耐えへんかった。斬り込みのときにも、そないなしょもないことはあったな。白襷《しろだすき》かけて、水盃して、よおし五人はぶった斬って死んだる思て立ち上がったとたん、きょうはやめやいう命令がきた。拍子抜けいうのんか、肚《はら》をくくった縄がブッツリ切れてもうて、ろくに声を出すこともできひんほどダウンしてまうのんや。ま、命がけいうたら大げさかもしれへんけど、今は似たような気分やで」

千両役者というのは、スタッフは職人だが役者は芸術家なのだと、そのときはしみじみ思った。

それから小団次は衣裳を脱ぎ、ドーランをといて、僕らと酒を飲んだ。撮影に入ってからは酒を断っているということだったが、その夜ばかりは飲まぬわけにはいかなかったのだろう。少なくとも小団次には、気持をいったん素《す》に戻して、翌《あく》る晩までにもういちど高揚させる必要があったのだと思う。

酒を断っていた有楽も、その晩はさかんに飲んだ。そして二人とも、ソファに沈んで寝てしまった。

生来酒が強くて、酔い潰《つぶ》れるということのない僕は、二人が寝入ってしまったあともちびちびとやりながら台本を読んだ。打ち上げのたびにカラオケで馬鹿騒ぎをする今の若い者には信じられんだろうが、昔の活動屋の酒の肴《さかな》は、いつだってフィルムと台本だった。

ふと気付いたことがある。あの侍――立花新兵衛のことだ。

登場人物表によると、池田屋に集う志士たちの中で名前のあるキャストは、宮部鼎蔵役以下五人。これらは俳優と呼ぶことのできる脇役者だった。次に「志士A」から「志士E」までの五人。これは多少の台詞と立ち回りのアップがある大部屋役者。以下の十人は剣劇会から参加したエキストラで、立ち回りはするが台詞もアップもない斬られ役だ。

どこを探しても、立花新兵衛なる登場人物は見当たらなかった。

僕は有楽を揺り起こして訊ねた。

「監督、この台本《ほん》、決定稿ですやろ」

有楽は目の前に差し出された台本を薄目でちらりと見て、面倒くさそうに答えた。

「アホ。わしの書きこみがしてあるやろ。監督が決定稿を持たずに撮りに入ってどないするねん」

「せやけど、さっきの立花新兵衛いう侍、出番があらしまへんけど」

「立花？——ああ、遅刻してきよったエキストラか」

そう言ったとたん、有楽はふいに目をくわっと見開いて身を起こした。

「そや、忘れとった。あの役者、ええ味出してたな。立ち稽古のときもリハーサルでも見かけぬ顔やったけど、剣劇会の人かいな」

「そないなことどうでもええやんか。あの役者、使うたれ。本人はすっかり役に入ってしもて、それこそ斬りこみ隊の心境やで。あれならええ芝居する。まちがいない」

「よおし。ほな、明日の本番でぶっつけに使うたろか。ちょうど階段落ちの大部屋がリハーサルで怪我して、誰にやらそか思てたところや」

「台詞も付けたってくれへんか。なかなか口の回る役者やさけ」

フム、と少し考えてから、有楽は台本の余白に赤鉛筆を走らせた。

「タチバナ言うのんは、一字の橘か、それとも立つ花かね」

「立つ花や」

当然のことのように答えて、僕はふしぎな気分になった。「タチバナ・シンベエ」

という侍の名前は、僕のイメージの中ではまるで実在の人物のように、「立花新兵衛」という字面《じづら》で確立していたのだ。

「シンはむろん、新しい、やな」

と、有楽も当然のことのように言った。

「ええ名ァや。いかにも勤王の志士やで。この名前を台詞に生かす手ェはないかな」

「そやな。たしかにええ名ァや。せやけどノブさん、今までいっぺんも顔出さへんと、いきなり池田屋で名乗るいうのもなあ」

「そこがおもろいのとちゃうやろか。池田屋のシーンは使い古されとるしな、映画や芝居で何べんも見飽きたお客が、ハテ、立花新兵衛て誰やろかと興味を持つで。池田屋の階段落ちは肥前大村藩士立花新兵衛ていう定《き》めごともこの先でけるかもしれへん」

「歴史を作ってまうのんか。そらおもろいわ——よおし、ほしたらこうしよか」

小笠原有楽は有能な脚本家でもあった。そのときも、さして考える様子もなくサラサラと立花新兵衛の出番を作り上げた。

「これでどや。近藤勇、虎徹《こてつ》を下段に構えて梯子段の下り口に立つ。『手向かう者は容赦なく斬り捨てる。命惜しくば潔く縛《ばく》につけ』。そこに上手から立花新兵衛、痩せ刀を正眼に構えて登場。『肥前大村藩士立花新兵衛、命ははや皇御国《すめらみくに》に捧げ奉った。

いざ尋常に勝負!』。二人は二度三度と刃を合わせ、近藤、裂帛《れつぱく》の気合もろとも立花の胴を抜く。立花、『む、無念。皇国の弥栄《いやさか》、祈り奉らん』。そのまま階段落ち、土間に転がった立花の死体を階段上からアップ。どや、ノブさん」

「ええやないか。クライマックス中のクライマックスやな」

そのとき、向かいのソファに横たわっていた小団次が大きな伸びをした。

「アホらし。斬りこみ隊の心境の大部屋かいな。命ははや皇御国に奉った、か。皇国の弥栄、祈り奉らん、か。アホらしうて、ヘソで茶が沸《わ》いてまうがな。なあご両人。あんたら満州や支那でどないな戦しいはったかは知らへんけど、わしはそないなきれいごと言うて斬りこんだ兵隊なぞ、ひとりも見てない。まるまると肥えた将校にそないなこと言われて、ガタガタ震えながら突撃する兵隊はやな、みな判でついたように、おかあちゃーん言うてつっこむのや。ジャングルの中でな、その大勢の声が、カー、カー、てカラスの鳴き声のように聞こえる。わし、そないなアホらしい芝居、ようせん」

吐き棄てるように言うと、小団次は飲みさしの一升瓶をぶら下げて部屋から出て行ってしまった。廊下の長椅子で寝ていた付け人を怒鳴りつけ、激しく殴《なぐ》り倒す物音が聞こえた。

「どないしはったんやろ、小団次さん」

と、有楽は不安げに僕を見つめた。

「悪い酒飲まはったのやろ。なあに、明日になれば機嫌ようなったはるがな」

「やはり『皇御国』と『皇国の弥栄』は言いすぎや。GHQの検閲にひっかかるかもしれへんし、も少し考えよか」

結局、有楽が書き直した立花新兵衛の台詞は、こんなものになった。

肥前大村藩士立花新兵衛、この期《ご》に及んで惜しむ命はござらん。いざ尋常に勝負！　む、無念。この恨み、死するとも忘れぬぞ近藤勇——。


「先がどうなるのか見えないけれど、何だか気味の悪い話だね」

小日向君が私の耳元で囁《ささや》いた。

「そうだな。映画の内幕とか、撮影所とかいうものが、そもそも薄気味悪い」

映画という壮大な嘘の世界の内側では、人知の及ばざるふしぎな出来事がいくらでも起こっていそうな気がする。監督はじめスタッフやキャストの個人的な情念が、レンズを通して一本のフィルムに封じこめられる。そして怖いことには、映画が完成したとたんにそれら情念は、みな「嘘」になる。

たとえばスクリーンの中に転がる死体が、本物の死体ではないという保証はどこにもない。四谷怪談のフィルムのどこかに本物のお岩が出現していても、観客はおののくばかりで、まさかそれが女優ではない誰かだとは考えまい。あるいは、合戦シーンでは大勢の怪我人や、時には死人が出ていてもおかしくはないが、そんな事件はついぞ聞いたこともない。

つまり、撮影中に何が起ころうと、完成したとたんにすべては「嘘」になる。映画というものの気味悪さは、銀幕の向こう側に封じこめられた真実である。そうしたものが映画館の闇の中で、霊障のように観客の胸に伝わったとき、人はみな嘘と知りつつ歓喜し、恐怖し、感動する。

室温は適度で心地よかったが、暖炉の前に座る川俣老人はアスコット・タイをはずし、ハンカチで額の汗を拭った。

「冷えたシャンパンをいただけるかね。むやみに咽《のど》が渇いて仕様がない」

ボーイがグラスを運ぶのを待って、川俣信夫は変わらぬ調子で話し始めた。

たちまちじっとりと湿った夏の夜気が、人々を押し包んだ。

雨は夜通し降り続いていたが、風の動かぬ、ひどく蒸し暑い晩だった。

有楽の書きかえた台詞を自分の台本に写しとって俳優会館を出たのは、撮影所がしん寝静まった真夜中だったと思う。ステージ棟の建ち並ぶ水溜りの道を歩き、懐中電灯の光を頼りにオープンセットの町なかに入ると、まるで時間を踏み越えて幕末の京の巷《ちまた》にすべりこんでしまったような心細い気分になった。

　考えてもみれば、たかだか八十年前の話さ。その間に日本はめまぐるしく変わったから、遠い昔のような錯覚を起こすが、当時は江戸時代に生まれた年寄りも珍しくはなかった。

　ちなみに当時まだ健在だった僕の祖父という人も慶応二年の寅の生まれで、つまり近藤勇や土方歳三と同じ瞬間の空気を吸っていたことになる。

　雨の中を濡《ぬ》れねずみで歩きながら、ふとそんなしょうもないことを考えた。日本いう国は、何ともまあご苦労さんな国やなあ、とね。

　そうだ。そのとき僕は、酒盛りの残り物をズックの鞄に入れて持っていた。ウイスキーのポケット瓶と食い残しの弁当だ。キャメラの番人をしている助手は、さぞかし腹をすかせているだろうと思った。

　ところが、キャメラを集めておいた三条通の加賀屋に入ると、助手の姿が見当たらない。三台のミッチェルと照明機材が、がらんとした土間の隅に藁筵を被せて置いてあった。

　翌る日にはむろん大目玉をくらわしたがね。つまり寝ずの番を命ぜられていた撮影と照明の助手は、機材をほっぽらかして下宿に帰ってしまっていたんだ。まあ、一人なら辛抱もしようが、同じ立場の若い者が二人して、「アホらしなあ、こないな雨の晩に忍びこむ泥棒もいてるわけないし、明日の朝早うに出てくればわからへんやろ。ああ、腹へった」などということになったのだろう。

土間には進駐軍の払い下げの簡易ベッドと毛布が置いてあった。アルミニウムの枠に帆布を張ったベッドはことのほか寝心地がよく、折畳むと簡単に持ち運べたから、ロケの現場ではずいぶん重宝したものだった。

雨音を聴きながら床についたが、蒸し暑くてどうとも寝つけない。眠っておかなければ明日の撮影に障《さわ》ると思えば気ばかりが立って、いよいよ目が冴《さ》えてしまった。

軒先に出て、降りしきる雨を見上げながらタバコを喫《す》った。そうしてぼんやりとオープンセットの町並を眺めているうちに、名案を思いついた。三条通を隔《へだ》てた池田屋のセットには畳も座蒲団もある。小道具の茶碗も蠟燭もあるのだから、あそこの二階で飲み直してぐっすり寝ようと思ったんだ。で、さっそくウイスキーと弁当を持って、池田屋の軒に走りこんだ。

引戸をするすると開ける。京の町家を忠実に再現したセットの中には、青畳と新木の匂いがひんやりと漂っていた。懐中電灯で足元を照らしながら梯子段を昇った。

吹き抜けに沿った回り廊下を繞《めぐ》ると、襖で隔てられた座敷が鉤《かぎ》なりに三つ並んでいる。手前が六畳、その先が通りに面して八畳と四畳だった。

その四畳の障子に、蠟燭の光の輪が映っていたんだ。

驚きはしなかった。てっきり加賀屋のセットで機材の番人をしていた助手たちが、僕と同じことを考えて向かいの池田屋に上がりこんでいるのだと思った。

立場上、叱言《こごと》のひとつも言わねばならないと思いつつ廊下を歩いて行くと、ふいに蠟燭が吹き消され、暗闇から「何やつ！」と威《おど》すような声がした。

その声の主が誰であるかはすぐにわかった。

「何や、立花さんかいな」

「いかにも。その声は川俣殿、でござるかな」

「ちょうどええわ。あんたにええ報《しら》せがあるのんや。監督のおめがねに適《かな》わはったで」

障子を開けると、新兵衛は懐中電灯の光から目をかばった。

「あんた、熱心なのはようわかるけど、着替えぐらいしいはったらどや。それに、何もこないなとこで寝ることもないやろ」

マッチを擦《す》って百目蠟燭を灯《とも》す。がらんとした座敷に、新兵衛は膝を揃えて座っていた。

「小笠原様が、拙者をどのように？」

「あんたの心がけがええさかい、明日は立派な勤王の志士や。ここは正念場やで」

「何と、小笠原様が拙者を勤王の志士と申されましたか」

「そうや。俺も推薦した。あんたならまちがいない」

川俣殿、と感極まった声を絞って、新兵衛は畳に両手をついた。

「かたじけのうござる。密書をいただいた折は、拙者のごとき部屋住みの軽輩にどれほどの働きができるやと、頭を悩ませ申した。これで脱藩をいたした甲斐があったというもの、何とお礼を申し上げてよいものやら言葉もござりませぬ」

新兵衛は骨の髄まで役に入りきっていた。はたから見ればおかしくもあり、切なくもあるのだが、けっして笑ってはならないと僕は思った。

「相手に不足はないはずやで。新選組局長近藤勇――」

えっ、と叫んで新兵衛は頭を上げた。自分の役回りの重要さをとっさに理解したのだろう、青黒いドーランを塗った顔はみるみる闘志に満ちた。

「拙者、身分こそ武士とは名ばかりの軽輩ではござるが、腕には多少覚えがあり申す。近藤勇と聞けばまことと相手にとって不足はござらぬ。尋常の立ち合いとあらば、必ずや打ち果たしてごらんに入れましょうぞ」

「その意気、その意気――ところで、腹へっとるやろ。余りものやけどよばれてんか」

僕はズックの鞄から弁当の残りとウイスキーを取り出して新兵衛に勧めた。

「これはかたじけない。実は先ほどから腹がへって寝つけずにおり申した。隣の座敷には酒宴の仕度があるが、面妖なことに皿も徳利もカラでござる。階下を覗いても宿の者はおらず、酒も飯も見当たらぬばかりか井戸まで干上がっており申す。それにしても、みなみなさまはどちらへ向かわれたのでござるか」

襖を開けると、八畳間にはリハーサルのままの箱膳が並べられていた。急な雨に見舞われて、役者もスタッフも機材の撤収に出たきり解散してしまったのだ。

僕は手近の箱膳をたぐり寄せて、カラの茶碗にウイスキーを注いだ。

「明日は朝から水溜りの始末をせんならんし、みな気ィ張っとるさかい家にもよう帰らんと俳優会館でザコ寝しとるんやろ。あんたも腹ごしらえしたら、あっち行って寝なあかんえ」

経木《きょうぎ》を開いて握り飯やら佃煮《つくだに》やらを小道具の皿に盛りつけ、通りに面した窓を引くと、幸い雨は上がっていた。

ウイスキーを一口飲んだとたん、新兵衛は激しく噎《む》せた。

「どないしいはった、立花さん」

「いや……面目ない。しかし川俣殿、拙者のごとき田舎侍には、見るもの聞くもの驚くばかりでござりまする。何分、部屋住みの分際では国元を離れる機会とてなく、酒もどぶろくのほかには口にした覚えがござらぬ。それにしても、この酒は喉《のど》を焼きまするな」

僕はとうとうこらえきれずに、雨上がりの闇に向かって噴き出した。いったん笑ってしまうと、我慢を重ねていた分だけとりとめようがなかった。

「これ、川俣殿。田舎者をお笑いめさるな」

もう堪忍《かんにん》しいや立花さん、という声すら言葉にはならず、僕は障子にすがりついて息も継げずに笑い転げた。

「攘夷《じょうい》が開国へと変節いたしたるは、時勢と申すものでござろう。しかし、京の都がこれほど西洋の文明に感化されおるとは思いもせなんだ。いやはや、お恥ずかしい限りでござる」

「わかった、わかった。もう何も言わんといて。黙って飯食うてんか」

笑いながら僕は感心していた。この男には時代劇役者としての稀有《けう》の才能がある。いくら役に入りきっているとはいえ、ここまでアドリブの台詞を並べるのは大したものだ。

「ともかく早う飯食うて、俳優会館へ行ってお休み」

よほど腹をへらしていたのだろうか、ウイスキーには二度と口をつけずに、新兵衛は握り飯をがつがつと貪り食った。

「ときに川俣殿。その何とやら申す同志の会所は、どちらにござるのかな。長州か肥後の藩邸でござるか」

「何やあんた、この撮影所は初めてかいな」

「お笑いめさるな。先ほどから申しておるように、見るもの聞くもの初めてのものばかりでござる」

「ほしたらな――ちょっと来て見い、ええか、そこの三条小橋を渡ってやな、右に折れると遊廓のオープンセットに入るさかい、つき当たりの火の見櫓《やぐら》の辻をまた右に折れて、ステージ棟の先や」

指先の飯粒をしゃぶりながら、新兵衛は僕の指し示す闇の奥に目を細めた。

「先ほどから、みなさまのお使いになる西洋語には往生しておりまするが……ともかくも、そこなる小橋を渡って右、さらにつき当たりの辻を右、でござりまするな」

「そうや。玄関に守衛がいてはるさけ、大部屋の仮眠所はどこや言えばわかる。みな寝入っとるやろけど、適当に蒲団敷いてな」

「そこもとはいかがなされる」

「俺か。俺はもうあんたとは付き合《お》うてられへん。キャメラの番もせんならんし」

「寝ずの番とはご苦労にござる。拙者だけぬくぬくと休むのも心苦しいが」

「かめへん、かめへん。さ、早よ行き」

正直のところ、こっちがおかしくなりそうだった。僕は刀を腰に差して立ち上がる新兵衛に懐中電灯を押しつけ、廊下に送り出した。

「ほな、気ィ付けてな。ぐっすり寝るんやで」

足元を照らしながら新兵衛は階段の途中で立ち止まり、僕を見上げてにっこりと笑った。浅黒い顔に白い歯のきわ立つ、とてもいい笑顔だった。

「これは、まこと便利な品物でござりまするな。京では提灯《ちょうちん》などもはや使《つこ》うてはおりませぬのか」

「使てない、使てない。ほな、おやすみ」

「おやすみなされませ――ううむ。時勢とは怖ろしいものでござる。しかし拙者、いかに時勢とは申せ、そこもとのごとく髷を落とし、刀を捨て、ダンブクロをはくだけの勇気はござらぬ。ごめん」

やれやれと息をついて、僕は座敷に戻った。新兵衛の飲み残したウイスキーを舐め、三条通を見下ろす窓辺に寄る。

足元を懐中電灯で照らしながら、新兵衛はまったく侍の歩様で歩み去ろうとしていた。

「あかん、台本《ほん》持たせな」

有楽が台詞を書きこんだ台本を、新兵衛に渡さなければならないと思った。鞄の中から丸めた台本を探り出し、僕は階段を駆け下りた。

「おおい、忘れもんや、忘れもんや！」

オープンセットの甍《いらか》の上に、糸のような三日月がかかっていた。三条小橋の向こう岸の柳の下で、僕の声に顔だけ振り返ったまま、立花新兵衛の姿はふっと闇に呑《の》まれてしまった。


「おや、怪談話でしたか」

思いがけぬ話の行くえに意表をつかれたのか、女装の主人は川俣老人の声を遮《さえぎ》った。

「ちがうよ、マダム。そうじゃない」

「でも、柳の下でふっと消えてしまうなんて――ねえ、みなさん」

客たちはそれぞれに囁《ささや》きを交わし合った。川俣は溜息《ためいき》を吐きながら、ぐるりと人々の影を見渡した。

「ちょうど折あしく、懐中電灯の電池が切れたんだろう。オープンセットに街灯などはないから、そうなれば鼻をつまれたってわからない真暗闇さ。彼は右も左もわからぬまま、ともかく俳優会館までたどり着いたと思う。もっとも――確かめたわけではないがね」

小日向君が香を焚《た》きしめた羽織の袖《そで》を口元に寄せて呟いた。

「どう思うね、君は」

さあ、と首をひねるほかに、私の答えはなかった。

「怪談話だったら気が楽だね」

小日向君は肯いた。

「僕もそう思うよ。マダムは浅はかなのではない。怪談話だったらいいのにという希《ねが》いが今の一言になったのさ」

わずか百三十年前の幕末を、遥かな歴史上の時代だと錯覚させるほど、日本は激しく変わったのだろう。父と祖父の生年をたどり、そして膝に抱かれた記憶のある私の曾祖父の、明治二年という生まれ年を考えれば、江戸時代は歴史と呼ぶには近すぎる過去にちがいなかった。川俣老人やマダムや、年配の参会者たちにとっては、今さらその感慨は一入《ひとしお》だろう。彼らがまだ若かった戦後のあの時代は、どう算《かぞ》えても江戸時代から八十年しか経っていなかったのだ。

急激に変わりすぎた国家の全国民が等しく錯誤している「遠い昔のような昨日」こそ、この話の真の恐怖だった。

声は滑《なめ》らかだったが、川俣老人の表情は青ざめていた。

「お続け下さい、先生。どうぞありのままを」

マダムはテーブルに身を乗り出し、語り手を励《はげ》ますように言った。

僕があえて立花新兵衛のあとを追おうとしなかったのにはわけがある。あそこまで役に入りこんでいる彼に、前夜から台本を渡しておく必要はないと思ったのだ。変に考えすぎるとロクなことはない。ましてや有楽が書きこんだ新兵衛の台詞は二つだけさ。

「肥前大村藩士立花新兵衛、この期に及んで惜しむ命はござらん。いざ尋常に勝負！」

「む、無念。この恨み、死するとも忘れぬぞ近藤勇――」

本番前に台本を見せ、有楽が多少の演技指導をつければ、それで十分だろうと思ったのだ。

僕は池田屋の二階に戻ると、座蒲団を枕にして深い眠りに落ちた。

翌る日は雲ひとつない快晴だった。

泊まりこみのスタッフや大部屋役者は、早朝から総出で三条通の手入れを始めた。

太秦という土地はもともと水はけが悪く、いくら砂を重ねてもぬかるんでしまう。キャメラはクレーンの上から俯瞰するので、ライトを照り返す水たまりはひとつも残してはならなかった。

「きょういうきょうは、槍が降ってもクランク・アップするさけな。小団次さん、明日から次の役作りに入らはるそうや」

食堂でぶぶ漬《づ》けをかきこみながら有楽は言った。

「へえ、さよか。また鞍馬におこもりかいな」

「山ン中走り回って、杉の木相手にヤットーやろ。ほんで滝に打たれて座禅組まはるのんや」

「牛若丸やな、まるで」

「せやから何としてでもきょうはクランク・アップせなならん」

その夏は雨が多く、撮影スケジュールはすでに何日も押していた。何しろ週替わり二本立てという公開ペースなのだから、三日も押せばキャストやスタッフの予定も、セットの使用日程も調整がつかなくなったものだ。主役の小団次に限らず、あらゆる理由からその日は限界だったと思う。

だから僕らにはやらねばならぬ仕事がいくらでもあって、あの立花新兵衛のことなどすっかり忘れていた。夜十時の撮影に入るまで、彼を見かけた記憶はない。

きのうのきょうだから、監督があえてくり返す指示もなく、定刻通り池田屋の二階で志士たちが議論を戦わせる場面から撮影は始まった。

そのとき、いつの間に現われたものか立花新兵衛はたしかに一座の中にいた。

八畳と六畳の座敷は襖をはずされ、二十人の志士——いや、正しくは二十一人だったはずなのだが、なぜか一人多いことに誰も気付かず、きのうより少々窮屈な感じのする長座りの席でカチンコが鳴った。

僕は一夜を明かした四畳の座敷にミッチェルを据えていた。暗い襖がスクリーンの三分の一ぐらいを切って、座敷の明暗をきっぱりと際立たせる工夫をした。

志士たちの議論は、レンズを通して見ていても思わず唸《うな》り声を洩らしてしまうほどの熱演だった。

「しかし宮部殿、いかな義挙とは申せ畏《おそ》れ多くも御所に火を放つは、後世暴挙の誹《そし》りを免れますまい。いま一度ご再考を」

「いいや、天朝様を夜陰に紛れて長州までご動座奉るには、ほかに考えうる手だてはない」

「では、烈風が吹かざるときはいかがいたすご所存か」

「風は吹く。必ず吹く。われらが義挙に加担せざる神仏など、いるはずはない」

そのとき、壁ぎわの下座にいた立花新兵衛がふいに腰を浮かせた。

「あいやしばらく。その議については、拙者いささか腑《ふ》に落ちませぬ」

一同はぎょっと新兵衛を振り返った。

（……なんや有楽さん、また台本《ほん》に手ェ入れはったんかいな。それならそうと、キャメラには言うといてくれへんと困るわ）

胸の中で苛立ちながら、僕は新兵衛にアップを入れた。

「拙者、蒙古襲来の折の嵐が、よもや神風であるとは信じませぬ。維新は人のなすもの、救国の志がなしとげるものではござらぬか。われらが義挙の帰趨《きすう》を神風の力に委《ゆだ》ねるとは、いやしくも志士たる者のご発言とは思えませぬ。ご再考めされよ、おのおのがた」

新兵衛はその場にすっくと立ち上がって、一同を睨《ね》め渡した。それは、すばらしい名台詞だった。スタッフやキャストのおのおのが、そして観客のすべてが経験した悪い戦の本質を叱《しか》りとばすような言葉に、僕は胸を抉《えぐ》られるような気がした。

一瞬の沈黙のあとで、宮部鼎蔵役の俳優は呟くように言った。

「……貴公の申されること、いちいちもっともじゃ。われらは志士でござる。神仏の加護を期してはならぬ。おのおのの志によって、新しき世を作ろうぞ」

「カアーット！」

廊下に有楽の声が響いた。

「最高や！　とてもアドリブとは思えへん。オーケーやで。ほな次のシーン、行こか」

僕らの国に神仏の加護はなかったが、そのときの池田屋のセットには明らかに人間ではない何ものかの力が働いていた。キャメラが捉えた役者たちひとりひとりの顔は、どれも国を憂うる志士の表情そのものだった。

「監督、もう何もせんと、流れに任せまひょ。俺も黙ってキャメラ回しますさけ」

「わかっとる。わしの出る幕などないわ。とうとう映画の神さんがメガホンとらはった」

それから僕は、台本の流れ通りにクレーンに乗り、三条小橋を渡って池田屋をめざす新選組の姿を撮った。

このシーンも一度でオーケーが出た。キャメラと反射板の光が足元から舐め上げる近藤勇は、息を呑むほどの貫禄だった。

「こないな夜更けに、どなたさんどすやろか」

慄《ふる》える主人の声に、小団次は答える。

「京都守護職会津公お預り新選組、旅宿改めをいたす」

この場面にも予期せぬアドリブがあった。台本では主人が潜《くぐ》り戸を開けて驚愕《きょうがく》するのだが、戸を閉めたままそのやりとりをしてしまったのだ。

「お二階のお客様、旅客調べでござります！」

梯子段を駆け上がろうとする主人を屋内の土間に据えたキャメラが追う。小団次は同時に、しんばり棒もろとも潜り戸を蹴破った。僕のキャメラは九十度ターンして、その背中を捉えた。

小団次は真剣を大上段にふりかぶって、店主の背を袈裟がけに斬った。間合いはひやりとするほど近く、噴き出る血しぶきは本当に役者のものに見えた。

カットの声はかからなかった。助手たちが脚ごと担ぎ上げたキャメラは、近藤勇と沖田総司を追い続けた。つごう三台のキャメラは血煙りの中を逃げまどい、まさに人間の目で祇園宵宮の惨劇の一部始終を捉えた。

やがて梯子段の上に、満身の返り血を浴びた小団次と立花新兵衛が対峙《たいじ》した。

「手向かう者は容赦なく斬り捨てる。命惜しくば潔く縛《ばく》につけ」

息も乱さず、腹から絞り出すような声で小団次は言った。

「肥前大村藩士立花新兵衛、命ははや皇御国《すめらみくに》に捧げ奉った。いざ尋常に勝負！」

一瞬、小団次の表情がひきつった。それは昨夜、小団次が「アホらし」と罵《ののし》った台詞だった。

（……監督、やりよった。わざわざ小団次さんのいやがる台詞を言わせよった）

僕はファインダーから目を離して、有楽の姿を探した。吹き抜けになった回り廊下の端で、有楽はじっと二人の立ち合いを見据えていた。

小団次は仁王のような形相で言った。

「この国は、断じて皇御国などではない。死ね」

すさまじい気合とともに、二人は三度刃を合わせた。輝かしいライトの下でも、はっきりと火花が見えた。新兵衛の上段からの面打ちをすり抜けて、小団次は大きな体を沈みこませるように胴を払った。

「む、無念。皇国の弥栄《いやさか》、祈り奉らん。この恨み、七たび生まれ変わっても忘れぬぞ、近藤勇――」

夥《おびただ》しい血を下腹から噴き出して、新兵衛は真逆様に梯子段を転げ落ちた。

土間に腹這った新兵衛をアップで映しながら、僕は助手に体を支えられていた。腰が抜けてしまったのだ。口から血泡を吐いて全身を痙攣《けいれん》させる新兵衛は、どう見ても小団次の真剣に胴を割られたとしか思えなかった。

「カアーット！」

有楽の声が響いた。僕はあわてて新兵衛を扶《たす》け起こした。

「あんた、斬られたやろ。大丈夫か」

「何のこれしき……」

新兵衛は唸りながら立ち上がった。周囲はさかんに拍手喝采を送ったが、彼を抱き止めた僕だけは笑えなかった。新兵衛の腹から流れ出る血は、生温かく僕のズボンを濡らしていた。そして、脇差の柄の上には黄色いはらわたの端が溢《あふ》れていた。

僕はそのとき、とっさに考えたのだ。この男を、向こうに帰してやらねばならない。とりあえずそうしなければ大変なことになる、とね。

「新兵衛、ここはひとまず遁《のが》れよう」

僕は万雷の拍手を背にして、新兵衛を三条通に引き出した。

「長州藩邸に逃げこめば匿《かく》もうてもらえる」

「……いいや、川俣殿。拙者をかぼうてはおぬしまで危ない。追手は引き受けるゆえ、お逃げめされよ」

僕らを追ってくるのは、町家の屋根に据えられた投光機の光だけだった。

「そこの三条小橋のたもとを北に行けば、ほどなく長州藩邸じゃ。気をしっかり持て、新兵衛」

「相すまぬ。必ずや再起を図りましょうぞ、川俣殿。いつの日か、必ず――」

小橋を渡るうちに、新兵衛の体は僕の腕の中でちぢこまっていった。そして対岸の柳の下までくると、まるで淡雪《あわゆき》が溶けるように消えてなくなってしまった。

「新兵衛！」

僕は闇に向かって呼んだ。書割にはじけ返る谺《こだま》は虚《むな》しかった。

立花新兵衛はたしかに向こうへ帰った。ほっとした気分とはうらはらに、僕の胸には、得体の知れぬ悲しみが残った。

「こうして思い返してみれば、あの男はやはり、南方の戦場でひどい苦労をしてきた大部屋役者だったのかもしれない」

ブランデー・グラスをロッキング・チェアの袖に置くと、川俣信夫は老いた瞼《まぶた》を揉んだ。

「わたくしは、そのほうが恐ろしい気がしますわ。いかがですか、みなさま」

答える者はいなかった。薄闇にわだかまるパイプの煙を見上げながら、川俣老人は後日譚を続けた。

「あのフィルムは傑作だった。いや正しくは傑作になるはずだった。ことに、クライマックスの立花新兵衛の演技は圧巻だった」

「おや、映ってらしたのですか」

「もちろん。彼は幽霊ではないからね。しかし、その肝心の部分がGHQの検閲にひっかかってしまったんだ。『命ははや皇御国に捧げ奉った』と『皇国の弥栄、祈り奉らん』。議論の席での演説も、国民感情を徒《いたず》らに煽《あお》るという理由でカットされてしまった。小団次と新兵衛の対決と階段落ちは、残酷すぎるとされた。つまり公開されたフィルムには、新兵衛がいない」

人々は一斉に不満げな溜息をついた。

「小笠原有楽は男泣きに泣いて悔やしがったよ。あないなシーン、わし二度と撮れへん、とね。そう、クランク・アップの後に知ったのだが、有楽は新兵衛に台本を渡していなかったんだ。むろん何ひとつ演技指導もしてはいなかった。すべては、新兵衛のアドリブだったんだ」

じっと川俣老人の横顔を窺《うかが》っていた小日向君が、ふいに言葉を挟んだ。

「アドリブじゃないでしょう。それはたぶん立花新兵衛という、向こうからきた志士の真実の声ですよ」

「しょうもないこと言わんとき」

と、川俣老人は忘れかけた京都弁で言った。

「あなただって、本当はそう考えているんでしょう。ちがいますか」

「つらすぎるよ、それは。あの男が元治元年六月五日の晩から、何度も同じことをくり返しているのかと思うとね」

「何度も、とはどういう意味ですか」

問い糺《ただ》す小日向君の声はうわずった。

「後に知ったのだがね、立花新兵衛らしき侍を見たことのある者は、大勢いたんだ。

幕末物を撮ると、決まってセットやステージをうろつき回る妙なエキストラがいる、と。だとすると、立花新兵衛は祇園宵宮の晩、本当に近藤勇に斬られて階段から転げ落ちた、勤王の志士だったのかもしれない」

「そして、三条小橋の向こう岸まで逃げて、柳の下で死んだ、と」

闇からの声に、川俣老人は鼻で嗤《わら》った。

「せやから、しょうもないこと言わんとき。南方の戦場でひどい苦労をした大部屋役者でええやろ。それでええやんか」

ややあって、女装の主人が訊ねた。

「その後、監督は？」

「映画ファンなら誰でも知っての通りさ。ただし、あのフィルムを忘れられないスタッフがどうせっついても、幕末物は二度と撮ろうとはしなかった」

「尾上小団次は、何か」

老人は少し言いためらった。

「池田屋のシーンで怪我をした」

「お怪我を――」

「そう。立ち合いのとき、切先で顎《あご》を斬られていたんだ。新兵衛が真剣を持っていたことは、けっして口には出さなかったがね。以来、小団次は顔つきからしても雰囲気からしても、嵌《は》まり役にちがいない近藤勇を、二度と演じることはなかった。有楽の映画にも再び出ようとはしなかったよ」

口にしてしまった物語を弔《とむら》うかのように、川俣信夫は瞼をとざして両の掌を組んだ。

「僕がハリウッドのアカデミーで、講義の前に必ず言うことがある。どれほど映像技術が進歩しても、フィルムに人の心は撮《うつ》らない。それを撮ろうとする努力は必要だが、無理をすればロクなことはない。映画の限界を知る人間だけが、いい映画を作るのだ、とね――考えてもごらん。あんなにちっぽけで平べったいスクリーンに人間の姿を撮りこもうとすること自体、神への反逆なのだよ」

沈黙の中で、川俣老人はしばらくの間ロッキング・チェアを軋《きし》ませていた。

百年の庭

空中庭園の木々の間からは、眠らぬ東京の夜景が一望に見渡せた。

下界の花はあらかた散りおえたが、高層ビルの庭に咲く枝垂桜《しだれざくら》は今が満開である。

一抱《ひとかか》えもありそうな巨木は、人工の土壌にいったいどのような根を張っているのだろう。

木下道《このしたみち》を歩みながら私が訊《たず》ねると、小日向《おびなた》君は薄い唇の端を吊《つ》り上げて笑った。

「そんなことよりも――どうしてこの木がここにあるかということのほうが問題だよ」

「苗から育ったんだろう」

当然のように答えたとたん、私は自分がこのふしぎな会合にからめ取られ、すでに正気を失っているのだと思った。

「誰も妙だとは思っていない。僕も今ようやく気付いたんだ。この桜が苗から育ったのだとしたら、青山の大名屋敷の庭に高層ビルが建っていたことになる」

大木がそびえ、藪《やぶ》が繁《しげ》り、足元には雑草が生《お》い立つ庭園は、そこが空中であることを誰もが忘れるほどの自然な造作だった。

「考えても仕方がないね。プロフェッショナルの技というものは、とうてい素人《しろうと》には計り知れない」

遊歩道の先に、長い白髪《しらが》をうなじで束《たば》ねた老婆が蹲《うずくま》っていた。枝垂桜を照らし上げる光の中で、その姿は人間ではない何物かのように小さかった。

暗い顔が不自然にねじ曲がり、小日向君に向かって微笑《ほほえ》みかける。顎《あご》がはずれるような、人形めいた笑い方だった。

老婆は草むらから立ち上がると、声にならぬ声で長い挨拶《あいさつ》を述べた。

「たしか、音羽《おとわ》妙子《たえこ》さんの――」

「はい。軽井沢の庭番でございます。談山先生にお越しいただきましたのは、たしかおととしの夏でしたか」

「その節はすっかりごちそうになりまして。音羽さんはどちらに？」

小日向君は人々が逍遥《しょうよう》する庭を振り返った。

「あいにく本日はご無礼いたしましたの。わたくしが代参ということで」

「そういえばこのごろ、テレビでも雑誌でもお見かけしませんが、どこかお具合でも」

「はあ――」と老婆は言葉を濁らせた。

「きょうはみなさまに、そのあたりのいきさつをご説明するつもりで参りました。この会合のメンバーのみなさまとは長らく懇意《こんい》にさせていただいておりますし、たびたびご連絡もちょうだいいたします。そのつど事情をお話しするのも何でございますしね。では、のちほど」

小さな体を黒衣《くろご》のように屈《かが》めて、老婆は私たちの間をすり抜けた。

「みなさま、お集まり下さい」

と、執事のくぐもった声が届いた。

ラウンジに戻りながら、私は小日向君に訊ねた。

「音羽妙子って、あのガーデニングの？」

「そうさ。ガーデニングというのは、女性の間では大変なブームらしい。僕らにはどうもピンとこないが、要するに外国ふうの庭作りのことだね」

「ガーデニングの女王、とかいう」

小日向君は唇を吊り上げて嗤《わら》った。どうやら女王にはさほどの好感は持っていないらしい。

「女王というより、女王様だね。この会合に参加しているのも、まじめな興味からじゃないんだ。人脈を作るためのサロンと勘違いしている」

「そりゃあ、危ない」

テレビや雑誌のグラビアで見かける音羽妙子は、絶世という言葉の冠を与えてもいいほどの美女である。年齢は四十を少し出たほどであろうか、格別に若やいで見えはしないが、年齢にふさわしい魅力的な女性だった。

しかし、名声や美貌《びぼう》はこの会合に参加する資格にはならない。心得《こころえ》ちがいをしている人物は危険である。

「たしかに、危ない。女王様はおしゃべりだし、やみくもに交遊関係が広いからね。しかも当のご本人はたいそうな秘密などあるふうではないから、もっぱら興味本位の聞き役さ。彼女はメンバーとしてふさわしくはないと、オーナーに文句を言う者もいる」

英国の古民家を摸《も》したペントハウスに入ると、すでにラウンジの灯《あか》りは落とされ、あちこちのテーブルに置かれた燭台《しょくだい》に蠟燭《ろうそく》がともっていた。

私と小日向君は暖炉に近いアンティークなソファに並んで腰をおろした。

「おや」と、小日向君は闇《やみ》に慣れぬ目をメイン・テーブルに向けた。

「妙なことになりそうだね。次の語り手は彼女のようだ」

主人のかたわらに、先ほどの老婆が座っていた。

「女王様からのお言伝《ことづ》てを言うふうじゃないか。ただごとじゃないらしい」

「ああ。どうやら女王不在のいきさつは、ただごとじゃないらしい」

座が静まるのを待って、女装の主人が口上を述べた。

「みなさま、今宵も沙《さ》髙樓《こうろう》にようこそ。それでは、今宵の四人目の語り部をみなさまにご紹介いたしましょう。加倉井《かくらい》シゲさんは、本会のメンバーである造園家の音羽妙子先生の助手を長くお務めになっておられます。すでに顔見知りのみなさまは、なぜ彼女がおひとりで会合に参加していらっしゃるのか、のみならずなぜ語り部として登場なされるのか、さぞかし怪《あや》しんでおいでのことと存じます。とりわけ彼女の申し出を訝《いぶか》しんでおりますのは、かく言う私でございますが――」

主人は口元を扇で隠して笑い、参加者たちも忌憚《きたん》ない笑い声を上げた。

これまでの三人の語り手は、それぞれ各界で功名を遂げ、あるいは一家を成した人々である。しかし四人目に登場する加倉井シゲは、七十をとうに越えて化粧気もない、人形のように小さな体をした、避暑地の太陽にこんがりと陽灼《ひや》けしてからからに干《ひ》からびた老女だった。

「どうかみなさま、お話の途中で席をお立ちになったり、私語をかわされますことはお慎《つつし》み下さい。では――語られます方は、誇張や偽りを申されますな」

はい、と加倉井シゲは神妙に肯《うなず》いた。

「お聞きになった方は、夢にも他言なさいますな。あるべきようを語り、巌《いわお》のように胸に蔵《しま》いますことが、この会合の掟《おきて》なのです」

身丈に合わぬテーブルに粗末なセーターの肘《ひじ》を置いて、加倉井シゲは思いもよらぬしっかりした口調で語り始めた。


なにぶん軽井沢の森の中から長らく表に出たためしのない田舎者でございますから、場ちがいな身なりはどうかご容赦下さいまし。

はい、大正の末に山荘の使用人小屋で生まれましてより、あの土地を離れたことはございません。

南軽井沢の紫香《しこう》山荘にお越しになられた方は、この席にも少なからずおいでになります。主人の音羽妙子が、あらん限りの愛情と作庭術のすべてを注ぎこんで育て上げた三千坪の森とお庭でございます。

この数年、紫香山荘の庭はすっかり有名になりまして、大勢のお客様がおいでになられます。自然に造詣《ぞうけい》の深い宮様と妃殿下もしばしばお出ましになられますし、ガーデニングの本場の英国やフランスからも、わざわざ見物においでになられる方がございます。あまりにも有名になりすぎまして、都会の奥様方がかしましく覗《のぞ》きにくるのは、いささか困りものではございますが。

でも、お庭というものはもともとひそやかに楽しむものではなく、訪れる方々におもてなしをし、ともに賞《め》でるものでございますから、音羽はどのようなお客様も無下《むげ》にはいたしません。

お庭のシンボル・トゥリーである大きな辛夷《こぶし》の木の下でおもてなしする一杯の紅茶が、さらなるお客様を呼ぶことになりまして、紫香山荘の庭は今ではガーデナーの聖地のようになっておりますの。

わたくしは庭師ではございません。紫香山荘の庭番でございます。

今や世界のトップ・ガーデナーとなった音羽妙子の指示通りに、百年の庭を守る老いた庭番でございます。

お客様がお越しになったときでも、わたくしはおもてなしをする立場ではなく、いつも広いお庭のどこかで草に埋もれております。ですから、そんなわたくしがひとりでこの会合にお邪魔し、そのうえこうしてみなさまの前でお話をするなど、心得ちがいも甚《はなは》だしいとお考えでございましょう。

でも、どうかお聞き下さいまし。

音羽はこの会合をおえて山荘に戻って参りますと、そのつどお聞きしたふしぎなお話をこと細かく、わたくしに語り聞かせてくれます。

いいえ、どうかお静まり下さいまし。音羽の名誉のために申し上げておきますと、彼女はたしかに口数も多く、秘密を守ることなどできそうにはありませんが、どうしてあんがい、分別のある女性なのです。

音羽にとってわたくしは特別の人間でございます。ともに身寄りがなく、紫香山荘に二人きりで住まう、家族以上の家族なのでございます。ですから、わたくしたちの間には毛ばかりも秘密があってはならず、そしてたがいの心のうちは、どのようにささいな悲喜にかかわらず、感じたそのときに一刻も早く告白し合うことになっているのです。

ですから——ご心配は何もありませんの。音羽が会合の掟を破ったのではなく、わたくしがもともとこの会合のメンバーであったとご承知下さいまし。わたくしは、紫香山荘の草花と音羽妙子のほかには誰とも、口をきくことはございませんから。

音羽とわたくしとの一日。

どうか四季おりおりに美しい紫香山荘のお庭を瞼《まぶた》に描いて、お聞き下さいまし。

三千坪の森の南の端に、音羽の住まう母屋《おもや》があります。わたくしの小屋は、母屋と栗《くり》の林を隔《へだ》てた並び。

どちらの建物も大正の末に建てられた年代物ではございますが、土台に浅間石を積み上げ、上等の紀州材を用いた頑丈《がんじょう》な造りで、長年の風雪にもびくともいたしません。

わたくしは、お庭にみずいろの霧がかかる時刻に目覚めます。冬なら六時、夏なら五時、というところでしょうか。朝告げ鳥のさえずりが、木洩《こも》れる朝日よりもずっと早く、わたくしを起こしてくれるのです。

コーヒーをたて、冬ならば居間の暖炉のきわ、夏ならば木蔭、春秋ならばそれぞれころあいに咲く花のかたわらに運びます。すると申し合わせたように、音羽が起き出して参ります。

たとえば、夜をともにした男性がいても、音羽はその時刻になれば必ずベッドから脱け出してくるのです。

そうした事情を、わたくしもべつだん気には留めません。音羽を慕《した》って山荘を訪れる男性など、お庭の迷い鳥のようなものでございますから。

コーヒーとひとかけのスモーク・チーズとがわたくしたちの朝食。いえ、それは紫香山荘の百年の習慣で、わたくしが物心ついたときにはすでに、初代のご主人がコーヒーとスモーク・チーズを召し上がっておられたのです。

コーヒーにはミルクよりも、チーズでございますわよ。ご存じない方は、どうかお試し下さいまし。

東側の唐松の森から、輝かしい陽光が幾条もの光の帯となってお庭に解け落ちるころ、わたくしたちは庭仕事を始めます。

草をむしり、木々の枝を払い、芝を刈り、苔《こけ》を圧《お》し、種をまき――庭仕事には限りというものがございません。

近年になって、音羽が世間様からもてはやされるようになりますと、細かな庭仕事はわたくしひとりでしなければならず、たいそう忙しゅうございます。でも、他人を雇うわけには参りませんの。こればかりは。

紫香山荘のお庭はまぎれもなく軽井沢では一番美しい。世界中の庭を見ている音羽の言うところでは、英国の貴族の館にすら、これほどの名園はないそうです。

そのようなお庭に、他人の手を入れさせるわけには参りません。見るだけならばともかく、どなたにも指一本、触れさせてはなりませんの。紫香山荘のお庭は、世界一美しくて大きな宝石でございますから。

昼食も夕食も、お客様のおいでにならないときは二人していただきます。つまり、わたくしたち以外のどなたかがいらっしゃる間に限って、わたくしは音羽の使用人でございますの。

二人きりのときには――家族？　いえ、そうではない。二人でひとりの人間でございます。

多少なりともガーデニングの心得がおありの方は、このふしぎな関係に肯かれることと思います。自然の美しさに向き合うとき、人はみなおのおのの個性を失って、ひとつのかたまりになってしまうのですよ。樹木や草花に比べれば、人間はそれくらいつまらない、ちっぽけな、取るに足らない生き物ですから。

自然に向き合うときのそうしたふしぎな合一を考えますと、いよいよ他人の手を借りるわけにはいかないのです。わたくしたち二人に溶け合ってふさわしい人間など、ほかにいるはずはございませんもの。

音羽は恋多き女性でございます。あの美しさは、おのずと蜂を誘う大輪の薔薇《ばら》のようなもので、彼女自身もまた蜂を拒まぬ薔薇のやさしさを持っております。

でも、どのような恋も長くは続きませんの。音羽がこの世で最も愛するものは、いつも草や木や花でしたから。つまり彼女は、夜の間しか男性を愛することができない。

そのような恋愛が、長く続くはずはございません。

わたくしたちは花の虜《とりこ》。百年続くお庭の、囚人《めしうど》でございます。

紫香山荘の最初のあるじは、重ねて組閣の大命を拝したことのある、明治の元勲《げんくん》でございました。

百年前といえば、軽井沢に外国人が集まり始めて、日本で初めての洋風別荘地が開かれた時分のことでございます。

みなさま方の中にも、軽井沢に別荘をお持ちの方はおいでになられると思いますけれど、ご存じの通りあの土地は、もともとさほど快適な場所ではございません。湿気が多く、水も悪い。しかも海抜が高いので、冬はことのほか寒さが厳しく、別荘としての用はなしません。地質は浅間山が噴《ふ》き上げた火山灰の堆積《たいせき》ですから、作物をこしらえることはもちろん、実は草花の生育にも適してはいないのです。

ただしそうした気候風土は、外国の、とりわけ英国の避暑地に似ておりました。日本はそれくらい肥沃《ひよく》な国なのですね。日本人の常識では住みづらい土地が、かえって外国人の郷愁を誘ったということになります。

東京在住の外国人が夏のバカンスを楽しむ別荘地には、当然のように外国かぶれの日本人が集まって、軽井沢の雅《みや》びな歴史が始まったのでしょう。

しかし、百年前の日本人の知識には今さら驚かされます。初代のあるじがすべて指示をしたという木々のレイアウトは、実にすばらしいのです。

まず、お庭の中央にはシンボル・トゥリーの大きな辛夷《こぶし》がそびえます。それをめぐって、東側は白樺と唐松の森。奥の北側は赤松と黒松。西側に栗と胡桃《くるみ》が配されています。

それぞれの樹木の特性を知り尽くしていなければ、こういう配置はできません。たとえば、風雪に弱い赤松を東に植えたら、長い間には倒されてしまいますから、そこには柔らかくてよくしなる唐松や白樺を植える。そうして赤松や黒松を守る。また、葉が大きく繁る栗や胡桃は西に植えなければ、お庭全体の陽が翳《かげ》ってしまいます。

百年前にはどの樹木も小さかったはずですから、閣下は――ああ、わたくしの父母は初代のあるじをそう呼んでいたのですが――おそらく百年後の今日のお庭の姿を十分に予測して、それらの配置をお考えになったにちがいありません。

ひとつの国を作り上げた明治の政治家ならではの炯眼《けいがん》だと、歳月の経《ふ》るごとに感心させられております。

閣下のことは、おぼろげに覚えております。背丈はお小さいが恰幅《かっぷく》のよい、たとえば何十人ものお客様がいっぺんにおいでになられても、居場所が光りかがやいてすぐにそこだとわかるような、花のある殿様でございました。

代議士や軍人など、表向きの方は「閣下」とお呼びし、ご家族や親しい友人方は「御前」とお呼びしておりました。

別荘の使用人である父母が「閣下」と呼び習わしていたのは、かつて父が軍籍にあったからなのです。何でも父は閣下の当番兵を長く務めていたという話で、詳しいいきさつはよく存じませんが、よほど気に入られて、退役後までもお仕えすることになったのでしょう。

父は日のあるうちは必ず、お庭のどこかにいる働き者でございました。

わたくしはほんの子供の時分、たったいちどだけ閣下に親しくお声をかけていただいたことがありますの。

お庭の緑が厚く斉《ととの》い、花といえばナナカマドの地味な色だけだったと記憶しておりますから、五月の末か六月のかかりのことだったのでしょう。

大辛夷の地を這《は》うほどの枝に隠れるようにして、軍服姿の閣下がぼんやりと佇《たたず》んでおられたのでした。わたくしは何かの用事で父母を探しに参りまして、大辛夷の枝をかき分けたとたんに、閣下と出くわしてしまったのです。

とっさに挨拶をすることもできずに立ちすくみました。閣下のお顔はむろん存じ上げておりましたけれど、お出迎えとお見送りのときに垣間《かいま》見る閣下は紋付袴《はかま》か立派な背広姿で、おくつろぎのときも着流しのお着物かご洋服も平服であられました。軍服のお姿などは一度も拝見したためしがなかったのです。

のちに閣下のご一代記を読んで得心したのですが、政界を退いたあとのほんの一時期、軍事参議官とかいう職におつきになっていらっしゃったことがあり、おそらくちょうどそのころにあたっていたのでございましょう。

軍籍にある宮様を軽井沢の駅までお迎えするか、あるいはどなたか軍関係の方と公式にお会いする都合で、お出かけ前のひとときをぼんやりとお庭で過ごしておいでになったのではないでしょうか。

　いずれにせよわたくしは、閣下と出くわしてしまったことよりも、陸軍大将のいかめしい軍服姿に仰天してしまったのです。

　怖がることはない、とでもいうふうに、閣下はにっこりと微笑みかけて下さいました。

「おまえは加倉井の娘だね」

　はい、とわたくしは直立不動で答えました。

「勉強はしているか」

　学問も学校もあまり好きでなかったわたくしは、なぜか素直に「いえ」と言ってしまいました。すると閣下は、やおら高笑いをなさって、わたくしの体を軍服の肥《こ》えたお腹《なか》のあたりに抱きよせて下すったのです。

「勉強が嫌いだとすると、ふだんは何をしておるのかな」

　わたくしはありのままをお答えいたしました。

「お庭で枯枝を拾ったり、お花を植えたり、姥百合《うばゆり》を抜いたりしています」

「ほう。父母の手伝いか。それは感心だ」

　少しちがうな、とわたくしは思いました。

「手伝いではなくって、お庭が好きなんです。父や母は邪魔にしますから、隠れてお庭にきています」

たしかに、紫香山荘のお庭作りは子供に手を触れさせられるようなものではありません。用事もなく表庭に立ち入ることは、父母からきつく禁じられておりました。

「おまえはこの庭が好きか」

「はい。大好きです」

「よその庭とはちがうじゃろう。ここはな、私が英国に駐在武官として赴任《ふにん》しておったころ、ろくに仕事もせずに学んだ庭作りの成果なのだよ。おまえの生まれる前に、加倉井と二人して汗水を流した。まだまだ若い庭だが、いずれ日本一の名園になるであろう。この庭がそれほど好きなのなら、父の跡を継げば良い。人は四十年生きて一人前だが、庭は百年を経てようやくそれらしい形になると、英国では言われている。すなわち、一代ですばらしい庭を作ることはできぬ。何代もの覚悟が必要だ」

閣下はあのころ、いったいおいくつだったのでしょうか。元勲と呼ばれるからには明治維新に参加していらしたわけですから、仮にそのころ年若い侍だったとしても、昭和の初めには八十歳を過ぎていらしたことになります。とてもそんなお齢には見えぬ、矍鑠《かくしゃく》たるお姿でした。

あのふくよかなお腹の感触は、今も頬《ほお》に残っております。胸にしみ入るひとつひとつのお言葉とともに。

わたくしに気付いた父が、鎌を投げ捨てて走ってきました。

幼い日の記憶は、木洩れ陽の中を弾《はず》むように走る父の姿を最後に、ぷつりと途切れます。前後のことは思い出そうにも、何ひとつ覚えてはおりません。

ちなみに、紫香山荘の名の由来は、お庭をお作りになった閣下が、ことのほかお莨《たばこ》がお好きだったからなのです。思い出の中の閣下は、送迎の折にはいつも葉巻をくわえ、おくつろぎのテラスやお庭では、日がなパイプをくゆらせておいででした。


紫香山荘の二代目のあるじは、閣下のご眷族《けんぞく》ではございません。

音羽男爵――と申しましても、今のご時世からはピンときませんが、いわゆる旧華族のお殿様がお引き継ぎになられました。

でも、音羽妙子は血縁ではございませんの。彼女はその音羽男爵の息子さん――紫香山荘の三代目のあるじである、音羽邦隆さまの、齢の離れた後添《のちぞい》でございます。

先代の音羽男爵は、いかにもお公家様というふうのおっとりとしたお方で、お言葉遣いなども、「あらしゃります」などという古い宮中のそれをおつかいになりました。

もちろん、お庭は鑑賞するだけのもので、庭作りについてはあれこれご指示もなさらないかわりに文句もおっしゃらず、その間わたくしの父母は自分たちで勉強をして、自由自在にお庭を育てておりました。

あるじが替わっても、初代の閣下がお考えになった百年のお庭のイメージを変えずにすむのは、父にとって喜ばしいことであったと思います。もちろん、紫香山荘のお庭にとっても、それは幸福なことでした。

農家の三男坊に生まれて、口べらしのために軍隊を志願した父は、教養のかけらもない人ではありましたけれど、こと庭作りに関しましてはたいそう熱心で、どこで手に入れてくるものやらたくさんの外国の古い書物を、夜なべで睨《にら》んでいたものです。

もちろん外国語は理解しませんので、じいっとさし絵や写真を見つめている。何時間も一葉の図柄を睨み続けているのです。

でも、父の作庭はすばらしかった。終戦のあくる年に母が亡くなってから、父にはわたくしと紫香山荘のお庭がすべてになりました。

その時分、華族令の廃止がございまして、軽井沢のあるじの多くは没落し、名園といわれた数々のお庭も荒れ果ててしまいましたが、幸い音羽男爵家は戦前から上手な資産の運用をいたしており、男爵が亡くなられてからのちも、紫香山荘が人手に渡ることはなかったのでございます。

跡をお継ぎになった音羽邦隆さまは、お父上によく似た、まことにおっとりとした物静かな方でした。

資産家というのは、ああでなければなりませんね。事業を起こすなどというお気持はなっからお持ちでない。かと言って、資産を守るというご意志も、そうは見受けられない。

大学でのご講義とご研究のほかには、何も関心がないというふうなお方でした。

しかし、お庭にはご興味をお持ちでした。戦後ロンドンに留学なさり、お父上の御逝去にともなってご帰国なさった邦隆さまは、イギリス流のお庭をよくご存じでした。

今も紫香山荘の西の端にあるローズ・ガーデンは、邦隆さまがお作りになったものです。

まだ最初のご結婚をなさる前の、ひとりぼっちのあるじだったころ、父とわたくしとの三人で、軽井沢の気候に耐えられそうなオールド・ローズを植えました。

わずか二年ほどのあの平穏な時代が、わたくしにとって最も幸せなひとときでございました。おそらく父にとっても、邦隆さまにとってもそうであったろうと、今も信じております。

夜には暖炉を囲んで、邦隆さまは父の蔵書を読み聞かせて下さいました。写真とさし絵から想像するほかはなかった英語の解説を、父は不器用にメモしておりましたっけ。

そんな幸福が過ぎるある日のこと、唐松の下枝を払いながら、父は脚立《きゃたつ》の上から振り向こうともせずに、足元を支えるわたくしに向かってこう言いました。

「似合わぬ花を植えてはいけない」

寡黙《かもく》な父は、よほど大切なことでなければ口にはいたしません。しばらく考えてから、わたくしは父を見上げて訊ねました。

「薔薇のこと?」

そんなはずはないと思いました。わたくしたちは熱心に、力を合わせてローズ・ガーデンを作ったのですから。

「いや、そうじゃない。どんなにきれいな花でも、この庭に似合うものと似合わんものがある」

父は気付いていたのでした。邦隆さまがわたくしに想いを寄せていらっしゃることを。

腰が摧《くだ》けて、わたくしは唐松の根方に蹲ってしまいました。

「それはいけないことですか」

と、わたくしはようやく訊ねました。

「いけないことだし、悪いことだ。似合わぬ花を植えるのは、花を盗むより悪い」

戦争が終わって、世の中はすっかり変わってしまったのだから、かつてはままならぬ夢であっても叶《かな》うかもしれないと、わたくしも心ひそかに考えていたのです。

父は身分のことを言ったのではない。そんなモラルは、たしかに壊れていた。

わたくしは唐松の根方で膝を抱えたまま、夢のようなイングリッシュ・ガーデンを見渡しました。

この庭をめぐるあるじと庭師の娘が、恋に陥《お》ちてはならないのだと、父は言っていたのです。それは、百年の庭を破壊してしまうから。

あの日、わたくしの泣き濡《ぬ》れた瞳に映ったたそがれの庭は、世界中のどの名園とも比べようもないほどの、完全な庭でした。

完全とは、完全に自然と調和した庭という意味でございます。

父は名もない雑草の一本に至るまでも、不要なものと必要なものを選り分けることのできる実力を身につけておりました。だからそのころの紫香山荘の広大なお庭は、まるで神がしつらえたように自然で、美しかったのです。

邦隆さまの身の回りのお世話や賄《まかな》いをしながら、わたくしは少しずつ、父の技術と心を譲り受けておりました。

父の最も大切にしていた十九世紀の書物の冒頭は、こう記します。

「ガーデニングの技術は、個人の才能や知識にかかわらず、誰しもが等しく身に付けることができる。しかしガーデナーの魂は天賦《てんぷ》のものである。見る者が感心をするか感動をするかのちがいはそこにある。ガーデニングをあなたの趣味にとどめるか、あるいは生涯の使命とするか、その選択はあなた自身の冷静な分析に委《ゆだ》ねよう。人の園に甘んずることは悦《よろこ》びであり、神の園たらんとするは苦しみである」

紫香山荘のお庭を神の園たらんとした父は、邦隆さまがさる旧華族家の令嬢と結婚なさった年の春、満開の大辛夷の花にくるまれるようにして、その根方に死んでおりました。

まるで、老いた己《おの》が身をお庭の肥《こえ》とするかのように――。


「ロマンチックなお話ですこと」

うっとりと瞼をもたげて、女装の主人は言った。

「でも、美しいばかりのお話は、この会合の趣旨に添いかねます」

まるで話を中途でやめるように促す口ぶりである。

しんと静まった座は、主人の意志に同意しているようだった。

ふいに、闇の隅から低い濁《だ》み声が上がった。

「――で、加倉井さん。あんたのところの女王様は、いったいどこへ行っちまったんですかね」

加倉井シゲは人影に目をこらして答えた。

「そのお話を、おいおいさせていただきとう存じます」

「お願いしますよ。俺はあの人の大ファンでね。このごろとんと噂も聞かないもんで、淋しくってならないんだ」

ひそやかな笑い声があちこちから起こった。どうやら音羽妙子は、たしかに鼻持ちならないが、誰からも愛される魅力をそれなりに備えた女性であるらしい。

「音羽はしばらく外国で暮らしておりますの」

濁み声の男は「なあんだ」とつまらなそうに言い、座の空気も笑い声とともに弛緩《しかん》した。

「外国と申しますと、やはりイギリスですか？」

主人が扇を煽《あお》りながら訊ねた。

「その行方についてのお話でございますの。続きを、お許し願えましょうか」

加倉井シゲは外見こそ地味だが、言葉遣いは長く生きた貴顕社会の空気を感じさせた。

「いかがでございますか、みなさま」

主人の問いかけに、濁み声が「どうぞ」と手をさし延べた。


わたくしと邦隆さまの間には、何もございません。

何もなかったということが、この齢になりますとはたして良かったのか悪かったのか、思い悩む夜もございますけれど。

しかしべつだん、邦隆さまへの想いが断ち切れずに、独り身を通したというわけではございません。あのころ、わたくしは当時としてはすでに婚期を過ぎておりました し、三つ齢上の邦隆さまですら、男性としては相当の晩婚と世間では思われておりました。おたがいまだ三十前後でございましたが、戦後間もないあの時分、結婚とはそういうものでございましたの。

ですから、今さらあわてて結婚をしたいとも思いませんでした。

それに、わたくしにはお庭を守る務めがございましたし、もし夫を持つとなれば、わたくしの仕事によほど理解のある方でなければなりません。使用人小屋に住んで、こんなわたくしとともに生きてゆく覚悟の男性など、そうそういるはずはございませんし、ましてやそのような方と都合よくお知り合いになることなど、奇跡でございましょう。

ところで――。

邦隆さまが最初に迎えられた、あの奥様はいけなかった。もちろん嫉妬《しっと》などは毛ばかりもございませんわ。誰がどう見ても、あの奥様はいけなかった。

お二方は音羽の主家筋に当たる摂家《せっけ》のご当主のお引き合わせでしたから、邦隆さまはお断わりになることができなかったのだと思います。お見合いをなすってから、あくる年のご婚儀までの間、邦隆さまにはどことなく捨て鉢な感じが見受けられました。以前よりも軽井沢を訪れる回数が増えましたの。おそらく東京にいらっしゃると、気のすすまぬランデヴーをしなければならず、論文のご執筆にこと寄せて毎週のように山荘においでになりました。

つらい日々でございました。わたくしは必要以上に邦隆さまを避けねばならず、邦隆さまもまた、ひどく他人行儀になっておられました。

考えてもごらんなさいまし。わたくしたちは主従の垣根こそあれ、幼なじみでございますのよ。しかもともに兄弟のいない一人っ子ですから、たがいに慈《いつく》しみ親しんで、幼いころから毎年の一夏を過ごして参りましたの。

そうした暮らしはこれからもずっと変わらないのに、それまでのたがいが死んでしまって、見知らぬたがいが生まれる。そういうふうな気持でございました。

山荘の使用人に過ぎぬわたくしは、お二方のご結婚式の様子も存じ上げませんし、東京でのお暮らしぶりも存じません。ある夏の日ふいに、わたくしにとってのもうひとりのご主人が、邦隆さまとともに紫香山荘にお越しになったのです。

つたない記憶の順を追って思い返すならば、春先に邦隆さまがご結婚なさり、それを見届けるようにして五月の初めに父が亡くなり、わたくしがひとりぼっちで守らなければならなくなった紫香山荘に、奥様が初めてお越しになったのは百合の花が咲く初夏でございました。

東京からご出発のお電話をいただいたとき、わたくしの胸は少女のようにときめきました。どういうわけか奥様がご一緒だということが思い浮かばず、いつものように邦隆さまおひとりが、わたくしのところに帰ってきて下さるのだという気がしていたのです。

父のいなくなった山荘に、一夏を二人きりで暮らす。生まれて初めて、邦隆さまとの二人きりの時を過ごす。

夢が現実を被《おお》い隠してしまって、わたくしは鼻歌なぞ唄いながらお迎えの仕度をいたしました。

考えてもみれば、おかしな思いこみでございますね。でも、女にはそういう思いこみというものが、ままあるのです。

信じたくないものは信じない。有りうべからざることでも、信じたいものを信じる。たとえそれが、どれほど陳腐な妄想であっても。

夢が破られましたのは、県道から山荘の玄関まで一筋に続く樅《もみ》の木の並木道に、赤いオープンカーが入ってきたときでした。

邦隆さまがお車を運転なさって軽井沢を訪れるのは、初めてのことです。そして、木洩れ陽をまだらに背負いながら、小石を踏んでゆっくりと近付いてくるオープンカーの助手席には、見知らぬ女がいた。

恐ろしい勢いで現実に引き戻されたわたくしは、玄関先に咲きそう百合の花にまぎれて、風に揺られ、踏みこたえ、頭《こうべ》を垂れてじっと、お車をお迎えいたしました。

白狐のような女。それが第一印象でございます。

琺瑯《ほうろう》のように真白なお顔を、陽除《ひよ》けのスカーフで頭ごとくるみ、女優きどりのサングラスを掛けていた。それでも鋭角に尖《とが》ったお顔全体の表情はよくわかりました。

「お帰りなさいませ」

別荘でのお出迎えの言葉は昔からそうと決まっておりますのに、奥様は一瞬、わたくしを睨みつけた。いったいその言葉のどこが、お気に召さなかったのでしょうか。

「やあ、シゲちゃん。ごきげんよう」

わたくしが運転席のドアを開けると、邦隆さまは早足でボンネットを回って、助手席のドアを開けた。

英国流のマナーではございませんの。邦隆さまはそういうささいなことに拘《こだわ》る方ではなかったから。つまり、奥様はご自分で車のドアを開けたためしのない方だったのです。

悲しさと切なさにうろたえながら、それでもわたくしは奥様に深く頭を下げました。

「加倉井でございます。よろしくお願いいたします」

目下の者の挨拶に対して、貴族が頭を下げ返す必要はありません。でも、せめて笑顔を向けるのは礼儀でございましょう。かつて山荘を訪れたどのように高貴なお方でも、「ごきげんよう」の一言を添えて、笑顔だけはお見せになりました。

奥様はわたくしを見くだしたまま、邦隆さまに向かってひどいことをおっしゃった。

「あなた、使用人をそのように呼ぶのは今後おやめ下さい」

とっさには意味がわからなかった。

ああ、と邦隆さまは面倒くさそうなお返事をなさって、奥様を玄関に送りこんでしまうと、わたくしのところに戻ってきて下さいました。

「すまんな。わがままには手を灼《や》いているんだ」

わたくしは黙ってかぶりを振った。わたくしに気遣ってはいけない、という意味をこめて。

意思が通じたときの邦隆さまの悲しいお顔は、今も忘れられません。

詫《わ》びる人間はみな悲しい。でも、詫びる言葉を封じられた人間はもっと悲しい。

「しょせん高嶺《たかね》の花だったのだよ」

かぶりを振り続けるわたくしに、邦隆さまは万感の思いをこめて、そうも言って下さいました。

いったいに奥様には、夫に対する敬意がかけらもなかった。

そもそも堂上《とうしょう》公家の侯爵家と音羽男爵家では格がちがうのだ、と。宮家との縁談を水にして音羽に嫁いだのは、将来の経済的な保障に過ぎぬのだ、と。

気を取り直して玄関から入ろうとすると、奥様は廊下の先に仁王立ちになって、わたくしを叱《しか》りつけました。

「お勝手口にお回りなさい」

理屈からすれば、使用人が主人と同じ玄関から出入りしてはならない。でもわたくしがよその別荘の使用人たちとちがうところは、その家で生まれ育っているのです。しかも、音羽男爵家には先代のころから、さほどにやかましいしきたりはなかった。

「はい、粗相《そそう》をいたしました」

お勝手口から台所に入り、お紅茶を淹《い》れておりますと、奥様の剣呑《けんのん》な声が「シゲ」とわたくしを呼びました。居間にお伺いして、わたくしはひやりとした。

奥様が籐《とう》の椅子に身を沈めて、天窓の光に透かすように、何かを見ていたのです。

邦隆さまは向かいに座って、それを取り上げようとなさっていらした。

邦隆さまがハネムーンの旅先からわたくしに書いて下すった絵葉書。パリの恋人たちが人目もはばからずにくちづけをかわす、モノクロームの写真。

筆まめな邦隆さまは、しばしば旅先からお便りを下すっていたのです。その絵葉書にしても、おそらく他意はございません。昔からのうるわしい習慣ということのほかには。

この女は下品だとわたくしは思いました。少なくとも、世界一美しいこの紫香山荘のお庭には似合わない。

「なんですって、ディア・シゲちゃん。おやおや、ずいぶんお親しいこと。ディアのあとに、ハートをお隠しになってらっしゃるんじゃございませんこと。正しくは、マイ・ディア・ハート・シゲちゃん。もっとも、この人にはディアの意味だってわかるはずはないけど」

「いいかげんにしなさい」

と、邦隆さまもさすがに憤《いきどお》りをあらわになさいました。

「だって、妙じゃございませんの。主人が使用人に絵葉書を出すなんて。第一、わたくし、あなたがいつの間にこれを書いてお出しになったか存じませんわ。こんなものを、ハネムーンの旅先から隠れてこそこそ。しかも受け取ったほうは、大切にサイド・ボードの上に飾って。片付け忘れたの、シゲ。それともこれ見よがしに置いてあったのかしら」

「めっそうもございません、奥様」

奥様という尊称を初めて口にしたとき、わたくしはたとえば崖《がけ》の高みから身を躍《おど》らせたような、おのれを奈落《ならく》の底に沈めるような、ひどい自虐感を覚えました。

あの女はいけなかった。

おそらく、札つきのズベ公だったのだと思います。よほど男を知っていなければ、あれほど正確に、あれほど激しく、嫉妬の感情を剝《む》き出すはずはない。

旧華族の多くは凋落《ちょうらく》して、かつての肩書と優雅な記憶だけの張り子に成り下がっておりました。そうした中にあって、十分な資産を保ち、かつての栄華を穢《けが》すことのない学者という職業につき、なおかつ口やかましい親や親類のいらっしゃらない邦隆さまは、すれっからしのおひいさまを押しつける、恰好の相手ではなかったのでしょうか。

あの女は悪者でした。性悪などではなく、見た通りの悪人だった。

何よりもお庭の美しさを理解しない。奥様がお庭に出ると、草や木や花が、一斉にぷいと背を向けるのです。

わたくし、お庭のご説明をしながら父の声を聞きましたの。

(似合わぬ花を植えてはいけない。それは花を盗むよりも悪いことだ)

奥様は庭を歩きながら、こんなことをおっしゃいました。

「どうして草まみれなの。手入れの悪いこと。暑苦しいったらありゃしない。草を抜いて芝をお植えなさい」

自然との調和がテーマのイングリッシュ・ガーデンを、奥様はご存じなかったのです。父が完成させた紫香山荘のお庭は、名もない雑草の一本まで、全体の美を支える何がしかの意味を持っていた。

「軽井沢は湿気が多くて土も悪いので、芝生は育ちません。そのかわり、苔はよくつきます」

「あ、そう……苔ねえ」

草の自然に生い立つイングリッシュ・ガーデンを抜けると、みごとな苔を敷きつめた赤松の林に入ります。

そこに芝生のフィールドを作ろうとして果たせず、父とともに地に腹這って苔を育てていた、あの閣下のお声が聞こえました。

(人は四十年生きて一人前だが、庭は百年を経てようやくそれらしい形になる。すなわち、一代ですばらしい庭を作ることはできぬ。何代もの覚悟が必要だ)

青苔は絨毯《じゅうたん》のように塵《ちり》ひとつ落ちてはおらず、雑草の芽は摘《つ》み取られ、みっしりとローラーをかけてあります。ただ、ところどころにつぼみを膨《ふく》らませた薊《あざみ》を残してありました。青苔の上に咲く紫紅色の薊は、夏の盛りのかけがえのない色でした。

奥様は歩きながらその薊を踏みしだいた。わたくしは花の悲鳴を聞き、目をつむって奥歯を噛《か》みしめました。

そのくせ、トリカブトの青い花には唇を寄せるのです。

「その花は毒草ですので、お手になさらないほうが」

えっ、と大仰な声を出して立ち上がり、奥様はわたくしを叱りました。

「どうして毒草など植えるの」

答える気にもなれません。わたくしがトリカブトの毒を植えているのではなく、美しいトリカブトが毒を持っているのです。

もっとも、トリカブトの毒は根から抽出するものですから、葉や花に触れてもどうということはございません。わたくしはたぶん、薊を踏みにじった奥様を怖がらせようとして、そんなふうに言ったのでしょう。

でも、ふと妙なことに思いつきました。

トリカブトは秋の花なのです。わたくしですら気付かぬうちに、季節はずれの花が突然咲いていた。まるで闇からぬっと現われた刺客のように、毒草が奥様を待ち伏せていた気がしました。

お庭はあの女を拒《こば》んでいたのですよ。

奥様は不愉快そうに、西のローズ・ガーデンに向かって歩いて行った。

「あら、きれい」

きれいなはずよ。咲き誇るオールド・ローズは、父とわたくしと、邦隆さまが精魂を傾けて育てたのですもの。

三千坪の神の園をさまようたその最後に、人はこのローズ・ガーデンにたどり着く。父の花は、純白に輝くサマー・スノー。柔らかな枝の蔓《つる》薔薇です。わたくしと邦隆さまが、力を合わせて植えました。


「奥様は三年後の夏に失踪《しっそう》なさいましたの」

いきなり話を投げ出すように、加倉井シゲは言った。

「失踪、ですか。穏やかじゃないわ」

女装の主人は扇の動きを止めた。

「はい。理由はわたくしだけが存じております。邦隆さまにも、奥様のご実家の方々にも、もちろん警察にも、申し上げてはいないことですが、お聞き願えますか」

人々は闇の中で一様に肯いた。

「奥様には恋人がいらっしゃいました。ご結婚前からずっと親しくなすっていらした、素性のよからぬ男性でございます。逢引《あいび》きの場所は週末の紫香山荘でした。わたくしに庭作りを教わるのだと理由をつけて、奥様は毎週のように、その男と軽井沢を訪れていたのです」

ロッキング・チェアを軋《きし》ませながら、紳士が溜息《ためいき》まじりにパイプの煙を吐いた。

「なるほど。あなたも辛《つら》い立場だね。おうちの名誉にかかわることだ、知っていても口にはできない。しかし、たぶんご主人の邦隆氏はご存じだったのだろう。亭主の知るところとなったから、手に手を取っての駆け落ち、というわけだな」

いいえ、と加倉井シゲは抗《あらが》った。

「邦隆さまはうすうす勘づかれてらっしゃったとは思いますが、だとしても詮議《せんぎ》をなさるような方ではございません。それに、奥様も問い詰められて駆け落ちをなさるほど、純情な方ではございません。早い話が、泥棒ですわ」

「泥棒、とは？」

「奥様は音羽家の財産をごっそり持って、男と失踪しましたの。邦隆さまがお預けしていたお通帳から、定期預金まで解約して」

「そりゃひどい」

紳士はロッキング・チェアの動きを止めて、声をあららげた。

「わたくし、奥様ははなっからそのつもりでお嫁にいらしたのだと読んでおります。だから、わたくしを頭ごなしに威嚇《いかく》して、邦隆さまとの間にも勝手に意思を通じさせぬよう、楔《くさび》を打ちこんだ。そう——あの失踪事件がふしぎとうやむやになってしまったのは、邦隆さまも、もちろんご実家も、大方の見当をつけていたからなのでしょう。

醜聞を表沙汰《おもてざた》にするわけにはいかない。どちらのお家も、とりわけ世の風評には敏感ですから」

「華族の面子《メンツ》を逆手に取った、というわけか」

「はい、どうやらそのようでございます。大金を掠《かす》め取られた邦隆さまはお気の毒ですけれど、手切金だと思えばあきらめもついたことでございましょう。あの二人——いまごろどこでどうしているのやら」

「さぞかし大金なんだろうね」

「おそらく外国で一生遊び暮らせるほどの。それでも、音羽の家がどうこうなるほどの金額ではございません。長く連れ添ったのちの離婚でしたら、そんなものではすみますまいと、わたくしも邦隆さまをお慰《なぐさ》めいたしました」

「さて——そろそろ音羽妙子さんのご登場かな」

闇の底から、濁み声の男が話の先をせかした。

加倉井シゲは紅茶で咽《のど》を潤《うるお》すと、やや疲れた様子で話を続けた。

それにしても——父と閣下はいったいどのような志を抱いて、あのお庭を開いたのでしょうか。

紫香山荘を訪われた方は、どうかその日の愕《おどろ》きと感動とを思い起こして下さいまし。新しい国家を閣下はお作りになった。閣下にとっての明治維新は、そのお口を借りれば「明治の御一新」すなわち革命ではない新たな国産みでございました。人間の寿命が及ばぬ百年ののちのこの国の形を、閣下は紫香山荘のお庭に祈りこめたのではありますまいか。

門はございません。県道から樅の木の小路をまっすぐにたどれば、訪う人を誰も拒まぬ小体《こてい》な玄関がございます。

母屋の東側に沿うて、白樺の林。それをめぐると、突然に三千坪のお庭が姿を現わします。シンボル・トゥリーの大辛夷は、人の胸の高さで二股に岐《わか》れ、その二本の幹がたがいに障《さわ》らず競わず、まこと仁《じん》の心そのもののように東西に枝を延べて、こんもりとした円《まる》い樹形を作っております。下枝《しずえ》は地を這うほど低く、その内側にこもれば雨に濡れる気遣いもございません。まるで母の胎内に眠るような、み仏のたなごころにあるような安息を感じます。

大辛夷を囲むイングリッシュ・ガーデン。自然はあらゆる善美と調和のみなもとであるとの故人の訓《おし》えのごとく、神の作り給《たも》うた天然のお庭でございます。

その先の赤松と黒松の森には、緑の苔が敷きつめられております。西に向かい、栗と胡桃の巨木がそびえる先に、オールド・ローズが折々の花を咲かせる薔薇の園。

お庭は浅間の裾《すそ》が遥かに流れる勾配《こうばい》に沿うて、たおやかに、ゆるやかに、西から東に向けわずかな傾斜を保っております。

若き日の閣下は、ロンドンで政治や軍事や思想のあらゆるお勉強をなさるかたわら、ガーデニングの精神の中に、理想国家のイメージを封じこめることを、ひそかに思いつかれたのでしょう。

さて――。

おひとりになられた邦隆さまとわたくしの間には、相変わらず男と女の何ごともございませんでした。

かつての胸の炎は、時を経た瑪瑙《めのう》のように、美しい縞《しま》紋様の化石となって凝《こ》り固まっておりました。

もはや燃えたぎる必要は何もないのです。わたくしたちは一年の四季のきれぎれのひとときを、何も語らず、ただそばにいるという感動を分かちながら、ひたすら過ごしました。

辛夷の花がお庭一面を彩《いろど》る春の数日、深緑が空を被いつくす夏の一月、唐松の林が黄金色に染まる秋のまた数日、そしてお庭が雪の下に眠る冬の一週間を、わたくしたちはともに暮らしました。

何も望まなかった。紫香山荘のお庭から、外の世界へと出るつもりはなく、わたくしはただ、愛する人の訪れを待ち、ともに生き、ともに老いました。その間にもお庭はたゆみなく成熟するのです。人間は時とともに堕落し、退行するのに。

わたくしが一日お庭を留守にすれば、お庭は一日、成熟をためらいます。だからたとえ一日たりとも、顧《かえり》みぬ日があってはならなかった。

まったく唐突に、邦隆さまがあの人を伴うてお帰りになったのは、そうした時の流れる春の日のことでございました。

そして、さらに唐突にこうおっしゃった。

「シゲちゃん、この人をかみさんにしようと思うんだ」

なぜ、とわたくしは胸の中で叫びました。

国立大学を定年退官なさった邦隆さまは、おそらく軽井沢を終《つい》の棲《すみか》として永住なさるにちがいないと、わたくしは信じていたのでした。

美しい人でした。齢《とし》は親子ほども離れておりましたけれど、この人にならば邦隆さまを奪われても仕方がないと思えるほどの。

なぜわたくしは若いうちに、邦隆さまをわがものにしなかったのだろうと悔やみました。

なぜ？——

それは、尊敬する父の遺言であったから。

わたくしは紫香山荘のお庭に似合わぬ花だったのです。似合わぬ花を植えることは、花を盗むよりも悪いことだったから。

だからわたくしは、生涯お庭には植わらずに、お庭を守ろうとしたのです。

やみくもに父の言葉を信じたわけではない。それは真理だった。

わたくしは紫香山荘の庭守《にわもり》。お庭の成熟に知恵と技術の限りをつくし、魂を捧《ささ》げ続けるガーデナー。そのわたくしが、みずから花となってお庭に咲くわけにはいかなかった。

美しい人は邦隆さまのかつての教え子でした。妙子——彼女が音羽妙子として紫香山荘の新しい主人となったのは、苔庭の隅にトリカブトの青い花が咲き乱れる、その年の秋のことでございます。

わたくし、生まれついて嫉妬という感情は持ち合わせませんの。

しょせん別荘番の娘でございますから、他人様の幸福をうらやむ心は、子供の時分から毛ほどもございません。

それに——美しいものにいちいち嫉妬していたら、一輪の花も育てることはできませんでしょう。

美しいものを素直に愛します。尊いものを崇《あが》めます。そして醜《みにく》いもの、下品なものはすべてむしり取ります。そうしてお庭を守って参りました。

だから、新しい奥様の音羽妙子を恨んだためしはございません。しかし、許しがたいものがあった。

年老いて音羽妙子を愛した邦隆さまは醜く、下品でした。

あの方は神の定めた摂理《せつり》に抗った。老いることすなわち成熟することに背を向けた。

紫香山荘の主人にふさわしく、テラスの陽だまりで書物を繙《ひもと》きながら、わたくしとともに、あの方は静かにゆるりと老いてゆくべきでした。

妙子と手をつなぎ、ポロシャツの襟を立ててテニスコートに向かうあの人の後ろ姿は、苔庭に怪物のような葉を開く姥百合よりも醜かった。

夜ごと寝室の窓から洩れるあの人の睦言《むつごと》は、唐松の枝に巣食う烏《からす》の鳴声のように不浄だった。

わたくし、心から祈りましたの。

紫香山荘のお庭が開かれてから、もうじき百年を算《かぞ》えます。閣下と父の志をわたくしが果たすためには、あの男を駆除しなければならない。

そして、妙子という美しい主人とともに、百年の庭を作るのです。

幸い妙子は、ガーデニングに並々ならぬ興味を持っておりました。上流階級の怠惰は知らずによく働き、健康で力も強かった。

子のないわたくしにとって、彼女は願ってもない紫香山荘の後継者でした。

三年ののち、わたくしの悲願は天に届きました。音羽邦隆は夏の軽井沢からの帰途、信越線の車中で心臓発作を起こし、帰らぬ人となったのです。

お庭を離れるわけにはいかぬわたくしは、訃報《ふほう》に接した折も、お弔《とむら》いのときも、思い出のローズ・ガーデンに佇んでおりました。

あの方の花は、淡いピンクのシャポー・ド・ナポレオン。一八二七年に登場した、モスローズの古種です。


「あんた、暗いんだよ」

濁み声の男がメイン・テーブルの燭台の炎に顔をつき出して、苛立《いらだ》たしげに言った。

「さあ。そうおっしゃられましても、わたくしはありのままを、包み隠さずお話ししているだけでございますが」

加倉井シゲの表情には、およそ人間の感情がなかった。人々が一様に感ずるいたたまれない暗さは、話の内容ではない。

「何だかあんたの顔を見ていると、人間じゃない何かが勝手にしゃべっているみたいな気がするんだ」

「わたくし、人間でございましてよ」

笑う者はいなくなっていた。誰の耳にも、「人間ではございませんのよ」と聞こえた。

加倉井シゲはまるで夜の庭を眺めるように、充血した目を見開いて室内をぐるりと睨《ね》め渡した。

「人間は、植物も生き物だということを知らない。あなたも、あなたも、あなたも。草を摘むというのは、人殺しとどこも変わらないのですよ。そして種をまき、苗を植えるということは、ひとつの生命を産み出す尊い行為なのです。ですから、わたくしは神の心でお庭を作っています」

「自分が神様だとでも言いたいのかい」

「いえ、そうではありません。むしろわたくしは、お庭の僕《しもべ》ですわ」

男はしばらく燭台の炎ごしに、加倉井シゲの無表情な顔を見つめた。

「わかった。あんたはもう人間じゃないんだ。植物になっちまってるんだよ」

「でも、お花は笑いますよ。お陽さまが当たれば、みんなにっこりと。悲しいときには泣くし、いじめれば怒ります。あなたにはわからないだけ」

男は苛立っているのではなく、明らかに怯《おび》えていた。およそ人間的な人間であるほど、加倉井シゲの静謐《せいひつ》な無表情は怖ろしい。

ややあって、加倉井シゲはぽつりと言った。

「わたくし、軽井沢を離れましたのは今夜が生まれてこのかた初めてですの」

愕《おどろ》きの声が上がった。

「まさかね」

少し間を置いてから、ロッキング・チェアの紳士が呟《つぶや》いた。

「いいえ。初めてですの。会合のご連絡が届いて、矢も楯《たて》もたまらずに」

「お庭が淋しがっておるだろう」

紳士に茶化しているふうはなかった。

「新幹線に乗ればほんの一時間だということは知っておりましたので。お庭が寝静まってから山荘を出て、明日の始発で戻れば、文句も言われませんわ」

「文句って、誰が」

「草や、木や、花が」

座がしんと静まってから、加倉井シゲは再び語り始めた。

音羽妙子は苦労人でございました。

世間へのふれこみは、音羽男爵家の独身のおひいさま。半分は嘘で、半分は本当でございますね。なにしろ音羽の家は、嫁の妙子ひとりに家名ばかりを残して、血を絶やしてしまったのですから。

そういえばいつでしたか、テレビのインタヴューで、妙子はうまいことを言っておりました。

「千年も昔から続いた音羽家は、わたくしを限りに絶えてかまわないと思っております。そういう病み衰えた血筋だからこそ、美しいものを残すことができるのですから」

どなたかの受け売りにしても、上出来だとわたくしは得心いたしました。絶えてかまわないも何も、すでに絶えてしまっているのですよ、音羽の血筋は。

そう、先代からずうっとお仕えいたしておりますが、病み衰えた血筋という言い方は、まことに的を射ております。どのような大樹にも寿命があるように、人の血筋にもいかんともしがたい衰弱と死があるのですね。

千年の時を経て老樹となった音羽の家は、ふしぎなほど不幸が重なりまして、まさしく一枝ずつ枯れてゆくかのようでございました。

子ができぬ。ようよう産まれても夭折《ようせつ》する。そうした不幸が重なり合って、邦隆さまは天涯孤独のご当主となってしまわれたのでした。

音羽妙子が世間様に上手な方便を言うことができましたのは、彼女が苦労人であったからなのです。その生い立ちは、おひいさまとは似ても似つかない。

幼いころに父親と生き別れ、若い時分に母親と死に別れ、それでも苦労して大学を出た。美人薄命を絵に描いたような妙子の半生は、いかにもロマンチストの邦隆さまの好みでございました。

人の世の苦労を知らずに、お庭は作れませんの。喜びや悲しみを誰に伝えることもできず、一輪の花に語りかけた経験のある人間でなければ。

心から語りかければ、草や木は答えてくれるのです。

また、憎しみの心を知らなければ、雑草をむしることはできません。根っこから引きぬくとき、草は叫びます。やめて下さい、と。

妙子にはガーデナーとしての資質が斉《ととの》っていたのです。

でも、ひとつだけまちがっていた。

妙子は花を作ろうとしたのではなく、自ら花になろうとした。その欲望だけは、あってはならないものでした。

草花が好きで、物覚えも早く、手先もたいそう器用だった音羽妙子は、人を感心させる庭を作ることができた。しかし、人を感動させることはできなかったのです。

おのれが花になろうとしたから。

おのれ自身が華やかに咲いて、人に感心されたいと願ったから。

ガーデナーは天然を支配する神ではございません。天然に仕える僕《しもべ》なのです。肌を陽光にくろぐろと灼き、爪も掌も拭《ぬぐ》いきれぬ土の色に染め、肘にも膝にも鎧《よろい》のような胝《たこ》をこしらえて、地虫のように庭を這い回る、庭園の囚人《めしうど》なのです。

ガーデナーの肩書をぶら下げ、音羽男爵家のおひいさまを名乗って、妙子はデビューした。

類《たぐ》い稀《まれ》なる美貌、そして庭作りのブーム。世の中は彼女を見逃さなかった。

いかがでございますか、みなさま。このように暴露《ばくろ》してしまえば、音羽妙子のあの不可思議な魅力も、しごくわかりやすいものでございましょう。

女王の尊称は、いい意味でも悪い意味でも、まこと彼女にふさわしいのです。

女王はけっして媚《こび》は売らない。だから周囲はとりつく島もない。けれどもあの女王様は誰にでも親しく語りかける。

貴族は怠惰なもの。わたくしの知る紫香山荘の歴代の人々はみなそうだった。でもあのおひいさまは働き者。

美しくて如才なくって、しかも高貴でまめな女性ならば、人は蜂のように集まりますわ。いわゆる人望とはさほど関係なく。

妙子は正しくは女王様ではなく、女王たることを願望した庶民のひとりでしたの。

音羽妙子の名声は、ジャーナリズムにもてはやされて独り歩きを始めてしまいました。

ほかの趣味や特技ならば、努力次第で名前に実力が追いついて行くということもまあありましょう。しかしガーデナーの道はそれほど甘くはないのです。力を養《やしの》う場所はお庭の外にはありえないから。

それでも妙子は怖れなかった。不可能を可能にする方法を知っていたのです。

もうひとりの音羽妙子。名声を十分に支えるだけの実力を持ったガーデナーが、すぐ身近にいた。

音羽妙子のガーデニングに関する著作は二十数冊を算えます。どれもベスト・セラーで、近ごろでは刊行と同時に海外からも翻訳の依頼が殺到するほどでございます。

それらの内容はみな、わたくしが紫香山荘の暖炉のかたわらで語ったものでございます。妙子はテープレコーダーを回しながら、大学ノートにわたくしの言葉をせっせと写し続けました。

テレビ番組の収録に際してはことに大ごとでございました。台本をあらかじめ送っていただき、質問に対する受け応えはすべてわたくしが用意するのです。だから妙子は、生放送の番組にはけっして出演しなかった。

たとえば、さようでございますね……園芸番組のお題が「紫蘭《しらん》」であったとします。

紫蘭は元来が湿生植物なので、適度な湿気と日蔭を好みますから、ボーダー花壇や、石付けや、木蔭の下草などに適した花なのです。たそがれどきの木下闇《こしたやみ》に、白や紅の花をつけた繊細な茎がすうっと伸びる。そうしたイメージが紫蘭の美しさです。

寒さには強いが乾燥には弱い。ことに夏場にお水を切らしますと、たちまち根が傷《いた》みます。冬に葉が枯れ始めたら、藁《わら》を敷いて乾きを防ぎ、要すれば二年か三年に一度、植えかえと株分けをする。

三十分のテレビ番組はこれだけの知識があればこと足ります。

たとえば、チューリップ。

花壇の主役となる派手な花ですから、秋に球根の植え方をまちがえたら、あくる春のお庭は台無しです。

必ず、早生《わせ》、中生《なかて》、晩生《おくて》の種類を吟味《ぎんみ》しなければなりません。早生は丈が低く咲くので花壇の縁回りに、そして中生種をその奥に寄せ植え、さらに奥には晩生種を群植すれば、三月から四月の末までずっと、愛らしいチューリップ畑を楽しむことができます。もちろんこの方法は、お庭の奥行を深く見せる遠近法にも適《かな》っております。球根は大きさの三倍の深さに植え、花が終わった後はお礼肥《れいごえ》を忘れずに。

カラー・グラビアの数ページは、これだけの知識で十分でございますね。

デルフィニュームは――ああ、もうたいがいにしておきましょう。殿方には退屈なお話でございましょうから。

物書きの世界には、文章をうまく書けない著名人になりかわって、ひそかに代筆をするゴースト・ライターなるご職業があるそうですけれど、わたくしはさしずめ、音羽妙子のゴースト・ガーデナーとでも申しますのでしょう。世の人々が音羽妙子の知識と信じたものは、わたくしが紫香山荘のお庭で、七十年間にわたり習い覚えた自然への儀礼でございました。

もちろん、わたくしのすべてではございません。ガーデニングという荘厳《そうごん》な儀式の、ほんの一部を教えるだけで、妙子の世界的な名声を保つには十分でございました。テレビや雑誌のグラビアに登場する音羽妙子は、いつも花のように笑っております。でも、わたくしはお庭で笑ったためしはない。そこはけっして人間の感情など表わしてはならぬ、神々の庭でございますから。

白樺の林を抜けてお庭に入るとき、わたくしはわたくしがわたくしであることを忘れます。大辛夷に向かう草むらの小径を、純白の長い裳裾《もすそ》を曳《ひ》いて膝行《しっこう》する古代の神官のように、すべての感情を喪《うしな》ってわたくしは歩みます。

神の宿り木は円い樹形をたわませながら語りかけます。

おのれら人間は進化したのではない。天然の営みを離れたその瞬間から、限りなく退行しているのだ。退化しているのだ、と。

わたくしはそうした人間の愚かしさを神に詫び続け、愚かしき人間を神の庭に捧げ続けるのです。

いわばお庭作りの知識は、そのたゆまぬ儀式の対価でございました。だから、野草の種子を無造作にまくように、わたくしの知識のほんのひとかけを与えるだけで、音羽妙子はガーデニングの女王と呼ばれることができたのです。

わたくし、妙子を愛しておりましたわ。血を分けた子のように、いずれ紫香山荘のお庭を委《ゆだ》ねる、わたくしの正統の跡取りとして。

でも、名声が高まるほどに、妙子は変わっていった。

頭のいい彼女は、わたくしの教えた知識を忘れることなく積み上げてゆく。そして、わたくしから教わった知識だということだけを忘れてしまう。

歳月が過ぎるにつれ、妙子はわたくしを否定するようになりました。わたくしの知恵を借りずに、勝手にしゃべるようになった。

そしてとうとう——わたくしがお玄関の脇に丹精こめてこしらえたロベリアの群植を、色とりどりのビオラとパンジーに植えかえてしまった。ただ明るくなるというだけの理由で。開花期間が長いというだけの理由で。

わたくしが死ねば、妙子は紫香山荘のお庭を思いのままに作りかえてしまう。もうじき百年が経って、閣下のご満足するような姿に、ようやくたどり着くというのに。おりおりの完全にさらなる完全を積み上げて、お庭はついにわたくしの納得のゆく姿に完成したというのに。

わたくし、庭守ですの。

音羽妙子でも加倉井シゲでもない、ましてやガーデナーなどではない、紫香山荘のお庭の花守ですの。

この先もずっと、地球から草や木や花の絶えるまで、永遠に。

妙子の薔薇は、食べてしまいたいくらい愛らしいマチルダ。春から秋まで、薄紅色の花をたわわにつけるフロリバンダの名種です。


人々は闇の中で身じろぎもせず、加倉井シゲの表情のない顔を見つめていた。

「……ひとごろし」

怯えきった女の声が呟いた。

「はい。いかようにも」

加倉井シゲは刃《やいば》を待つように首をうなだれた。しかし罵《ののし》る声は二度と聞こえなかった。

「わたくしは、会の趣旨をわきまえ、あるべきようを語ったまででございます。みなさまも、胸のうちに固くお蔵《しま》い下さい」

俯《うつむ》いたまま加倉井シゲは言った。人影はこぞって、かすかに肯いた。

「お庭に歩みこみますと、わたくしの体は一歩ごとに身丈を縮めて、しまいには物語の森の精のように小さくなってしまいますの。人間はみな同じ。お気付きにならない方でも、後ろ姿を拝見いたしておりますと、企《たくら》まれた遠近法のままに身を縮めて、大辛夷の下ではどなたも少女のように、赤松の苔庭では栗鼠《りす》のように、栗と胡桃の森に入ると小鳥のように、そしてローズ・ガーデンに至るころには、まるで天道虫《てんとうむし》のように小さくなってしまいますの。そのさきは消えてなくなったとしても、何のふしぎもないくらいに」

人間ではない何かを思わせる顔をもたげて、加倉井シゲは話をしめくくった。

古い時代に拓《ひら》かれた南軽井沢の森は、近在のどこよりも深く、迷いこめば方角すらもわからなくなります。

道しるべとなる浅間山も離山《はなれやま》も、木々に隠されて見えません。涯《は》てもない唐松の森の迷い人たちは、突如として目の前に現われたローズ・ガーデンに、みな声を失います。

軽井沢の土地と気候には適さぬはずの薔薇が、そこには奇跡のように咲き乱れているのです。

十分な陽当たりと虫の駆除。そして、おなかいっぱいの肥《こえ》。

浅間の裾を曳くゆるやかな勾配に、色とりどりの薔薇が満ち溢《あふ》れておりますの。

音羽妙子のマチルダ。邦隆さまのシャポー・ド・ナポレオン。前の奥様は真紅のハイブリッド・ティーにお姿を変えました。

そして、最も古い父の花は、生い茂った蔓《つる》の一面に純白を散らす、サマー・スノー。

天の高みからなだれ落ちる、オールド・ローズのグラデーション。

初夏の一日、わたくしはローズ・ガーデンを飽かず眺めてから、お庭を戻ります。

みちみち枯枝を拾い、草を摘み、虫を追ってゆっくりと歩みます。

蜩《ひぐらし》のかなかなと鳴き上がるたそがれの大辛夷の下には、閣下がお待ちです。

きょうも陸軍大将の軍服をお召しになり、金色の刀緒がついたサーベルを杖になさって、ふくよかな笑顔をわたくしにお向けになります。

「閣下、百年が経ちましたわ。いかがでございましょう」

胸いっぱいの勲章を唐松の木洩れ陽に輝かせて、閣下は満足げに肯かれます。

「みごとなものじゃ。お国は思うた通りにはできなんだが、この庭は世界に通用する」

「おや、世界一とおっしゃっては下さいませんの。少なくともわたくしは、その覚悟でお庭を作らせていただきましたが」

「そうは言うても、世界中の庭を見たわけではない。言えば詭弁《きべん》であろう」

閣下の高いお志は、いつまでたっても世界一とお褒《ほ》めになっては下さらないのです。さらなる高みをめざせと、閣下は暗にお命じになられます。

「わたくし、たいそうくたびれましたの。ご褒美《ほうび》を下さいまし。この疲れがとろけ去るほどの」

閣下は白手袋を嵌《は》めた両手を伸ばして、わたくしの小さな体を、軍服のふところ深くに抱き寄せて下さいます。

疲れがとろけます。夕暮とともに大辛夷は円い天蓋《てんがい》をとじて、わたくしたちの姿を百年の帳《とばり》のうちに隠します。

「おまえはこの庭が好きか」

「はい。大好きです」

「どのくらい、好きなのだ」

「骨を埋めてもよいほどに」

蜩の声が絶えて、夜のしじまがお庭をしっとりと濡らすまで、小さなわたくしは閣下の胸に甘えております。

わたくしは、紫香山荘の庭守。草を摘み、虫を除き、花を咲かせるガーデナー。

でもこのごろは、ふと妙なことを考えますの。ほんとうは人間などではなく、大辛夷のかたわらに寄り添うて立つ、ひともとの楓《かえで》なのではないか、と。

語りおえた老女は陽に灼けた小さな顔をもたげると、暗いくれないに色付いた楓の葉が風に戦《そよ》ぐように、わずかに微笑んだ。

雨の夜の刺客

古時計の針は一時を回っていた。

ひとつの話が終わると、室内にはじきになごやかな談笑が甦《よみがえ》る。食事をつまみ、グラスを傾ける参会者たちの表情には、話に聞き入るときの神妙さはなかった。

「こういうしたたかさがなければ、功なり名を遂げることはできんのだろうね」

薄闇《やみ》の中に人々のシルエットを透かし見ながら、小日向《おびなた》君は呟《つぶや》いた。

「いや、資質の問題じゃないだろう。功なり名を遂げた結果、したたかになってしまったんじゃないかな」

と、私は答えた。

たぶん私たちの考えはどちらも当たっていない。そんなことはたがいがよく承知していた。要は日常に倦《う》んでいるというだけの話なのだが、人々の尊厳を脅《おびや》かすそうした倦怠《けんたい》を口に出すことは憚《はばか》られた。参会者たちは稚《おさな》い少年のように、それぞれの日常に飽いているのだった。

「面白いかね」

私を気遣うように小日向君は訊《たず》ねた。

「もちろん。どの話もとても面白いよ。自分の胸の中にだけ収《おさ》めてしまうのはもったいないぐらいだ」

「だったら忘れてしまえばいい」

小日向君は薄い唇の端を吊《つ》り上げて笑った。そこでようやく私は、話の合間のこの喧噪《けんそう》が彼らのしたたかさのせいでもなく、彼らがただ日常に倦んでこの会合に参加しているわけでもないことを悟った。

聞いてしまったからにはどうしても他人に語らなければ収まらぬほど面白い話を、彼らは幕間のおしゃべりで忘れようとしているにちがいなかった。会合の掟《おきて》を破らぬためには、それが最も賢明な方法であろう。

「今宵も沙高樓《さこうろう》にようこそ――」

いつの間にか和服に着替えた主人が、円卓の上座から言った。浅葱色《あさぎいろ》の着物の胸には、薔薇《ばら》とも牡丹《ぼたん》とも見える大輪の花の紋様があった。

「すっかり夜も更けて参りました。残る一話で、今宵の会合はお開きに致したいと存じます。どうぞお席におつき下さいまし」

参会者たちはそれぞれ円卓を囲む椅子《いす》に掛け、あるいはラウンジのあちこちに無秩序に置かれたソファや古風な椅子に腰をおろした。

人々の席の定まるのを待って、女装の主人は言った。

「語られます方は、誇張や飾りを申されますな。お聞きになった方は――」

ふいに、野太い濁《だ》み声が主人の声を遮《さえぎ》った。

「夢にも他言なさいますな。あるべきようを語り、巌《いわお》のように胸に蔵《しま》いますことが、この会合の掟《おきて》なのです、か――。すっかり覚えちまったぜ。面倒くせえ前ふりはたいがいにして、俺の話を聞いてもらおうか」

「あら、まあ――」と、主人は苦笑した。

「語り手のご紹介をするのは、私のつとめですのに」

「その、他人様から紹介されるってのが、何だかこそばゆくてならねえ。氏素性《うじすじょう》をはっきり口にしてほしくもねえしな」

「では、ご随意に」

主人は不愉快そうに手をさしのべた。

「なら始めさしてもらいますが、ご覧の通りここにおいでのみなさんとは生まれも育ちもちがう不調法者です。ただ、こういう稼業ですから、嘘はつけねえんです。どうか退屈せずに聞いて下さい」

男は太い首をくるネクタイをくつろげ、緊張に耐えかねるようにタバコをつけた。煙に顔をしかめると、眼尻《まなじり》から唇まで届く古い刃物の傷が、いっそう醜《みにく》く引きつった。

人前で話をするなんてことはめったにないもんで、すっかり上がっちまった。いやね、やくざってのは思いのほか小心者が多いんです。虚勢を張っていても、中身はコンプレックスのかたまりでしてね。いじめっ子のガキ大将だったやつなんて、いやしません。たいがいはいつもいじめられてた口でね。もちろん俺もそうです。家が貧乏で子供にかまってられないうえ、学校に行きゃみんなにいじめられて、いじけきったガキが世をすねてやくざになるんですよ。まず、十中八九はその手合だな。

だから、やくざ者なんてちっとも怖《こわ》がることないんです。おうっ、と凄《すご》まれたら、もっとでかい声で、おうっ、と凄み返してごらんなさい。たちまち慄《ふる》え上がりますから。

こう見えても、俺なんかそういう気の小さいやくざ者の代表選手みたいなもんでね。虚勢ばかり張ってきたら、いつの間にか見てくれだけは板についちまったんです。でも、小心者にはちがいありません。こうして話をしていたって、テーブルの下で膝頭が合わねえぐらい慄えている。

つまり、俺たちがやたらと強面《こわもて》を装ったり、分不相応な外車を乗り回したり、派手ななりをしたり札ビラを切ったりするのは、みんなコンプレックスの裏返しってことです。

名前は――まあ、そんなものどうだっていいじゃありませんか。名乗らなけりゃならないってお定めはないんでしょう？

仲間うちからは「辰《たつ》」と呼ばれています。丑、寅、辰、の辰です。

もっとも、業界ではそこそこの出世を致しましたんで、今じゃ誰も呼び捨てになぞしませんがね。

いわゆる「親分」なんてのは社長と同じで世の中に掃《は》いて捨てるほどいるけど、俺の場合は掛け値なしに「大」の字が付く立場です。

五年前に先代が亡くなりましてね、俺なんか跡目の器量じゃねえって何度も断わったんだけど、弁護士が遺言ってのを預ってて、そこに七代目は俺って書いてあったんだから仕方ありません。

世間じゃ親の言いつけを聞く子供なんてそうそういないが、俺たちの社会じゃ絶対なんですよ。というわけで、三千人の子分を面倒見る立場に立たされたってわけです。

考えてみりゃ妙なもんだ。野心や出世欲は生まれついてこれっぽっちも持っちゃいなかったし、とりたてて何ができるってわけでもない。

取柄《とりえ》といったら、要領の悪さかな。

頭も面構《つらがま》えもそう悪かないが、要領は悪いんです。何か事件《ヤマ》を踏んだとき、ひとりだけ逃げ遅れて罪をひっかぶるっての。若い時分からそういうことがよくあった。口は堅いからね。そうすると出てきたあとで、仲間うちに貸しを作ったことになるわけだ。でも俺は、義理を売るってのが苦手だから、気にしなさんななんぞと言ってると、それがまたた器量人だと誤解される。

たぶんそんな誤解が積もり積もって、当の本人がまったく与《あずか》り知らぬうちに、七代目の貫禄ってことになっちまったらしい。

てっぺんまできてわかったんだけどね、宙ぶらりんの半端《はんぱ》な親分てのが、一等苦労だね。

会社でもどこでもそうじゃないのかな。取締役なんて立場はひどく苦労なんだ。これが社長さんになっちまうと、あんがいやることがない。うちみたいにでかい組織だとね、ああせいこうせいも言う必要がないんです。言う前に下の者がみんなやっちまうから。

それに、会社とちがうところは責任を問われることがない。株主もいなけりゃ組合もないからね。第一、ここまでくるとパクられる心配もまずないんです。あとは命を狙《ねら》われる苦労だけ。それも根が小心者で用心深いから、苦労というほどのものじゃありません。

ええと――てめえのことばかりで申しわけないな。話の要領まで悪いもんで、どうか退屈しないで聞いて下さい。

集団就職で上京して、荒川のメッキ工場で働いていたんだけど、一年ともたぬうちにやめましてね。辛抱のきかぬたちじゃないが、地味な職工仕事ってのが性に合わなかったんです。

中卒は金の卵だなんて言われてたが、あらかたは俺と同じでしたよ。集団就職先なんてのはてめえで決められないし、そもそもが口べらしか、弟や妹たちを高校に通わせるための人身御供《ひとみごくう》みてえなもんだからね。いったん就職してしばらく義理を果たせば、あとはどう生きようと勝手なわけだ。

日本が東京オリンピックをめざして、高度成長の波に乗った古い時代の話です。世の中がどんどん変わって行くから、職工や店員の地味な仕事をしていると、何だか時の流れにおいてけぼりを食わされるような気がしてね。

そうかと言って、中学卒の田舎者の小僧が勤め先をとっととやめても、仕事は同じようなものしかないわけだ。で、お堅い仕事をよけていくと、たいていは水商売に落ちつく。

女はいいなって思ったね。まず喫茶店のウェイトレス。ちょいと垢抜《あかぬ》けたころにスナックのアルバイト。客あしらいを覚えれば、キャバレーのホステス。世間から見りゃあ落ちてくように思えたって、はっきり稼ぎがよくなるんだからわかりやすい。稼ぎの分だけいい女にもなるしな。

だが男はそうはいかない。まず喫茶店のボーイ。それからカウンター仕事を覚えて、シェーカーのひとつも振れるようになればバーテン。ところがそこで行き止まりだ。稼ぎだってそうはよくならない。

一軒の店を任されるマネージャーなんてのは、まず齢《とし》がそこそこ行ってなけりゃだめだ。少なくとも三十を過ぎて所帯を持たなけりゃ、売上を預けるだけの信用はつかないわな。

俺が水商売に入ったのは十六かそこいらだったから、先のことを考えたら気が遠くなったものさ。

いや、先のことなんて考えちゃいなかったかな。朝寝に夜更かしって仕事は若い者にとっちゃ楽だし、水商売の仲間や先輩ってのは工場の口やかましい職工たちよりずっと付き合いやすかった。それに第一、若くてきれいなおねえちゃんがまわりに大勢いるんだから、楽しいに決まってる。

土地の値段が急騰する前は、そこいらじゅうに喫茶店がありましたよね。それこそ石を投げりゃ喫茶店の窓が割れるぐらい。だからバーテンやボーイの職にはまず困らなかった。むしろ一軒の店に一年も勤めるのは珍しいぐらいでね。たいてい入ったとたんに少しでも条件のいい次の店を探している。新聞の求人広告を読むのは誰もが習い性みたいなものだった。

俺も二年かそこいらのうちに、いったい何軒を渡り歩いたかわからない。

ふしぎと上野が多いんだね。中卒の田舎者にしてみると、就職列車から初めて降りた上野ってのがふるさとなんだ。ふるさとに近いっていう意味じゃなくて、そこがふるさとだな。その上野と、せいぜい浅草、神田、日本橋。銀座はいけません。何となく腰が引けちまう。

しばらくそこいらを渡り歩いてから、新宿の名曲喫茶に雇われたときには、やっと都会人になったような気がしたもんです。

名曲喫茶なんて、もうないんだろうね。真暗でだだっ広くって、いやっていうほど冷房が効いていて。一日中、憂鬱《ゆううつ》なクラシック音楽ばかりかかっている。一階と二階が一般席で、三階が同伴席って、アベックが汽車ポッポみたいなボックスに座ってイチャイチャするところです。

俺のいた店は地下のフロアがあったんだけど、そこが厄介だった。地回りのチンピラたちの溜り場だったんです。どこそこの組に関係なく、事務所にいるとこき使われるばかりのチンピラが、電話番をサボッて涼みにくる。

もっともサボッているときによその連中とこみ入ったんじゃうまくないから、みんな大人しいものなんですがね。でもボーイの小僧から見ると、やっぱりおっかない。で、同じボーイでも先輩は三階の同伴席、次が一階と二階の一般席で、新入りは地下が持ち場と決まっていた。根が臆病者だから、毎日ビクビクもんですわ。

入店して間もないそんなある日のことです。隅っこのボックスにアイスコーヒーを運んで行ったら、派手なアロハを着たチンピラにいきなり腕を摑《つか》まれた。何か因縁《いんねん》でもつけられるのかと思って肝《きも》を冷やしたんだけど、そうじゃなかった。

「よう、タッちゃん。俺だよ、俺」

ずいぶん面構《つらがま》えが変わっていたのですぐにはわからなかったんだが、上野の喫茶店で何カ月か一緒に仕事をした、島という男だった。年齢は俺より二つ三つ上だったと思う。

「あれ、島さん」

「おうよ、久しぶりだな。相変わらずクスブッてるみてえじゃねえか」

あまり関り合いになりたくはなかったんだが、もともと派手ッ気な男で、ずいぶん飯を奢《おご》ってもらったことなんぞあったから、そうそう無下《むげ》にもできない。

考えても見りゃ、あいつと出くわしたのが運命の岐《わか》れ目だったな。てめえの道はてめえで切り拓《ひら》け、なんてね、俺も若い衆にはよく説教をたれるけれど、人生あんがいそうはいかないもんです。運命の岐れ目にはたいてい、他人がつっ立ってやがる。こっちへこい、って腕を摑むんだな。

その他人が立派な人間ならいいんだが、そうとは限らない。いや、そういう場所に立っている人間は、神様がまったく適当に決めているんだ。善悪とか、器量の有るなしとかは一切関係ない。ただしそのいいかげんな野郎に、きっぱりと人生を変えられちまう。

あいつがいなけりゃ今ごろどうなっていたかわからない、という恩人もいれば、あいつと会いさえしなけりゃこんなことにはならなかったと、一生後悔するようなのもいる。

キーパーソン、とか言うんですかい。いったい誰がそのキーパーソンなのかがわからないってのが、人生の怖いところです。

その島って男なんか、とりたてて親しかったわけじゃないし、長い人生の中じゃほんの行きずりにすぎない。向こうにとっての俺もそれは同じ。だが俺はそいつにきっぱりと人生を変えられちまった。

「なあ、タツ。俺ァ今、マブチにゲソつけてるんだ。まだ盃をおろしてもらったわけじゃねえけどよ、ほら」

と、島はズボンのポケットからこれ見よがしにバッジを取り出した。真淵組というのはそのころ歌舞伎《かぶき》町の一部を仕切っていた博徒《ばくと》系の一家です。

今から考えりゃ、盃も貰《もら》っていないチンピラがバッジを持ってるってのは妙な話なんだけど、やくざが肩で風切って歩いていた時代のことだから、ほれバッジやるからうちにこいなんて、兄貴分から誘われたのかもしれない。今の若い人がブランド品を持ち歩くみたいに、あのころの若者はそんなものに憧《あこが》れたもんです。

そのときは俺だって、すげえなあって思ったもの。

島には俺をやくざな道に引きずりこもうなんていう悪意は何もなかったな。ただ顔見知りの俺を連れ歩いて、兄貴風を吹かせたかっただけさ。

じきに早番が交替の時間だったので、店を上がってから二人で飯を食いに行った。西口マーケットの定食屋で、俺の晩飯なんてのはコロッケにイモのサラダって決まっていたんだが、島はあれも食えこれも食えって、勘定は千円札を切って釣《つり》はいらねえときやがった。

腹がいっぱいになって街に出たら、アロハにパナマ帽を冠《かぶ》ったチンピラが、威勢のいい兄貴に見えたもんです。

今の若い者はどいつもこいつも豚みたいに太って、まさか食い物で釣ることなどできるわけはないが、あの時分に腹いっぱいの飯を奢られるってのは、たいそう恩義を蒙《こうむ》ることだったんだ。

　その晩、島は事務所の当番だった。やくざ者なんかと深い付き合いになっちゃいけないなと思いつつ、誘われるまま真淵組の事務所に行ったんです。怖いもの見たさの好奇心かね。

　まだ宵の口だったんだけど、義理事があったとか何とかで兄貴分はみんな出払っていて、島と似たりよったりのチンピラが三人ばかり事務所に詰めていた。どれも喫茶店の地下で見知っている顔だった。

「これ、俺の舎弟《しやてい》で辰ってんだ」

　と、島は偉そうに言った。

「舎弟って、こいつサテンのボーイじゃねえかよ」

　チンピラのひとりが島を小馬鹿にするように言った。島はその言い方が癪《しやく》に障《さわ》ったらしく、ずいぶん大げさなことを言い返した。

「いやな、前に何かと面倒見たやつなんだが、ちょいと音沙汰《おとさた》がねえと思ったらサテンでクスブッてやがった。上野《ノガミ》じゃ地元の不良なんかとしょっちゅうゴタゴタして、なかなか根性のあるやつだからよ、明日にでも兄貴に面通ししようと思ってんだ」

　おいおい待ってくれよと、俺は腹の中で呟いた。いいかげんなことを言って、引っこみがつかなくなったらどうするつもりだ。

だが、べつに怖くはなかったな。いざとなりゃこちとら渡りのボーイなんだから、とっととズラかっちまえばいいだけのことなんです。

その晩は兄貴たちが戻らないのをいいことに、四人でオイチョカブを始めた。下のパチンコ屋から板垣退助の顔の入った百円札をしこたま両替してきて、すっかり賭場《とば》の気分でね。

夜中におかしな電話があった。島が受話器を置いてから首をかしげた。

「親分はいるかって、妙になれなれしい声だったな。鈴木ってての、誰か知ってるか」

「鈴木ならいくらでも知ってるけどよ、親分にタメ口きく鈴木は知らねえな」

答えたチンピラはタバコを買いに行くと言って事務所を出たきり戻ってこなかった。

じきにまた電話があった。

「当番、ですか。ええと今は三人います。あの、鈴木さんって、どちらの鈴木さんでしょう——あれ、切れちまった」

とたんにひとりのチンピラが、女と待ち合わせていたのを思い出したとかで、もうひとりの相棒を連れて出ていった。事務所は島と俺との二人きりになっちまったんです。

「すぐに戻るからよ。あとは頼んだぜ、島ちゃん」

ああ、と心細げな返事をして仲間を送り出すと、島は舌打ちをして言った。

「俺とおまえが受けてるからよ、あいつら気にいらねえんだ。サシでやろうぜ」

たしかに場の金はあらかた俺と島の手元に集まっていた。

それからものの十分後だろうか、いきなり事務所のドアが激しく叩《たた》かれた。

「開けろ。開けろ、コラ！」

兄貴分がやってきたのかと思って、俺は青くなった。ともかくテーブルの上にちらかった花札と金を片付けようと思ったら、島の野郎が目の前から消えている。振り向くと奥のトイレに駆けこむ島の後ろ姿が見えた。

「うわっ、どこ行くんだよ」

あわくって後を追うと、島の野郎はトイレの窓からエイヤッと隣の家の屋根に飛び移って、一目散に逃げて行く。何が何だかわけはわからねえけど、ともかくヤバそうだから俺も逃げようとしたところを、後ろから足を摑まれた。窓から引きずりおろされて、いきなり手錠《ワッパ》だ。

「淀警《よどけい》だ、ジタバタするな。賭博現行犯で逮捕する。おめえひとりか、あ？」

考えてみりゃ、ひとりでバクチが打《ぶ》てるはずはあるめえ。トイレから引き出されると、事務所の中には大勢の私服や巡査が打ちこんでいて、そこいらじゅう引っかき回してやがった。

「さっきの電話じゃ、当番は三人だって言ってたな。ほかの二人の名前は」

俺はありのままを説明した。当番は四人で、俺は組の者じゃない。一人がいなくなったところで二度目の電話があって——と、俺もよっぽどうろたえていたから、ありのままを言おうとすればするほど話はややこしくなった。

ま、俺が初めて警察の厄介になった顚末《てんまつ》ってのはそんなところです。ずいぶんへんてこな話なんだけど、みなさんにはこの話に仕組まれたトリックっての、わかりますかね。


「さあ……」

参会者たちの表情を一通り見渡してから、女装の主人が答えた。

「トリックって、何か不自然があるんですか」

「そりゃあんた、どうして組とは無関係な俺が、たまたまひとりだけパクられたかってことさ」

「運が悪かったとしか言いようがありませんわ」

「そうじゃねえんだよ」と、男はタバコを一服つけて続けた。

「やくざってのは、みなさんが考えるほどバカじゃねえんだ。あの時分はな、やくざというのは一種の必要悪とみなされていた。だから所轄《しょかつ》の警察とはあんがいねんごろだったのさ。まあ、そういうのは今もたいして変わっちゃいねえが」

テーブルを囲んだ紳士が、「必要悪ねえ」と不本意そうに呟いた。

「私は、世の中に必要な悪などというものはありえん、と思うのだがね」

辰という男は話すほどに物腰が落ちついて、いかにも大親分の風格を漂わせている。身なりと恰幅《かっぷく》のよさで若く見えるが、話の内容からすると齢は行っているはずだった。

「ほっぽっておきゃ何をしでかすかわからねえガキをひとまとめにして、ともかく教育らしきものを施《ほどこ》す。代紋《だいもん》の貫禄と実力とで、やくざの組同士は安定したパワー・バランスってのを保っている。そういう現実はな、警察《サツ》にしても都合がいいのさ」

聡明な参会者たちは、薄闇の中でいっせいに肯《うなず》いた。

「後にわかったんだが、その晩のトリックってのは、つまりこういうことだった——サツは年に一度か二度、所轄内の組事務所を家宅捜索《ガサイレ》する。いくらねんごろな付き合いと言ったって、そのくらいの仕事はしなきゃならねえ。いついつにかくかくしかじかの容疑で打ちこむから、若い衆の一人か二人、用意しておけって、親分なり兄貴分なりに連絡しておくわけだな。サツの面子《メンツ》を立てるための人身御供さ。俺の勘じゃあ、事務所にいた三人のチンピラはその晩にガサが入ることを承知していた。少なくとも最初にタバコを買いに出たまま戻らなかった野郎は、まちがいなく仕掛人だ。みんなして島を人身御供にしちまおうって魂胆《こんたん》さ。だからわざわざ百円札の現金まで用意して、バクチを打ち始めた。マッチの軸《じく》じゃ現行犯にならねえからな」

ほう、と感心しながら紳士が言葉を挟んだ。

「ということは、たまたまその晩に事務所にやってきたあなたは運が悪いということになりますね」

「いいや、そうじゃねえと思う。島ってやつはあんがい勘が良くて、すばしっこい野郎だ。何となく嫌な予感がして、俺を連れてったんじゃねえかって気がするんだ。いざというときには俺をてめえの身替りにするつもりでな。要は誰かひとりでもパクられりゃいいわけさ。それで年に一度か二度のお祭りは格好がつく。もしかしたら、おめえがパクられるのがいやなら、身替りのボケを探しとけなんて、上の者が知恵をつけていたのかもしれねえ」

なるほど、と納得する声がひとつの溜息《ためいき》になった。

「な、みなさん。やくざ者の世界ってのは、そんなふうに油断のならねえものなんです。親分子分だの兄弟分だのと言ったって、いつ誰に寝首をかかれるかわかったもんじゃねえ。むしろ運まかせに生きてるのはあんたらカタギのほうで、やくざがそんないいかげんな生き方をしたら、命がいくつあっても足りゃしません。さて——」

辰はワインで唇を湿らせると、一息ついてから事件の後日譚を語った。

「俺が淀橋署にパクられたとたん、待ってましたとばかりに組の顧問弁護士が駆けつけてな、接見室で二人きりになるなり、何を訊《き》かれてもダンマリを通せ、そうすりゃ悪いようにはしねえと、こうだ。てことは、めったなことをしゃべれば悪いようになるってわけだから、俺はダンマリを通すしかねえ。もっとも年に一度のお祭りだからサツのほうも心得たもんで、さっさと勝手な調書をこしらえて捜査結了。俺はダンマリのまんま送検されたけど、検事から叱言《こごと》をちょうだいしただけであっさり起訴猶予ってことになった。身柄引受人《ガラウケ》の弁護士に付き添われて、二度と行きたくもねえ真淵組の事務所に行ってみりゃあ、兄ィからごくろうさんと小遣いを渡され、ダンマリを通すとはおめえなかなか見所がある、どうだしばらくうちで遊んでかねえか、ときやがった。というわけで、まったくひょんなきっかけから、渡世に入っちまったんです」

辰は頬《ほお》を割る向こう傷を歪《ゆが》めて、暗い高笑いをした。

真淵の親分っていう人は、よその組の連中から「アンドン」なんて仇名《あだな》をつけられるくらいボンヤリした人だった。いてもいなくてもたいして変わりのないくらいの。

それでも三カ所の常盆《じょうぼん》を持っていて、歌舞伎町の飲食店からの用心棒代《ミカジメ》もけっこう上がっていたから、羽振りはよかったんです。そういう仕事の一切を仕切っていたのは、佐野っていう若頭《カシラ》でしてね。

若頭っていうのは関西からきた呼び名で、そのころは関東流に代貸《だいがし》って呼んでましたけど。親分が貸元だから、ナンバー・ツーは代貸だね。

佐野は三十を少し出たぐらいの予科練あがりで、真淵の親分とはえらいちがいで、見映えもする兵隊にもとられずに懲役に行っていた真淵の親分とはえらいちがいで、見映えもするし威勢もいいし頭も切れる。はたから見ると親分は飾り物で、俺たち若い衆はそのカシラに仕えているようなものでした。

俺は島と一緒に佐野の部屋住みになったんです。部屋住みってのは、文字通り家に住みこんで、掃除から飯炊きまでするやくざ見習のことだね。本当なら若い衆は親分の家の部屋住みになるのが当たり前なんだが、真淵の親分が昼間から酒ばっかりくらって、義理事のときにしか正気に返らないような人だったから、子分どもの躾《しつ》けまで佐野がやっていたってわけだ。

まあ、よくできた人間だったな。あの親分にあそこまで忠義を尽くすのは並大抵じゃない。貫禄ばかりが上で役立たずの親分を一所懸命に食わしていたようなもんです。

俺も後に一家を構えるようになって、いい若い者に不自由していたときには、きまってあのころの佐野のことを思い出したもんです。ああ、あんな若い衆がうちにいたら、どんなに楽だろうって。

　部屋住みの中でも組に入った順番の序列ってのがあって、俺のすぐ上が島、その上が――そう、さっきの話で、まっさきにタバコを買いに行ったままズラかっちまった、谷口っていうやつです。

　もっとも、おたがい信用し合ってるわけじゃないですよ。さっきも話した通り、兄弟分の信義なんてのはお題目です。せいぜい気心が知れてるってところだね。

　ミカジメの集金はほかの兄貴分の仕事です。俺たち三ン下には銭なんかいじらしちゃくれません。だったら仕事は何かっていうと、毎月五の日に開帳される常盆の客集め。二、三日前から自転車に手みやげを積んで、常連客の家を回るんです。

　書き物は一切残しちゃならないから、お客の名前と顔と居場所はいちいち覚えていて、開帳の知らせもそんなふうに口伝えでする。

　で、開帳のときは俺と島は立ち番っていう見張り役だね。電信柱の蔭《かげ》に一晩中つっ立って、お巡りや賭場荒らしがきやしないかって見張る役目です。

　谷口は下足番。これはお客から小遣いが貰えるし、冬なんかはそれほど寒い思いをしなくてすむ。その上の兄貴は中番っていう接待役。この役について初めて盆を見ることができます。

　さらに座敷で客の接待をする助出方《じょでかた》、ディーラー役の中盆、賭場を仕切る代貸、っていうふうになっている。貸元である親分はふつう賭場には顔を出しません。万がいち手入れを食らって、親分がパクられたんじゃ洒落《しゃれ》にならないからね。

まあ、サツとの関係は前にも話した通りだから、抜き打ちのドサ《ドサ》なんてあっちゃならないんだけど、あっちにはあっちの事情があって、たとえば警視庁管内の集中取締りとか、話の通っていない署長やデカ長が着任したとか、いきなりガチンコのドサがあったりするんだ。

そういうときは、立ち番と下足番と中番、いわゆる三ン下だね、こいつらが必死の防戦をしている間に梯子段《はしごだん》の上の客と兄ィたちは屋根伝いに逃げるって寸法さ。だから、ドサで客がパクられるなんて不始末は三ン下がヘタを打ったってことになる。

だが、ドサなんてのはどうってことない。賭博はパクられたところで、たいてい科料《かりょう》でカタがついちまう。つまりたかだかの罰金刑です。

おっかないのは賭場荒らしだな。新宿の界隈《かいわい》は昔から縄張りが錯綜していて、たとえば盆を開帳する旅館や料理屋が、複数の組にミカジメを払っていたりすることがある。むろん喜んで場所を貸すわけじゃなし、言われりゃ断われないってだけのことだ。

ミカジメを受け取っているからには縄張り内《シマウチ》だろうってんで盆を開くと、別にミカジメを貰っているよその組が潰《つぶ》しにくる。向こうから見りゃシマ荒らし、こっちから見りゃ賭場荒らしさ。

そういうときは飛びこんでくるのも三ン下、守るほうも三ン下だ。もちろんどっちも道具を持ってるから怪我人が出る。ときには死人だって出る。そこまでしなけりゃおたがい意気地《いくじ》がないってことになるもんで、三ン下の血を流しておいてから初めて手打ちが成る。

親分同士の話し合いなんて気楽なもんです。

「このたびは若い者の行きちがいがありまして」

「いえいえ、こちらこそそそっかしい若い者がおりまして」

なんてね。

でも、三ン下はかわいそうだよ。十五、六のガキが、ワーッて泣きながらダンビラ下げてつっこんでくるんだ。ワーッと気合入れて攻めてくるんじゃなくって、本当にワーワー泣いてるんだよ、涙流して。それで、こっちもおっかないからワーッて泣いて、泣きながらチャンバラさ。ついてねえやつはブスッと刺されて死んじまう。刺したやつは殺人罪。

さて——俺の身の上に起こった人生最大の事件も、ことの発端はそんなシマ荒らし、賭場荒らしの行きちがいだった。

俺のこの顔の古傷も、そのとき蒙ったものです。ワーッときたやつに、ワーッと向かってったら、日本刀でスッパリ切られた。

まあ、そんなことはどうだっていいんだ。問題はその「行きちがい」の跡始末がうまくなかった。

はなっから代貸の佐野が出て行って話《なし》をつけりゃよかったものを、酔っ払いの真淵親分が相手をなめくさって出てったのがいけなかった。そのときの相手ってのは、博徒じゃなくって、不良学生くずれが寄り集まった愚連隊《ぐれんたい》だったんだな。

やくざってのは大ざっぱに言って博徒とテキヤ。しかしこの両者は稼業ちがいだから喧嘩《けんか》にはならない。

戦後にあちこちで結成された愚連隊ってのは、高市《たかまち》だの賭場だのっていう本来のシノギがないから、どっちの米ビツにも平気で手をつっこむんだ。

イメージこそ安っぽいがね、どっこいその愚連隊の中には、博徒もテキヤもクソくらえってほどのやつらが大勢いた。

わからんでもないさ。博徒のチンピラなんてのは、もともとが弱虫でコンプレックスのかたまりみたいなやつが、いつの間にかなりゆきで入っちまうって、つまり俺みたいなのが多かった。

その点、愚連隊は確信犯だな。大学でラグビーやボクシングやってて、腕っぷしと根性で生きて行こうなんて考えたやつら。

このちがいはな、召集兵と志願兵みたいなものなんです。

だから、そんな愚連隊をなめくさって、たまには子分どもに貫禄を見せつけてやろうってわけで乗りこんだ真淵の親分は、ひどい目に遭《あ》った。目の下に青丹《あおたん》こしらえたうえ、何十万ものオトシマエを逆にふんだくられて、詫《わ》びまで入れてきたってんだから格好悪いや。

むろん親分はそんなことおくびにも出さなかった。やつらが詫びを入れたから小遣をくれてやって、いい気分で帰りしなにそこいらで蹴《け》つまずいて青丹こしらえた、なんて。

俺たちはみんな、どうもおかしいなあとは思った。

親分の嘘はじきにバレた。そりゃそうさ。愚連隊のやつらは吹いて回るからな。真淵のアンドンに詫びを入れさせて、オトシマエをふんだくったって。

さあて、それから何日もたたないうちに、代貸の佐野が本家に呼ばれた。むろん親分の頭越しさ。

それまでにも真淵の親分はいろいろと問題になってたんだな。その晩おそく、佐野は真青な顔で家に帰ってきたっけ。

部屋住みを三人も抱えているうえに、佐野は一家を構えているわけじゃないから、暮らし向きだってそうは派手じゃないんです。大久保の裏町に、七十過ぎのおふくろがタバコ屋をやっていてね、店の裏ッ方の三畳が部屋住みにあてがわれていて、佐野と姐《あね》さんは二階で寝起きしてた。佐野は男ばかり四人兄弟の末ッ子なんだが、上の三人は揃《そろ》って戦死しちまったって気の毒な家だったんです。

帰ってくるなり、俺と島を二階に呼んだ。それから事務所の当番に出ていた谷口にも電話をして、三人が揃ったところで改《あらた》まった話が始まったんです。

佐野の顔は真青だったけど、俺たちの面は紙みたいに真白になっちまった。

要約すると、まあこんな話です。

「いいか、おめえら肚《はら》くくって聞け。今さっき本家に呼ばれて、じきじきに言いつかった。本家としちゃあ、代紋を愚連隊に踏みつけられて、このまんま黙っているわけにゃいかねえ。始末は橋本のオジキがつける」

ゾオッとしましたね。橋本のオジキってのは真淵の親分の兄弟分なんだが、泣く子も黙る武闘派で「殺しの橋本」なんて言われていたんです。組員の頭数も百人は下らない。橋本組が出るとなれば、愚連隊は皆殺しみたいなもんです。

「わかるな。本来なら俺たちが白黒つけにゃならねえのが筋だが、代貸の俺がヘタを打ったんならともかく、親分がそれをやっちまったんだから埒《らち》もねえさ」

そこまで言って、佐野は梯子段の降り口で赤ん坊をあやしていた姐さんを怒鳴りつけた。

気のきかねえ女だな、ガキ連れて外に出てろってなもんです。

佐野はふだん、姐さんと子供にはやさしい人だったから、俺たちはその怒鳴り声で身のちぢむ思いがした。こりゃあ大変な話にちがいないって。

姐さんが梯子段を降りて行くと、佐野は障子を閉めて声をひそめた。

「いいか、谷口。島。辰。俺ァこれからおめえたちに、筋の通らねえことを言う。聞きたくねえ野郎は今ここで盃を返して出て行け。無理に聞けとは言わねえ」

俺たちは顔を見合わせた。話の先がまったく見えなかったんです。見えない話を聞く前に、まさか盃を返して出て行くわけにはいかない。

部屋つづきの物干しで、佐野の飼っている伝書鳩が声を揃えてクウクウ鳴いてましてね。俺ァいまだに公園なんかで鳩がクウクウ鳴いていると、あの晩のことを思い出していやな気分になるんです。

「あさっての晩、橋本のオジキが一斉に仕掛ける。あいつらの家《ヤサ》や立ち回り先はもう割れている。少なくとも上の七人は一人も逃がさねえらしい。そこで――おめえらは同じ時刻に、東中野に行け」

「がってんです」

と、島が気の早い返事をした。ハハア、こいつ勘ちがいしてるなと思った。東中野と言えば親分の家だが、そこを守備に行けという命令だと、島はとっさに考えたんだな。そんなはずはないさ。それなら筋の通る話だもの。

「やい島。おめえ何がガッテンだかわかってるのか」

と、佐野は細い三白眼で島を睨《にら》みつけた。とたんに島は「ヒエッ」と膝を崩してのけぞった。やっとわかったんだ。

「逆縁てのは、渡世じゃけっしてあっちゃならねえことだ。そんなこたァ、復員からこのかた二十年ちかくも博徒渡世で飯を食ってきた俺はよく知っている。よしんば親が黒いカラスを白いと言ったなら、子は誰の目にも黒いものを白いと言わなきゃならねえ。世界中を敵に回しても、そう言い張るのが子分ってものさ。俺がずっと親分の言いつけに従って、黒いカラスも白いと言い張ってきたのは、おめえらもよく知ってるな」

へい、と俺たちは声を揃えた。いったいに佐野って人は、親分が説教のひとつも満足にできない分だけ、若い者にはそんなふうな嚙《か》んで含めるような物言いをしたもんです。

「親を手にかけるのはあっちゃならねえ逆縁だが、これはクーデターじゃねえぞ。代紋に泥を塗った親を、子が身内の責任において始末するんだ。おめえら三人を俺の子飼いと見こんでな」

本家からの命令にはちがいないんだが、佐野は自分が決めたことのように言った。否も応も、そこまで話を聞いちまったんじゃ、もう逃げ場はありません。ただね、この計画にはうまい絵図が引いてあった。翌々日の晩には愚連隊の幹部たちは橋本組に急襲されて皆殺しの目に遭う。時を同じくして真淵の親分が殺《と》られりゃ、よっぽどのヘタを打たないかぎり犯人は愚連隊の刺客ってことになります。

「難しいことじゃねえぞ。誰にも面を見られずに、キッチリとどめを刺せばいい。サツも身内も、逆縁だなんてこれっぽっちも考えやしねえ」

たしかにその通りなんです。ただし万がいち仕損じたり、誰かに見られたりしたらおしまい。そのときは佐野も本家も知らん顔をするに決まってますから、俺たちは身内の誰かに殺されるか、絶縁のうえ殺人罪でパクられる。

「かしこまりました」

と、谷口が肚《はら》をくくって両拳をついた。

やるとなったら同じ盃を受けた五分《ごすん》の兄弟でも、谷口がリーダーだ。やつは体もでかいうえに面構えもよくって、俺や島よりもよっぽど出来のいい若い衆だった。それに、この渡世で生きて行くっていう覚悟もあったな。

そのあと、佐野は一言も口をきかなかったような気がする。こういうヤバい話ってのは、引き受けたからには細かなことはてめえで考えるんだ。まかりまちがっても、佐野や本家に累《るい》が及ぶようなことをしちゃならない。「かしこまりました」ってのはそういう意味だから、佐野はそのさき一言も指示はしなかったのさ。

十枚のヅクに束《たば》ねた千円札を、三束ずつ貰った。三万といやあ、東京オリンピックの前のその時分にはサラリーマンの月給ぐらいの大金だったね。

そのまんま寝る気にもなれないから、新宿まで飲みに出て、二丁目で女買って、帰ってみたら三つ並んだ蒲団の中に、ハジキが三丁入っていた。

どれもピッカピカの、四五口径のコルトだった。

佐野は何も言わなかったが、よっぽど考えていたんだと思うよ。それは通称ガバメントっていう米軍の制式拳銃だから、もしドジを踏んでパクられても出所《でどころ》の言いわけは決まっている。進駐軍の兵隊から買ったって言やいいんだ。立川のキャンプの中は治外法権だから、サツにしてみりゃ、「米兵から買った」ってのは「天から降ってきた」のと同じで、そのさきの捜査なんてできっこない。

もっともそんな上等なハジキはそれまで佐野の家でも事務所でも見たことがなかったから、たぶん出所は本家だと思うがね。

「やれやれ。また人殺しのお話ですか」

女装の主人が真赤な紅を引いた唇を歪めて溜息まじりに言った。

「みなさんが聞きたくねえってんなら、よしにするぜ」

参会者たちは口々に主人の横槍を詰《なじ》った。

「べつに不満を申したわけではありませんわ。ここでよしにされたら、人殺しの話は生殺しです」

主人のとっさの洒落に、座の空気は和《なご》んだ。

「ごめんなさいね。個人的な趣味を申し上げましただけですの」

辰は鼻で嗤《わら》って、主人を睨みつけた。

「あんた、人を殺したことはねえのか」

「めっそうもない。人殺しなんて」

「誰かを殺してえと思ったことはあるだろう」

主人は人々の視線にとまどいながら、しばらく考えた。

「俺ァ嘘はつかねえ。だったら聞くほうだって嘘を言わねえのはこの会合の掟じゃねえのか」

話し始めたときにはまるで蛹《さなぎ》のようにちぢこまっていた辰は、いつの間にか暗い幾何学紋様の巨《おお》きな翅《はね》を部屋いっぱいに拡げて、人々をとりこにしていた。

濁み声は話すほど艶《つや》めいて、隅の席からでも一言一句を明らかに聞きとることができた。

「そりゃまあ、殺したいほど憎んだ人ってのは、いますけどね」

「そうじゃねえよ」

と、辰はさらに主人を責めた。

「憎しみじゃなくって、てめえが生きていくために誰かを殺そうと思ったことは」

「それは——ないと言ったら嘘になるわ」

「そうさ。俺にしろあんたにしろ誰にしろ、長いこと人間をやって、ただ甲羅を経るんじゃなくって功なり名を遂げたやつらはな、いつだって命がけだったはずだ。てめえが死ぬか、相手を殺すかって剣ヶ峰をよ、いくつも踏み越えてきたに決まっている。たまたま人殺しにならずにすんだのは——」

「運がよかったのかしら」

「そうじゃあねえ」

辰は腹の底から絞り出すような太い声で、叱《しか》りつけるように言った。

「そうじゃねえって。さっきも言ったろう、人生に運不運なんてのはありゃしねえんだ。あんたにしろ誰にしろ人殺しにならずにすんだのはな——人を殺すことが思いのほか難しかったからさ」

座がしんと静まったのは、参会者の誰もが一瞬のうちに自分の人生を顧《かえり》みたからにちがいない。

「なら、続けさしてもらいます」

肘掛椅子《ひじかけいす》を少し引いて足を組むと、辰は話の先を続けた。

ちょいと話は戻りますけど、佐野から三万ずつの小遣を貰《もら》った俺たちは、ともかく三人で話を詰めようと、歌舞伎町のはずれにある小料理屋に行った。

大久保の佐野の家からは、一ッ言も口をきかずに歩いたんです。何だか頭の中が真白になっちまっていてね。

シマ内の気のきいた小料理屋は、俺たちが行くとたいてい奥の座敷とか二階に通してくれるんです。さっきも言ったように縄張りがごちゃごちゃと混み入っていて、客もやくざとやくざの息のかかった連中ばかりだから、店の中で悶着《もんちゃく》を起こしてほしくはない。だから三人連れのチンピラなんてのは、さっさと隔離しちまうってわけだね。

「はあい、谷さん島さん辰ちゃん、奥の座敷へお上がんなさい」

なんて、亭主は威勢よく言うけど、顔にははっきり「迷惑」って書いてある。さんざ飲み食いして、勘定を払うのは二度に一度ありゃいいほうだったからな。

ああ――色がついてねえ。なんでだ?

あの晩の記憶ってのは、どう思い出そうとしても光と影のモノクロなんです。まるで古い映画みてえに、ザアザアと雨まで降ってやがる。

夏だったことはたしかだ。俺たちはみんな太陽族の裕ちゃんを気取って、派手なアロハを着てたからな。だが、どういうわけかその派手なアロハにも色がついてねえのさ。

おかみがビールを運んでくると、谷口は札ビラを切って、

「おかみさん、きょうはこれで」

なんて、妙に礼儀正しく言いやがった。

「あらまあ、お勘定なんて結構なのに。第一こんな大金いただいたって、うちなんかじゃたいした肴《さかな》もないし」

「いいって。いつも迷惑かけてんだから取っときな」

あんまり変わったそぶりをして、かえって怪しまれやしないかと肝《きも》を冷やしたもんだ。のちのち刑事《デカ》が聞きこみにでもきたらまずかろうって、むろんそんなことはとりこし苦労もいいとこだが、それくらい俺の頭ん中はピリピリしてたんだ。

料理が出揃うまで、狭い三畳間の壁に寄りかかって、三人ともぼんやりとタバコを吹かしていた。

いや、ぼんやりしていたんじゃなく、実は三人とも同じことを考えていたんだ。

肚さえくくりゃ難しいことじゃねえと代貸は言ったが、ことほどさように簡単とは思えない。なぜかっていうと、真淵の親分がひとりで寝てるはずはないんです。

まず週替わりの当番がいる。部屋住みは置いていないかわりに、身の回りの世話を

する若い者が必ず一人はついているんです。むろんハジキを持たされています。親分はともかく手のかかる人だから、当番が回ってくるたびにうんざりしたものだった。

「おい、あさっての晩ていうと、オヤジのところの当番、誰だ」

床柱にもたれたまま谷口が言った。俺もまったく同じことを考えていたんです。

「ヨッちゃんじゃねえのか。たしか事務所にフダがかかってた」

島が答えました。それで俺もふと思い出したんだ。事務所の勤務割にたしか「中村義治」っていう名札がかかっていたんです。東中野当番、中村義治。まちがいなくそうなっていた。

そいつは谷口よりも少し先輩なんだけど、齢ばかり食っててグズなもんだから俺や島も「ヨッちゃん」と呼んでなめくさっていた。齢食ってるといっても二十歳《はたち》かそこいらですがね。

色白で風船みたいにふっくらした顔でね、いつもニヤニヤしてるその顔だけで兄貴たちに殴《なぐ》られてた。

殴られても痛いって言うまで、一秒か二秒かかるようなやつです。だが、そんなふうに日ごろから虚仮《こけ》にされているやつってのは、かえって憎めない。

「ヨッちゃんかあ……」

谷口はしみじみと言った。意地の悪い兄貴のほうが気が楽ですよ。なにせ親分もろともぶち殺すんだから。

しばらくヨッちゃんのことを考えながら黙って飲んでいるうちに、姐さんの顔が思いうかんだ。

その姐さんていうのは、親分の女房じゃないんですけど、女房子供と別れたあと親分と一緒にいる女だからむろん姐さんです。二十五、六ぐらいの、目鼻だちのくっきりとしたそりゃあいい女だった。東中野の当番に行って、トイレでマスかかねえやつはいねえってぐらい。

噂によると何年か前にキャバレーのナンバー・ワンだったのを、親分がむりやり押し倒しててめえの女にしちまったとか。

「姐さんも、いるよな」

と、島が呟いた。

「俺、ずいぶん小遣もらってんだけど」

親分がそういう人だから、姐さんは若い衆に気を遣ってくれていたんです。いい女っていうだけじゃなくて、いい人だった。俺たちは十七か十八のガキで、やさしさに飢えていたんだね。ヨッちゃんを殺《や》るのもいやだけど、姐さんまで殺っちまうってのは考えただけでたまらなかった。でも仕方がない。ともかく誰にも俺たちの面を見られちゃならないんです。

またしばらく、姐さんのことを考えながら黙りこくって酒を飲んだ。

そのうち、ふともうひとりの顔がうかんだんです。本当は一等さきに考えにゃならねえ人間なんだけど、そのあたりが喧嘩なれしてないガキなんだね。

親分の家にはこの半年ばかり、正体不明の客人がいた。齢は四十手前ぐらいのポン中で、冬の間もダボシャツと腹巻ステテコでゴロゴロしている妙な男だった。

名前は知らなかった。通り名は「サンズンのサブ」と聞いていたから、俺たちは「三郎さん」と呼んでいた。「サンズン」っていうのはテキヤの隠語で三尺三寸の屋台のことだだね。

ポン中といったって、きょうびの覚醒剤《シャブ》じゃない。あのころの薬の主流はヘロインで、ちょいと分量をまちがえればコロッと死んじまうような麻薬さ。そんなのを常用してるやつだから、顔色は真黒で骨と皮ばかりに痩《や》せていて、目ん玉なんか据《す》わっちまったきりまるで動かない。ときどき着流しに雪駄《せった》ばきで事務所に現われると、佐野も兄貴たちも、みんな下にも置かない気の遣いようだった。無口な男だったが、ときどき洩《も》らす広島弁は、耳なれぬせいか凄味があった。

初めのころは、何で兄貴たちはあんなポン中を崇《あが》め奉《たてまつ》ってるんだろうとふしぎに思っていたもんです。ところがそのうち、とんでもない噂を耳にした。

サンズンのサブはその名の通りもとはテキヤの若い衆だったんだが、庭場《にわば》のいざこざで人を殺し、稼業ちがいの博徒の一家に匿《かくま》われていたんだと。ところがそこでまた二人を殺し、とうとう関西に身の置き場がなくなって、どういうツテかは知らないが真淵組が預ることになったんだと。

人を三人殺してパクられもせずにいるやつなんて信じられねえ。だいたい三人殺しなんて、刑務所《なか》にだっていやしねえよ。いくら命の安いやくざだって三人も殺しちまったらまちがいなく死刑だから、刑務所にはいるはずねえんだ。そういうのは公判から執行まで、ずっと拘置所さ。なぜかっていうと、刑務所は懲役刑を執行するところだから。死刑囚に懲役なんかないだろ。吊るされることだけがやつらの執行だから、死刑台のある拘置所から動かねえってことだ。

のちに想像したんですけど、やつの最初のコロシってのはよっぽど筋の通ったものだったんだろうね。そうじゃなければ稼業ちがいの博徒が匿ったりはしない。二度目の二人殺しは、一宿一飯の義理ってのじゃないかな。世話になっている組がいざ喧嘩ってことになったら、まっさきに体を張って義理を果たすのは客分の務めです。

だとすると、そういう律義者をお縄にかけたんじゃ、養っている組の面目も丸つぶれだから、縁故をたどって関東に逃がした。この筋書だとぜんぶ説明がつく。ひどいポン中になっちまったことも、親分の家からめったに外出しないことも、兄貴たちが妙に気を遣うことも。

「ところでよォ」

と、たぶん三人が考えこんでいたことを、思いついたように口にしたのは谷口だった。

「あの客人は、いざとなったら一筋縄じゃいかねえだろうな」

俺たちは山ん中でハジキの試し撃ちをしたことがあるくらいだけど、客人は何度も修羅場をくぐり抜けて、三人も殺しているんです。

「ポン中じゃねえか」

島が励《はげ》ますように言った。

「でもよ、凶状持ちなんだから道具も持ってるぜ、きっと」

言いながら咽《のど》がひきつって、谷口は酒に噎《む》せた。襲撃に失敗して事情を知らぬ身内になぶり殺されるのもいやだし、絶縁のうえ懲役ってのもいやだが、返り討ちにあうのはもっといやだ。当たり前だけどな。

しばらく考えこんでいた谷口が、そのうち「そうだな」と独りごちて二人の頭を招き寄せた。

「あのな、順序をまちがえなけりゃ平気だ。オヤジさんが道具を持ってることはまずないからよ、抜きがけに一人がヨッちゃんを殺って、二人がかりで客人を殺る。その後で丸腰の姐さんとオヤジさんを殺りゃいいんだ」

谷口はたいしたやつだった。ふつうはそんなふうに頭は回らないんだけどね、その手順は襲撃の常識です。ヒットマンのセオリーっての。

親分がハジキを持ち歩くことはない。王様が取られたら将棋はおしまいだから、やくざは日ごろから親分に罪を作らせないようにするんです。そのかわり親分の身を守るやつらは必ず持っている。ここだけの話ですがね、俺のガードをしている若い者も、いつだって懐《ふところ》に拳銃を呑《の》んでます。今も外の廊下にひとり、駐車場の車の中に二人。でも俺は、この通り何も持っちゃいません。

ということはだね、どこかの親分の命《タマ》を取ろうとするんなら、あわくって的を撃つ前に、取り巻きを片付けなければならない。だから襲撃はひとりじゃできない。必ず前もってガードの頭数を調べて、少なくとも同じ人数の襲撃部隊を編成しなければ失敗する。これはセオリーです。

佐野はちゃんと考えていたんだね。当番と客人はハジキを持っているから、こっちも三人いればいいだろう、って。

だが細かい指図《さしず》をしたわけじゃない。そのセオリーを自分で考えついた谷口はたいしたものでした。

それにしても、若いってのはいいね。人の死に目に遭ってないから、自分たちのこれからやることもピンときてないんです。まあ何とかなるだろう、ってぐらいにしか考えちゃいない。

人殺しは難しいね。てめえが死ぬことよりずっと難しい。若いってのは、その難しさがわかっていないってことだよ。

なあ、みなさん。どなたも五十年、六十年と生きてくれば、実は腹の中で人殺しを考えたはずなんです。一度や二度はね。

だったらなぜ人を殺さずにすんだか。

運が良かったんじゃないよ。あんたらに人を殺すだけの器量がなかっただけのことさ。

だから俺は、世間が言うようにやくざを人間の屑《くず》だとは思わない。手さえ出さなきゃ何を言ってもいい、言葉と態度で他人をいびり殺すんなら罪じゃねえって、そういう世間のやつらのほうがよっぽど人間の屑です。

だってバカだから人殺しができないんだろう。バカの上に度胸もないから。

考えてもみな。人間は獣だぜ。それも一等いじきたねえ獣なんです。

ちがいますか。

酔いざましのコーヒーが運ばれてきて、辰の話はしばらくの幕間《まくあい》となった。参会者たちの肩には重い闇がのしかかっている。

「なあ」

小日向君が羽織の肘《ひじ》で私を押した。

「僕は、あの辰という男が何だかまともな人間に思えてきた。カタギじゃないが、言っていることがまっすぐだ」

その一言で胸のわだかまりが晴れたような気がした。

辰がやくざ者だというだけで、その告白を別世界の出来事のように聞いていたのだが、話が進むにつれ三人の刺客の少年が他人には思えなくなってきたのだった。

私たちとどこもちがわぬ人間ならば、少年たちの心理や行動はたしかにまともな気もする。だとすると、この話を拒む理由は何もないのだった。むしろ人を殺さずに生き永らえてきた私たちの人生のほうが、無理を通しているのではなかろうか。

「あの人は命の重みを知っているね」

と、私は思ったことを口にした。

「そう。だから難しい。平和な生き方をしてきた僕らは、かえってその命の重みを知らないんじゃないか。人を殺す難しさを、彼はよく知っているんだ」

「つまり、生きることはそれくらい難しいと――考えすぎかな」

「いや、たぶんそうだ。苦労話などというものはいくら並べたって所詮《しょせん》は愚痴にしかならない。だが人殺しの経験は、はっきりと生きることの難しさを教える」

私たちは犯罪小説やテレビドラマやゲームの中でしか、殺人の実態を知らない。しかしそうしたものに表現される「死」は、「生」との表裏性を無視した造りものである。生と死が実は同義であるという当たり前の事実を、われわれは確認できずにいる。そして、その事実を確認しながら生きてきた辰という男は、やはりまともなのである。

辰は休憩の間、銀の燭台《しょくだい》の炎に顔を晒《さら》してじっと物思いに耽《ふけ》っていた。やがて人々の視線を感じたのか、小指の欠けた左手で恥じるように頰《ほお》の傷を撫《な》でた。

「俺はあのとき、頭から頰っぺたまで、まだ包帯でぐるぐる巻きだったんです。酒を飲むのも物を食うのも、口が少しっか開かないもんで不自由だった。賭場荒らしの晩に愚連隊の三ン下に切《はす》られて、十五針も縫《ぬ》ったあとだったんだね」

闇の中の潜み声はたちまち静まった。まるでモノクロームの雨の夜に歩みこむように、辰は話の続きを語り始めた。

やっぱり色がついてねえな。

そうだ、たしかその夏はひどい長梅雨《ながつゆ》で、七月もなかばだってのに毎日ジトジトと雨が降ってやがった。色がねえのは俺の記憶ちがいじゃありません。

小料理屋の三畳間で、その晩のうちにあらましの絵図を描いたんです。

東中野には何度も当番で寝泊まりしていたから、勝手はわかっていた。大久保通りの薬科大の脇を入ってしばらく行くと、神田川の土手につき当たります。そのころは夏ともなれば胸の悪くなるようなどぶ川でね、親分はなんでこんなところに住んでるのかなと思うような、風の通らないいやな場所でした。

東中野の駅に続く道に青いペンキで塗りたくった橋があって、その向こうっ河岸《かし》を土手道に折れると、屑屋のバラックが並んでいる。リヤカーが通せんぼをしちまうような狭い道です。

しばらく行くと、中央線の鉄橋に近いあたりに小ぢんまりした引戸の門があって、それを開けるとすぐ玄関。川と高台の崖《がけ》とに挟まれた、せいぜい十五坪ぐらいの狭い家です。

羽振りはいいんだから家《ヤサ》ぐらいなんとかすりゃいいんだが、そこは親分の生まれ育ったところなんだね。そう思えば、あの親分もいろいろと苦労をした人だったんでしょう。

玄関の引戸を開けると、客が一人しか立てないような土間。狭苦しい上がりかまちてあった。

にごっつい衝立《ついたて》なんぞ置いてあって、鴨居《かもい》には真淵組の代紋が入った提灯《ちょうちん》が掛け並べ

家が狭いもんだから、当番は一日中そこに座ってるんです。寝るときも衝立を風除《かぜよ》けにして、そのまんま掻巻《かいまき》にくるまる。

家に上がって細い廊下を右に行けば客人の部屋と台所。左に行くと二間続きの四畳半で、親分と姐さんはそこに暮らしていた。つまり土手にへばりつくような、横に長い妙ちくりんな家です。二階どころか物干場もなくって、洗濯物なんかは土手道に干していました。

風呂はないけど、どう見たって家相は悪いやね。

風呂はないけど、湯銭を貰って近くの銭湯に行くのが、当番の若い衆にとっちゃ日に一度の息抜きです。

親分はあのころいくつだったんだろう。懲役に行っていて徴兵を免れたっていうんだから、予科練あがりの佐野とたいしてちがわなかったはずです。せいぜい四十を少し出たぐらいかな。それにしちゃ老けていたな。

もっとも役所の定年が五十のころだから、四十を出れば立派なロートルでしょうか。今でいうなら六十ぐらいの感じがしましたっけ。

人間は覇気のあるうちは若いんだね。アンドンみたいにボウッとして、朝から酒ばっかくらっているから老けちまったんでしょう。客人のサブとつるんでヘロインもや

っていたみたいだったし。

いっぺん、事務所で佐野が親分を諫《いさ》めてるのを聞いたことがあります。酒はともかく、薬だけはやめてくれろって。

そのとき親分の言ってたことがまたふるってた。ヤクでもポンでも、混ぜ物が毒なんだと。俺がやるのはブドウ糖だの食塩だのを混ぜる前の上等なやつだから、中毒にもならねえし体にも悪かないって。それでヘラヘラ笑ってやがった。

話はそれたけど、つまり親分の家はだいたいそんな構造です。

まず谷口が玄関の鍵を開けた当番のヨッちゃんをズドン。すかさず俺が廊下を右に走って、客人のサブをズドン。その間に谷口と島が左の座敷に飛びこんで、親分と姐さんをドン、ドン、と殺る。

あとは土手道を上《かみ》と下《しも》とに別れて逃げ、途中で川の中にハジキを捨てる。まちがいなく四人のとどめを刺せば、誰がどう考えたって愚連隊の仕業《しわざ》だ。

と、まあ——小料理屋の座敷で、ここまでの話を煮つめた。筋書ができ上がっちまうと、佐野が言った通り難しいことじゃないって気がしてきたもんです。

で、さっきも言ったように、何だかいっぱしのやくざ者になったような気分で二丁目の女を買い、夜晩《よるおそ》くに大久保の家に帰ると、それぞれの蒲団の中で三丁のコルトがお休みになっていたってわけだ。

ハジキの話に戻ります。今の若い者は「チャカ」なんて言うけど、あれは関西からきた言葉で、こっちでは「ハジキ」です。

俺たちが持たされたのは進駐軍御用達のコルト・ガバメント。四五口径のオートマチック。こいつは今でも最高級ブランドだがね、若い者がそんなのを持っていると、俺はどやしつける。格好つけるんじゃねえ、って。

ディフェンスには向いてないんです。ヒットマンがくるのは手の届くぐらいの至近距離からだから、こっちは弾数も威力も必要ない。親分の身を守るハジキは小口径のリボルバーが正解です。S&Wやベレッタならズボンのポケットにだって入るから邪魔にならないし、とっさのときに反撃しやすい。

だいたいガバメントなんてのは、ヤンキーの体格に合わせてあるから、グリップがでかすぎる。掌の大きいやつがやっとこさ握っても、拇指《おやゆび》が安全装置に届かない。それをむりにはずすと今度は人差指がトリガーに届かない。しかもグリップの背はバネ式のダブル・セーフティになっているから、しっかり握らないと弾が出ないんです。ということは、ふつうの体格の日本人なら両手を使わないと操作できないってことになる。

ヒットマンとディフェンスは殴り合い摑み合いの距離だから、ハジキを両手で使うわけにはいかないんです。

ただし、四五口径の威力は絶大。肩や腿《もも》に当たっても、動脈をズタズタにする。一撃必殺のヒットマンにとっては、これにまさるハジキはありません。

ちょっと生々しい話ですけど。

蒲団の中から出てきたピカピカのコルトは頼もしかった。こう、両手で構えて、まちがいなく撃つ練習を一晩中したもんです。それで三人とも、枕の上でハジキに頬ずりしながら寝ちまった。

あくる朝は何ごともなかったように、タバコ屋の店先から便所まで掃除をしました。そのうち佐野が起きてきて、「おめえら、きょう一日はゆっくりしろ」と言って出て行っちまった。

指図はいっさいありません。すべて自分たちで考えるほかはなかった。

「行ってらっしゃいまし」

と声を揃えて佐野を見送り、電信柱の蔭に入って一日の算段をしました。

「俺は女のところに行くからよ」

と谷口は言った。谷口に女がいるというのは初耳だったんですが、もしいるんならきょう一日は名残《なご》りを惜しむのが道理だね。

「俺は映画でも観てくる。タッちゃんは？」

と島が言った。

俺は女がいたんです。まだ知り合って間もなかったから内緒にしてたんだけどね。で、チョンガーの島にそんなことを言うのも気の毒だから、ボーイをやってたころのダチに用事があると言った。

「おめえ、そんなこと言って、まさかズラかるつもりじゃねえだろうな」

脅すように島は言った。

「なめるなよ。島ちゃんこそ、晩飯までには帰ってこいよな」

路地裏には雨が降っていて、頭の上の鳩小屋から、雨よりもうっとうしい鳴声が聞こえていました。グルグル、グルグル、って。

佐野の婆さんから「いこい」を一箱ずつ貰って、俺たちはてんでに出て行った。婆さんは毎朝、「はい、タッちゃん」って名前を呼びながら、タバコを一箱くれたんです。

谷口が出て行って、島が出て行って、包帯で頭と顔をぐるぐる巻きにした俺が店から出るとき、婆さんはタバコを渡しながら言った。

「タッちゃん。親を泣かせるようなまねは、するんじゃないよ。いいね」

その日に限って、「いこい」の茶色いパッケージごと俺の手を握ってね、たしかにそう言いました。

それから――どうしたんだっけ。

妙なもんで、こういう人生を送ってくると、ロマンチックな思い出なんてのは忘れちまう。

女と会ったことはたしかです。

――ああ、思い出した。マサミっていう女です。私立の女子高に通っている、おぼこいお嬢さんでね、そもそも世の中の悪ってのをてんで信じていないような、まっさらの娘でした。

あの時代は金持ちと貧乏人の住み分けってのがきっちりできていたから、お嬢さんとチンピラが知り合うことなんてまずなかったんだけど、これがまた何ともクラシックなご縁でね。

西口の公衆電話の中で学生証を拾ったんです。ふつうだったら交番に届けるんだろうけど、俺はふつうじゃないから顔見知りの巡査になど会いたくもない。かと言って中学もロクに出てない俺にしてみると、東京の私立女子高校の学生証なんて、命より大切なものみたいな気がしたんだね。で、裏に名前と電話番号が書いてあったから、その晩に連絡をしてやった。

本人がたまたま出たんです。学生証を落としたことを、親にも言い出せなくって真青になってたって。いかにも昔の女子学生らしいやね。で、あくる日の学校帰りに西口の改札で待ち合わせた。

あのころの新宿西口ってのは、闇市に毛の生えたようなもんです。デパートどころかビルだってひとっつもなくって、吊るしの洋服屋や食堂が犇《ひし》めく路地を下って行くと、スレート屋根の貧相な改札口があった。今の新都心の高層ビル街なんて、だだっ広い浄水場だったんです。

まるで日活の青春映画だね。派手なアロハの胸をむき出して、ベルトのところで裾《すそ》を結んで、袖《そで》は肩まで折り上げて、安物のパナマをあみだに冠った俺が、口笛吹いて行ってみると、セーラー服姿のマサミ様が西口の改札に咲いていた。浜田光夫と吉永小百合だね、まったく。

「ほらよっ」と学生証を投げ渡して、とっとと帰りかけたら、「あのう、あのう」と言いながら追ってきやがった。お嬢さんは躾けがいいもんだから、きちんとお礼を言わなきゃ気がすまないらしい。

ぺこぺこ頭を下げられてね。それじゃまるではたから見れば、俺が女子高校生を脅かしてるみたいじゃないか。で、立ち話も何だからコーヒーでも飲もう、ってことになった。俺にはまったく下心なんてなかったんだ。

それが俺とマサミとのなれそめ。オードリー・ヘップバーンの映画が観たいっていうから、趣味じゃないけど付き合ってやって、次の日曜日に歌声喫茶に行く約束をした。その後は毎週日曜がデートです。

俺の女って言ったけど、実は手も握っちゃいなかった。でも俺は惚《ほ》れてたし、向こうも気持は同じだったと思うからそれでいいでしょう。

あの日、マサミと会ったのは別れを告げるためだったんだね。それまでも、会っているときは楽しかったんだが、心のどこかで、こんなことをしてちゃいけねえって、あんがい思いつめていたんです。ただでさえそんな気分だったんだから、人を殺したあとはぜったい会っちゃいけねえって。

あの日、いつもの喫茶店で待ち合わせて、俺の面を見たなりマサミは物も言わずに涙ぐんだ。包帯でグルグル巻きになった俺の顔を見てね。

俺がやくざな稼業だってことは知っていたんだけど、映画を観ているみたいなもんで実感はしてなかったんでしょう。まるきり浜田光夫だと思ってたんだね。

「タッちゃん、危いことはやめてね」

とマサミは言った。朝の婆さんの言葉と同じくらい、胸に応《こた》えたな。

明日の晩は人を殺すっていう人間の心理だろうか。誰も知るはずのない計画なのに、世界中が知っているみたいな気がするんです。それこそ映画の観客みたいにみんなが知っていてね、婆さんも恋人も、お巡りも駅員も、喫茶店のボーイも客も、通りすがるやつもみんな、俺の顔を横目で睨んで溜息をつくような気がした。やめろ、やめろって、みんなが言っているような。

別れの言葉を言わないのは俺の流儀です。いつもと同じように一日を過ごして、「またな」と言って別れて、それきり二度と会わないのがいい。十年もたってふと思い出したとき、いつ別れたんだかわからないようなのがいい。それなら悲しい記憶はひとっつも残らないだろう。

だから、その日のうちにどうとかしちまおうなんて、これっぽっちも考えなかった。ただ、こいつの顔を瞼《まぶた》に灼《や》きつけておこうと思った。別れるのはつらいけど、忘れちまうのはもっと切ないからね。

「兄貴から小遣もらったんだ。きょうはおごるぜ」

長い髪をポニー・テールに結《ゆ》ってるのが可愛くってね。こいつは吉永小百合なんかじゃなくって、オードリー・ヘップバーンだって思ったもの。

「どこ行こうか」

「動物園。上野の動物園に連れてってって」

「雨だぜ」

「だからいいのよ。人がいないわ」

悪かねえな、と思った。俺は田舎者だから、休みといえば盛り場をぶらつくばかりで、動物園は行ったことがなかったんです。

西口から駅に入って、山の手線のホームに立って電車を待っていたら、遠くのホームにぼうっと立っているチンピラが目にとまった。たまたまどこのホームにも電車がなくって、ずっと先まで見通すことができたんです。

ぎょっとしました。大きなヒマワリの柄のアロハが、谷口と同じだったから。

茶色い山の手線がきて、飛び乗るなり俺は向かいのドアにへばりついた。でももうそのときにはほかの電車が目の先を塞《ふさ》いでいたんです。

「どうしたのタッちゃん」

「いや、知り合いがいたみてえな気がして」

山の手線が走り出してから、俺は考えこんじまった。もしかしたらあの遠くのホームは、中央本線じゃなかろうかって。谷口は信州にズラかるんじゃないかってね。知り合いを見かけただけならどうってことないけど、その日の谷口はただの知り合いじゃない。俺の命を担いでいる知り合いです。

見まちがいだと思うことにしました。そうしなけりゃ、貴重な一日が台無しだからね。

相合傘をさしたのも、その日が初めてだった。もちろん最初で最後です。ちょっと尻ごみはしたけど、こっちは傘を持ってなかったんだから仕方ありません。

今のガキは携帯電話を持っていないと困るらしい。でも十七の俺はね、傘どころか靴だってズックしか持ってなかったんです。そのズック靴だってよっぽどのよそ行き靴で、そのときも千日ばきのサンダルでした。

上野の山の掛茶屋でライスカレーを食って、動物園に行った。マサミは腕をからめてきてね、雨に濡《ぬ》れた甘い娘の匂いが鼻にまとわりついた。

分不相応の幸せって、いいもんです。幸せを感じる前に、まず有難いからね。そのときは惚れた腫《は》れたじゃなくて、有難さでブルブル体が震えました。

だってそうでしょう。スクリーンの向こうにしかいるはずのないヘップバーンがね、俺の腕にしがみついて、きれいな顔を肩に寄せてくれてるんです。

もう何もいらねえって思った。命だってどうでもいいやって。この一日の思い出だけで、俺ァ一生やって行けるって思ったもんです。

楽しさが幸せになって、幸せが有難さに変わって、今までいいことなんてひとっつもなかったけど、これでチャラだなと思いました。

マサミは俺に魔法をかけたんです。貧乏で無教養で、根性なしで体だって人並以下だった俺に、たった一日の記憶で一生食って行けるだけの力を、与えてくれたんです。

名物の猿山を見ながら、俺は生まれて初めて人前で泣いた。親にも仲間にも見捨てられて、ぽつんとひとりぼっちで雨に打たれている猿がかわいそうになってね。

「どうしたの、タッちゃん」

「どうもしねえよ」

俺たちの会話は、その先に進みようがなかった。神様は俺にもマサミにも、たがいの胸に届くだけの言葉を教えてくれちゃいなかったんです。

「ねえ、どうしたのよ」

「どうもしてねえって」

マサミは傘の中で俺の肩を抱き寄せてくれた。雨に濡れた頬っぺたがぴったりとくっついてね。でも、それだけです。

アメ横で靴を買った。俺のじゃないです。花の飾りがついた、白い夏の靴。

「雨の日にはくんじゃねえぞ。じきに梅雨も明けっからな。そしたらおろしてはけよ」

俺の千日ばきが、この白い靴と並んで歩く日はないんです。

「タッちゃんの靴は？」

「俺ァ水虫だから、靴がはけねえんだ。おかげでどれもカビだらけさ」

誰かのピッカピカの革靴が、この白い夏の靴に寄り添って歩くさまを想像して、俺はうっとりとした。

悔やしくなんかないさ。マサミが俺の買ってやった靴をはいてくれりゃいい。

その日は新宿の西口でマサミと別れた。永久にさいならです。

「またな」

「ありがとう。電話してね」

マサミは傘をさし出したが、俺は受け取らなかった。借りたって返す日はないんだ。うしろを振り返らないのも俺の流儀だが、そのときはつい立ち止まっちまった。

「タッちゃん！」と呼ぶ声を、俺はたしかに聞いたんだ。

ラッシュアワーの改札口で、プレゼントの袋を胸に抱えたまま、マサミは手を振っていた。泣きべそをかいていたように見えたのは、俺の気のせいだろう。ひとめ見たなり、俺は駆け去った。

これでいいんだって、妙に納得したな。

思えば梅雨のはじめに知り合って、その梅雨の明けぬうちに別れたんです。海に行こうっていう約束は、ついに果たせずじまいだった。

あの時分の娘には珍しいくらいの、背のスラリと伸びた子だったから、水着姿を拝めなかったのが唯一の心残りといえばそうです。

屋台でヤケ酒をくらって、また二丁目の女を買って、大久保に戻ったのは夜も更けたころだった。

勝手口から足音を忍ばせて入ると、暗がりの中で島が蹲《うずくま》っていた。

「ああ、よかったァ」

と、島は息を吐きつくすような情けない声で言った。

「よかったって、何が」

「タッちゃんまでズラかったら、どうしようと思ってたんだ」

スッと血の気が引いたね。その朝、新宿駅のホームで見た光景がありありと甦ったんです。

「谷さんは？」

「それが荷物がねえんだよ。婆さんが言うには、昼間にひょっこり戻ってきて、バッグ抱えて出てったんだと」

島は後ろ手に風呂敷包みを隠していたんです。

「何だよ、そっちこそズラかるつもりだったんじゃねえか」

「そうじゃねえって。俺ァてっきりタッちゃんまでズラかったと思ったから、一人じゃたまらねえだろ」

つまり逃げ出そうとしたところに、勝手口で俺と鉢合《はちあ》わせしちまった、というわけです。

「ヨカッタじゃなくって、シマッタじゃねえんか」

俺が凄むと、島はすがりついて本音を吐いた。

「なあタッちゃん、ズラかろうぜ。二人じゃ無理だって。それも谷口抜きの俺とおめえじゃとてもできやしねえって。返り討ちに遭ってブッ殺されるか、うまくいってもおっさんになるまで懲役だ。な、逃げよう」

俺は島の首根っこを摑んで、奥の住み込み部屋にひきずりこんだ。

「そんなことしたら、兄ィはどうなるんだ。この逆縁は本家から兄ィが言いつかったことだぜ。それも明日の晩しかやるときはねえんだ。俺たちが三人ともズラかったら、ブッ殺されるのは兄ィじゃねえか」

胸倉を摑んで張り倒すと、島は抗《あらが》いもせず蒲団に顔を埋めて泣き出した。

もしあの日、女と別れなかったら、俺は島と一緒にズラかっていたな。けっして佐野への義理立てではなく、俺はマサミと別れたことで、もう引き返せなくなっちまっていたんです。


「しょせんやくざ者は、赤いべべか白いべべかを着るしかねえんです」

話しながら辰は、謎かけのようなことを言った。

「何です？　その赤いべべか白いべべかというのは」

主人に笑みを向けて辰は答えた。

「昔の懲役は、柿染めの赤い着物を着せられたんだ。つまりやくざ者は、赤いべべを着て懲役に行くか、白いべべを着てあの世に行くしかねえってことです。その晩の俺たちには、昔から言われているそんなことが、物のたとえでも戯《ざ》れ歌でもねえって、よくわかりました。俺たちには懲役に行くか死ぬかのどっちかしか選べなかったんです。いや、どっちかを選ぶことさえできなかった。あくる日はそのどっちかが待ってたんだ」

闇の中から女の金切声が聞こえた。

「逃げなさいよ。それしかないじゃないの!」

遠い昔の出来事なのに、今からでもまだ取り返しはつくような気がする。女ばかりではなく、誰もが少年たちの翻意を希《ねが》っているのだった。

「いや、それはできねえ」

「なぜだね」

と、紳士が詰《なじ》るように言った。辰は闇を見据《す》えた。

「あんた、金持ちと貧乏人のちがいを知っているかい」

「そりゃあ、財産のあるなしだろう」

「そうじゃねえよ。逃げ道があるかないかさ」

人々はしばらくの間、辰の言葉を考えた。

「わからねえなら、わかるように言ってやろう。貧乏人は犬や猫と同じで、与えられたものを食うしかねえ。たとえどんなにまずくたって、腹をこわしそうな気のするものだって、生きるためには目の前のものを食うしかねえんだ。ガキの時分からそういう暮らしをしていると、すっかり習い性になって他人の言いつけに逆らうことを忘れる。逃げようと考えた島は俺よりいくらか育ちがよくて、逃げちまった谷口はもっとましな育ちをしていたってだけさ。俺は、考えもしなかった。わかるかい。これがやくざだ。出されたおまんまを、うめえのまずいの、多いの少ねえのと考えることもできねえ貧乏人の寄り集まりさ。つまり、希望ってえものがはなっからねえんだよ」

「生きようとするのは、本能ですわ」

主人が辰の声を遮った。

「話のわからねえ人だな。だったら死のうとするのも本能じゃねえのか。まあ、いろいろ難しいことを言ったって——生まれついて夢とか希望とかを持っているあんたらにゃ、わかるはずはねえ」

身じろぎもせずにじっと辰の話に耳を傾けていた小日向君は、私の耳元に口を寄せてきっぱりと言った。

「あの男は、やっぱりまともだよ。まともすぎるくらいまともな人間だ」

しばらく参会者たちに考える間を与えてから、辰はおもむろに話を続けた。

その晩、俺と島は手首を紐《ひも》でくくり合って寝た。島を縛りつけたわけじゃない。やつも俺が信じられねえと言ったから、だったらこうしようってことになったんです。

あくる日は知らん顔で掃除をして、婆さんにタバコを貰ってから事務所に面《つら》だけ見せに行った。

一足先に事務所に出ていた佐野は、俺たちが挨拶《あいさつ》するなり、「谷口は一緒じゃねえのか」とさりげなく訊《たず》ねた。

「ゆうべ女のとこに泊まったみたいです」

と俺が答えると、佐野は一瞬顔を曇らせてから、「そうか」とだけ言った。

「俺は今晩、本家の常盆に顔を出さにゃならねえから、おめえらは一緒にきて立ち番をせえ」

話のわからない島が、「え、本家の立ち番ですか」なんて言いやがるから、俺は足を踏んづけてやった。

「手が足らねえんだよ。四の五の言わずに一緒にこい」

佐野がそこまで言って目くばせをしたので、島はやっとわかったようだった。

本家の常盆といえば、あちこちの貸元や上客が集まる大花会です。三ン下の手が足らないのはいつものことで、俺たちも立ち番の手伝いに出たことがあった。常盆のご開帳に際してはもちろん警察には誼《よしみ》を通じてあるから、そこの手伝いに俺たちが出てるってのは持ってこいのアリバイだった。

こいつらは常盆の立ち番に出てましたと本家の兄ィたちが口を揃えて言えば、それ以上は詮索《せんさく》のしようがない。疑いようもないアリバイってことになります。

「夜通しで打《ぶ》たにゃならねえから、ゆっくり休んでな」

「何時に伺えばいいでしょう」

と、俺はおそるおそる訊ねた。襲撃の時間を聞きたかったんだ。

「夜中の一時でよかろう。早く行くのも遅く行くのも間が抜けてる。俺は橋本のオジキを車に乗っけてくから、おめえらも相乗りしてけ」

事務所には五、六人の兄貴分が詰めていたが、誰も怪しみはしなかった。

これで佐野の命令はすべてうけたまわったってことです。

午前一時に、橋本組は愚連隊の七人の幹部を皆殺しにする。佐野と橋本の親分は本家の常盆に行く。むろんこれは本家が考えたアリバイ工作で、何が起ころうと橋本と佐野は博奕《ばくち》の真最中だから知ったこっちゃないというわけです。

同じ時間に俺たちは、愚連隊の報復と見せかけて親分を的にかける。

「ところでよォ、ヨシの野郎が東中野の当番に出ていて、谷口と島とタツを本家の盆に出すんじゃ、事務所の当番がいねえな。きょうは十二時で閉めろ」

勤務割を見ながら、佐野は計画など何も知らぬ兄ィたちに言った。本物の報復部隊が事務所に飛びこんできたらまずいからという配慮です。

たしかに誰も知らされてなかったんだね。やくざの世界じゃ前代未聞と言ってもいい逆縁は、本家の幹部と佐野と俺たちしか知らなかったんです。

それから——俺と島はいったん大久保に戻って、しばらくゴロゴロしてから風呂屋へ行った。

もう二人とも肚をくっているから、先の話はいっさい言いっこなしです。長湯に浸《つか》りながら、島はいきなり俺に詫《わ》びましたっけ。

「すまねえな、タッちゃん。俺がおめえを引っぱりこんじまった。どうあやまっていいかもわからねえ。この通り」

「古いことは言うなよ。俺だって無理強《むりじ》いされたわけじゃねえんだから」

それから島は聞かでもがなの身の上話を始めた。

意外なことですけどね、やくざ者の間ではてめえの身上《しんじょう》ってのは禁句なんです。ペラペラしゃべるのはみっともないってこともあるけど、何かあったときに親や兄弟を巻きこみたくないから。ズラかるにしたって、身元を知られてたんじゃうまかないでしょう。

九人兄弟の七番目で、上から二人の兄貴は戦死したそうです。青森の何とかいう北の村は気候も土地も悪くって、家業が百姓だか漁師だか炭焼きだかもよくわかんないんだと。

「仕送りどころか便りも書いてねえから、くたばったって無縁仏だ」

「俺は知らねえよ。骨箱持って帰ってくれなんてごめんだぜ」

「やっぱ、そうだよなあ。兄貴たちの骨が返ってこねえって、おふくろはいつも泣いてたからよ。せめて俺の骨ぐらいはちゃんと抱かしてやりてえんだけど、だめか？」

「知るか。第一、おめえがくたばって俺が平気のへいざなわけはねえだろ」

「なら、二人して無縁仏かね」

「とんだクサレ縁だぜ」

まったく、人を殺すってのは難しいもんです。殺《と》るほうも殺られるほうも、それまでずっと人間やってきてるんだからね。映画やゲームみたいに、突然その場所に現われるわけじゃないんだから。長い人生のしがらみってのを、ほんの一瞬でゼンぶブチ切って、この世から消しちまうんです。

風呂から出ると、外はひどい吹き降りでした。

「こりゃ梅雨じゃねえな。嵐だぜ」

おあつらえ向きだと思った。大雨が降ると、神田川のあのあたりは濁流になるんです。雨音と川音は銃声を隠しちまうだろうし、きっと捨てたハジキも海まで流されちまう。

佐野と橋本の親分が黒塗りのパッカードに乗って大久保に寄ったのは、夜中の十二時ごろでした。

十二時ってのは、今じゃ宵《よい》の口だがね。そのころは草木も眠る真夜中です。起きているのは博奕打ちと交番の巡査だけ。

パッカードは本家の車です。いちど義理事の帰りに、本家の大幹部がその車に乗って事務所に寄ったことがあった。運転手にも見覚えがありました。

「谷口はトンズラか」

車が雨の中を走り出すと、佐野はいきなり言った。

「ま、あの野郎はヤバいとは思っていたから、三人にしといたんだ。二人でも十分さ」

上からはよく見えるんだね。やくざには見かけ倒しっていうのが大勢いるんです。俺や島はその見かけ倒しを見破れなくて、谷口を頼っていたんだけど、佐野にはわかっていた。

「的は家にいるぜ」

たぶん電話で所在を確認したんでしょうか、佐野は低い声で言った。

佐野と橋本が後ろの座席にいて、俺たちは助手席で抱き合うみたいにしていました。

「ひとりズラかりました。すんません」

と、佐野は橋本に詫びた。指名した三人のうち一人が逃げるってのは、不始末にはちがいありません。

「なあに、真淵の子分にしちゃあそれでも大したもんだ。こいつらの名前だけ覚えといてやろう」

橋本の親分といえば、日本中がすくみ上がるほどの大貫禄です。うちの親分はまったく自慢にならなかったけど、「うちの親分は橋本の親分と飲み分けの兄弟分」という言い方は俺たちの自慢だった。

佐野が俺たちの名前を伝えた。すると橋本は低く唸《うな》るような声で、「ふうん。おめえらは果報者だの」と言いました。

そう――俺は果報者だったんです。今でもしみじみそう思ってるんだ。

大久保通りの薬科大の前で、俺と島は車を降りた。

大久保の家《ヤサ》と東中野の親分の家は歩いたってそうはかからない距離だから、襲撃予定時刻の一時にはまだ間があったんです。で、濡れねずみのままぼちぼち歩いてった。

ひどく寒かったな。膝が笑っちまって、歯の根も合わねえくらい。

ハジキは腹のベルトにぶちこんで、安全装置もはずしてあった。腰にもう一丁、谷口のハジキも入れてました。

橋の上で濁流を覗《のぞ》きこむふりしてね、最後の段取りを決めたんです。耳元で大声を出さなきゃ聞こえないくらいの、激しい川音でした。

まず島が玄関を叩く。何だと問われたらこう答える。

(橋本組と愚連隊とがこみ入ったみてえなんで、親分のタマヨケに行けって代貸から言いつかりました)

当番のヨッちゃんが鍵を開ける。すかさずズドン。俺はその頭越しに客人の部屋に躍《おど》りこんで、ズドン。二人して奥に走り、親分と姐さんをズドン、ズドン。

何だか三人でやるよりも易しい気がしたのはふしぎです。

「ならタッちゃん、行こうぜ」

すっかり肚の据わった島は、先に立って土手道を歩き出した。屑屋の小屋を過ぎ、ぬかるみを踏んで歩きながら、ズック靴より千日ばきのほうがよかったかな、なんて考えたもんです。泥に足首まで沈んじまうから、靴が脱げちまいそうなんです。

道の途中で包帯を解いた。雨に濡れてグズグズになっちまったし、白い包帯は目立つかなと思ったもんでね。川に投げ捨てると、何だかやる気になった。

島は歩きながらハジキを取り出して、後ろ手に握りしめました。俺も同じようにした。ここまでくれば人に見られる心配もありません。

親分の家は玄関だけ灯《あか》りがついていて、右も左も真暗だった。シメタ、と思いました。みんな寝入っているのなら面倒はありません。

引戸の門の前で、いちど息を入れた。それを開ければ、ほんの一歩で玄関の戸があります。

「夜分ごめんなさいまし。島です」

思いがけないくらい堂々とした声で、島は言った。

「ごめんなさいまし」

俺も大声で言った。

立てつけの悪い引戸を開けたとたん――ほんの間近で金盥《かなだらい》の底を叩くような激しい音がしたかと思うと、島がその場に崩れ落ちた。俺はとっさに身を翻《ひるがえ》して、門のきわの茂みに転《ころ》げこんだ。

足音が乱れて、いくつもの黒い影が土手道を走り去って行きました。最後に走り出た男は、倒れている島に「ヤロウ、ヤロウ」と叫びながら何発もとどめの弾を撃ちこみました。

その男の後ろ姿ははっきりと見た。黒いレインコートを着てソフト帽を冠った、ギャングのようななりでした。

「ヤロウ！」と叫んで、俺は逃げる男に向けてハジキを撃った。弾は当たらずに、男は振り向きもせず逃げて行った。

いったい何が起こったのか――そう、まったく間抜けな話なんです。俺も島も、この際一等ありそうな危険を、これっぽっちも考えていなかった。

橋本組に襲撃された愚連隊が、電光石火の早業《はやわざ》で報復に出たんです。襲ったのは真淵にちがいないというわけで、ヒットマンが東中野の親分の家に躍りこんだんです。

俺は家に駆けこんだ。玄関ではヨッちゃんがハジキも抜かずに倒れていました。まず親分の部屋に入った。

廊下で何か柔らかいものに蹴《け》つまずいて、生温い血だまりに尻餅をついた。親分が座敷から首だけ出して、俯《うつぶ》せに倒れてたんです。手も足もまっすぐ伸ばして、スルメみたいな格好でね。ちょうどうなじのあたりから、まだゴボゴボと血が噴き出していました。

俺はすっかり呆《ほう》けちまって、その噴水が涸《か》れるまでしばらく眺めてたんです。しばらくと言ったってほんの何秒かのことなんだろうけど、いやに長く感じたな。心臓の搏動《はくどう》に合わせてね、ゴッボゴッボがゴボゴボゴボってなって、ちょっと止まってはまたゴボッ、なんて、親分が死んでく様子がよくわかった。

ありゃ男の子の好奇心だね。生き物が死んでくさまを見届けるってのの。

親分は下着もつけない素っ裸でした。でも、姐さんに乗っかってるところを後ろから撃たれたんじゃない。口の中にハジキをつっこまれたんです。どうしてわかるかっていうと、大口径のハジキの貫通銃創は入口がちっちゃくて、出口に大穴があくんです。

もっとも、そんなことは後から考えたんだけどね。

「タスケテ、タスケテ」という声がして、俺はおよび腰で座敷の闇に入ってった。踏み破られた襖《ふすま》の下に姐さんがいたんです。やはり素裸でした。暗闇の中に白い肌だけがぼうっと浮かんでいて、どこを撃たれたんだかもわからなかった。

「タツです。いま救急車を呼びますから、しっかりして下さい」

電話は玄関にあった。立ち上がりかけて、ふと考えたんです。待てよ、救急車を呼んだらどうなる。

今思えば、あの一瞬が俺の人生の岐《わか》れ目だった。

救急車を呼んでも、虫の息の姐さんはどのみち助からなかったろうけど、そのとき俺ははっきり考えたんです。考えたというより、勝負に出た。

この結果を、俺の手柄にしちまおうって。

「タスケテ、タッちゃん」

姐さんの息が上がるまで、俺はじっと立っていた。それだってほんの何十秒かのことです。やがて、ハアッと大きな息を吐くと、白い体を蝦《えび》みたいに反《そ》らして姐さんは死んじまった。

これでいい。いや、よくねえ。もうひとり、客人がいる。

ほんの一瞬の間に、俺は四つの屍骸《おろく》を踏み越えてきた。島。ヨッちゃん。親分。姐さん。ふしぎなもんで、そこまでくると気持が落ち着いちまったんです。何だか見えないものが見えて、聞こえないものが聞こえるみたいな、神様になった気分でした。

そのとき、玄関のほうに人の気配を感じましてね。出て行ってみると、「サンズンのサブ」って凶状持ちの客人が、ダボシャツに腹がけのいつもの格好でつっ立ってたんです。

おたがいとっさにハジキを構えた。

「タツです。一足ちがいで」

ほうっと息を抜いて、サブはハジキをおろした。

サブのダボシャツとステテコは、血のしみひとつなかった。ハジキを抱いて押し入れの中にでも隠れていたのか、愚連隊たちがサブの部屋にまで入らなかったのか、ともかく争ったふうはなかった。

「わしはズラかるぜ。指名手配中じゃけえの」

意外な一言だったな。こいつは一宿一飯の恩義を感じて、親分のタマヨケになるなんて気持はハナからなかったんだと思ったら、むしょうに腹が立った。たとえば俺たちが計画通りに踏みこんでも、こいつは押し入れの中に隠れてズラかったにちがいないんです。

サブの根性に腹を立てたんじゃないよ。俺たちが虚仮《こけ》にされたような気がしたんだ。

「わしは腐れ外道《げどう》じゃけえの。見なかったことにせや。えな」

何も言ってほしくなかった。サブの開き直った言い訳は、風船のように膨《ふく》らんだ俺の怒りに、空気を吹きこむみたいなものだったんです。

「こんなも極道やるのはええが、人は殺すなや。殺すたんびにおのれの命が惜しくなるけえの」

廊下につっ立ったまま、早く行けと祈りました。どうせこいつは、どこかで野垂れ死ぬまで逃げまくるにちがいないんです。一部始終の目撃者といっても、このさき誰に物を言うわけでもない。

「のう、人殺しだけはすなや。こんなの身のためじゃけえの」

サブのどんよりとした瞳は、俺の手のハジキに向けられていた。こいつは命乞いをしているのだと思いました。

「わしはこんなの親分を見殺しにしたが、親の仇じゃあないぜよ。こんながわしを殺《と》ったところで勲章にはなりゃせん」

俺がよっぽどガキに見えたのか、それとも薬のせいなのか、サブはニタニタと笑っていた。

風船が破裂しちまったんです。サブの命乞いの饒舌《じょうぜつ》が、「撃てるもんなら撃ってみろ」と聞こえたから。

スローモーションみたいによく覚えている。ハジいたつもりが、弾が出なかった。グリップのダブル・セーフティが血糊《ちのり》ですべっちまったんです。とっさに撃鉄が落ちない、あの神様に裏切られたみたいな感触は、今もこの手がありありと覚えています。バチンと音がして、左の肘を撃たれた。焼火箸《やけひばし》を当てられたような、アッチッチっていう感じです。

ヨッちゃんの屍骸《おろく》に足を取られて仰《あお》のけにひっくり返った。サブは俺の腹に馬乗りになって咽元《のどもと》に銃口を押しつけました。

「のう、もうこれでええじゃろう。見なかったことにせえ」

あいつはあんがい正気だったんだね。もう人を殺したくなかったんだ。人を殺すたんびにおのれの命が惜しくなるとサブは言ったが、それはちがう。殺すたんびに、人殺しは難しくなるんです。

俺はジタバタして、ちょうど匕首《あいくち》をぶちこむみたいに、サブの横ッ腹をコルトの銃口で押した。そしたらグリップにしっかり力が入って、弾が出ちまったんです。

ボン、という鈍い音だった。サブの体からグニャリと力が抜けて、崩れるように被《おお》いかぶさってきました。

額がぶつかったとたん、サブの口からフウッと息が洩れてね、あれじゃおそらく痛くも痒《かゆ》くもなかったはずです。

つき放してから、弾が切れるまでハチの巣にした。

みんな死んじまいました。俺は土砂降りの雨の中に転げ出て、土手道の上《かみ》に向かって一目散に走った。たいがい走ってからハジキを川に捨て、崖の上の土管から滝みたいに流れ落ちる下水を頭からかぶって、血を洗い落とした。

糞の臭いのする水をザブザブ浴びながらね、足元を見ていた。編み上げのズック靴から血と泥が抜けていって、だんだん白くなっていく。

マサミに買ってやった靴を思い出した。花の飾りがついた、真白な夏の靴。

梅雨が明けたら、あいつはあの靴をおろして、誰かとヘップバーンの映画を観に行くんだろうなと思った。そんなはずはないんだけど、マサミにはお似合いの恋人がいるみたいな気がしてならなかった。

悔やしくはなかったな。映画の話とか、詩や小説の話とか、あくびをしないで聞ける野郎ならけっこうだと思った。

名前を呼んだんです。マーちゃん、マーちゃん、って百回ぐらい。

「切ない話だね」

小日向君が溜息まじりに呟いた。

「あの男は、たしかにまともだ」

私は思った通りを口にした。もっと正しく言うなら、真人間という気がした。

辰の話には何の不可思議もなく、ただ現実に起こった生と死のありようを淡々と語っただけなのに、参会者たちは打ちのめされたように静まり返っていた。

語り手は会合の掟の通り、誇張や偽りを言わなかった。真人間が何の誇張も偽りもなく語れば、その話はかくも人々を恐怖させる。人間の正体とはつまるところ、そういうものなのだろう。

「では、このたびの会はこれにてお開きということで――」

女装の主人が腰を上げようとするのを、辰は小指の欠けた左手を挙げて諫めた。

「長いこと胸に収めていた話なんだ。もうちょいとだけ、みなまで聞いて下さいよ」

それから丸二日間、俺は大久保の木賃宿《きちんやど》で飯も食わずに息を殺していた。

三日目の朝にラーメンを食いに出て、事務所に電話を入れた。じきに迎えにきたのは見知らぬ若い衆で、小ざっぱりとしたなりに着替えさせられてから、俺は代々木のお屋敷町にある総長の別宅とかいうところに連れて行かれた。

もしかしたら口封じに殺されるんじゃないかと思ったがね、そうじゃなかった。二十畳もありそうな広間に通されて、カチカチにかしこまっていると、総長以下の一門の親分衆が十人も出てきたんです。

「タツ、ご苦労だったな」

後から入ってきた佐野は俺の肩を叩いて、隣に座った。

畳に這《は》いつくばって頭も上げられねえ俺に向かって、総長が言った。

「おめえのしたことは逆縁じゃねえぞ。親の不始末のケリを、子がつけただけだ。難しい仕事をよくぞやった。てえしたもんだ。ま、相方は気の毒だったが」

目の前に盃が運ばれてきた。こともあろうに、俺は見こまれて総長の直盃をもらうことになったんだ。

「まあ、おめえみてえな若僧がはたから兄ィだのオジキだの呼ばれるのも何だから、当分はここの部屋住みで修業せえ」

うまく行っちまったんです。こわいくらいに。

みんな俺と島が計画通りにことを運んだと思いこんでいた。佐野だってそう信じ切っていたんです。

それにしても、親分を襲撃したあの愚連隊はどこへ行っちまったんでしょう。あのまんまちりぢりに闇に潜《もぐ》ったんだか、それとも残党狩りで消されたんだか、その後の行くえは杳《よう》として知れなかった。

俺は嘘をついたわけじゃないんです。余分なことは何も言わなかっただけ。何も言わずにいたら、そういうことになった。

表向きは、俺が死にもの狂いで親分の身を守ろうとしたっていう功績だね。賭場荒らしに切られた向こう傷《はす》と、サブに撃たれた左腕のかすり傷が物を言った。親分衆から見たら、満身創痍《そうい》になって仕事をなしおえた若い衆ですよ。

よく考えてみりゃおかしいんだよ。親分が殺られて子分が生き残ったんだから、功績どころか不始末なんだ。だが上のほうじゃ真相をきちんと評価しているんだから誰も文句は言えない。勘ちがいの真相なんですけど。

たいした野郎だと思ったんでしょうよ。相棒は玄関で返り討ちに遭ったのに、たったひとりで四人を殺っちまったんだから。

その日から俺は、タツでもタッちゃんでもない「タツ兄ィ」と呼ばれるようになりました。

盃を受ける前に、俺にはどうしても言わなきゃならないことがあった。

「親分衆にお願いがあります。相方の骨を拾って、故郷《クニ》に帰したっておくんなさい」

一瞬シンと座が静まって、あちこちから溜息が洩れた。

総長の隣で、橋本の親分が言った。

「おめえはいい男だな。総長の肝煎《きもい》りがなきゃあ、俺の跡目にしてえぐれえだ」

ううむ、ってみんなが唸ってやがった。

島の骨がどうなったかは知らねえ。故郷に無事帰ったんだか、それとも一門のどこかの墓に入ったんだか、ともかく無縁にはならなかったと思う。

壮大な誤解《うやま》をされたまんま、俺は伝説の男になった。仲間うちから神様みたいに畏《おそ》れられて敬われて四十年がたち、とうとうこうして三千人の若い衆を束ねる七代目総長の座にまで昇りつめちまいました。

あの雨の晩の真相は、てめえの胸の中で蓋《ふた》をした。親分衆の勘ちがいが真相だってことに、てめえも決めたんです。

つい先日、佐野が死にましてね。畳の上じゃないけど、病院のベッドの上での大往生でした。

もういけねえらしいっていうんで見舞いに行ったら、佐野は若い衆を人払いして俺とサシで向き合った。

「なあ、七代目――」

佐野は酸素マスクをはずして、じっと俺の目を見た。

「長患いをしてると、ヒマだもんでいろんなことを考えるんだけどよ」

四十年もの時間が過ぎて、あの晩の出来事の当事者は俺と佐野だけになっていました。

「おめえ、もしや俺が早くくたばらねえかって、思ってやしねえか」

ヒヤッとしました。言おうとしていることがわかったから。

「何言ってんだよ。俺ァ七代目だぜ。あんただってとっくに俺の下《しも》に直ってるんじゃねえか。じゃまなはずねえだろ」

と俺はとぼけた。

「いってえ何が言いてえんだよ」

「いや、べつに。たいしたことじゃねえ」

佐野は目をつむってしばらく言葉を探し、独りごつように呟きました。

「あのな、七代目。俺ァガキの時分からおめえをよおく知ってるけどよ。どうしてもあんなひでえことをするやつには思えねえんだ」

「そのひでえことをさせたのはあんただろうが」

「……そりゃそうだけど。あのなあ、七代目」

すっかり耄碌《もうろく》した佐野は、また長いこと言葉を探してから、ようやく言った。

「もしかして、俺たちみんな勘ちがいしてやしなかったか」

さてどう答えたらいいものかと迷った末、俺はけっして嘘にはならぬように言った。

「俺は、嘘はついてねえよ。生まれてこの方、嘘をついたことはねえ」

死にかけた力のない目でしばらく俺の顔を見つめ、ああ、と一声唸ってから、佐野は言った。

「これで胸のつかえがおりた。安心して往生できらあ」

佐野が死んで、あの晩の出来事を知る者はいなくなった。だが、いったい佐野がどう納得したのかは未《いま》だによくわからないんです。

というわけで、俺を引き立ててくれたみなさんへの供養のつもりで、長い話をさせていただきました。この話はまったく俺の都合で語らしていただいただけですから、どうか金輪際、お忘れ下さいまし。

まあ、それにしても――ひとりひとりの人間はみんなまともなのに、その真人間が寄り集まると、何でこんなに奇妙なことが起こるんでしょうねえ。

そう思うと、人間は万物の霊長なんかじゃなくって、神様のこさえた一番下等な生き物って気がしないでもありません。

できそこない、ってやつじゃありませんか？

話がすべて終わってからも、人々はしばらく押し黙って酒を舐《な》めていた。

空中庭園には老いた枝垂桜《しだれざくら》が満開の花を咲かせており、まるでその花をちりばめたような都会の光が、遥かな海のきわまで敷きつめられていた。

「沙高樓とは、なるほど言いえて妙ですね」

ラウンジの梁《はり》を見上げながら小日向君は言う。

砂でできた高楼は脆《もろ》くて殆《あやう》い。だが太古から人々はみな、そこに幸福があると信じて高みをめざす。

振り返ると沙高樓の薄闇には、耳にした物語の重みに立ち上がることもできなくなった人々が、じっと蹲《うずくま》っていた。

自分の毒を吐くかわりに、他人の吐いた毒を呑まねばならない。あるいは多くの毒を呑まねばならないのだから、せめておのれの毒を吐く。沙高樓の綺譚会とは、どうやらそういう仕組であるらしい。

参会者たちの帰りをせかすように、暖炉の熾《おき》が爆《は》ぜた。

解説　ミダス王の手

百田尚樹

このたび初めて文庫の解説を依頼された。デビューして五年、いまだ素人作家の域を出ない私に解説の仕事などは当分来ないと思っていただけに、驚きではあったが、その本が尊敬する浅田次郎先生のものと聞いて、すっかり怖気付いてしまった。浅田次郎先生は大先輩であるばかりか、おそらく現在、我が国で最高のエンターテインメント作家の一人だからだ。「最高のエンターテインメント作家」ということは、イコール「最高の作家」ということでもある。私ごときのぺーぺーが解説するなど畏れ多いこと甚だしい。しかしこんなチャンスもそうそうはないと思うので、蛮勇をふるって解説を書かせていただくことにした。

ところで、さきほどからずっと「先生」という敬称をつけているが、これは私が浅田先生に私淑しているからに他ならない。尊敬する作家を呼び捨てではできないし、かといって「さん」づけも馴れ馴れしい。解説文としては少々不自然ではあるが、ご寛恕いただきたい。

私は二十三歳で大学を中退して以来、五十歳で小説家になるまでずっとテレビの構成作家として生きてきた。二十代は小説を沢山読んできたが、三十代半ばあたりから小説を面白いとは思えなくなり、代わりにノンフィクションばかり読むようになった。それでも尊敬する友人や先輩たちから強く勧められたときは、一応は購入して目を通していた。浅田先生の本に出会ったのは四十歳の時だ。勧めてくれた友人曰く「この十年で一番面白かった小説」とのこと。そこまで言われたら読まないわけにはいかない。が、書店に行って、びびった。分厚い上下巻、しかも上下二段組ではないか。これで面白くなかったら辛い時間やな、と思いながら『蒼穹の昴』（講談社）のページを開いた——が、何と、最初の一ページで夢中になってしまった。

私たちテレビの構成作家は「ツカミ」というのを非常に大切にする。「ツカミ」とは番組の冒頭で視聴者の心を「摑む」ということだ。映画と違ってテレビは「ツカミ」で失敗すると、視聴率はまず取れない。そのために私たちはいつも必死でいろいろアイディアを凝らす。ところが小説でこれを心掛けている作品は意外に少ない。一旦購入してもらえば、テレビのようにすぐにチャンネルを変えられる心配がないせいかもしれない。しかし『蒼穹の昴』の「ツカミ」はお見事！　と言うしかなかった。

舞台は清朝末期、運命を予知できる盲目の老婆が、親もない貧しい糞拾いの少年に向かって、「お前の頭上には昴の星が見える。いずれは天下の財宝をその手に握るであろう」と予言する。このミステリアスな冒頭から、私は一気に物語の世界に引きずり込まれた。清帝国が滅亡していく中、運命に翻弄される人々の壮大なドラマに、まさに寝食を忘れた。分厚い上下巻を読み終えた後は、しばし茫然としたことを覚えている。そして思った、「なんちゅう凄い作家が出たものや」と。

その後、『鉄道員《ぽっぽや》』（集英社）を読んで、またも驚かされた。あの大長編を書く作家は、こんなに上手い短編が書けるんか、と。中でも唸ったのは『ラブ・レター』だ。これほどリアリティーのない登場人物はない。偽装結婚した見も知らぬ書類上だけの夫に心のこもった手紙を書く女がいるはずはないし、その手紙を読んだ男が泣くわけもない。要するに徹底的にウソ話なのである。ところが読み進めるうちに、心をぎゅっと鷲掴みにされ、感動の暴風の中に放り込まれてしまうのだ。いったい何や、これは！　この作家のパワーは桁外れやないか、と思った。

そして次に読んだのが『壬生義士伝』（文藝春秋）である。これにはもう「参りました」と土下座したくなった。小説を読んであれほど泣いたことはない。私事だが、私が五十歳を直前にして小説家になろうと決意したとき、まっ先に頭に浮かんだのは、「壬生義士伝のような作品を書きたい！」というものだった。そして昭和の壬生義士伝を書こうと思った。だから私のデビュー作『永遠の0』は『壬生義士伝』へのオマージュでもある。

閑話休題。

浅田先生のエッセイを読むと、若いころから各種新人賞に応募し続け、落ち続けたという話がよく出てくる。意外ではあるが、わかるような気もする。おそらく浅田先生は正攻法の作品を書き続けたのではないかと思う。昨今の新人賞作品を見て思うのは、奇を衒った作品、シュールな作品、非現実的な設定の作品が実に多い。出版社は「新しい才能」「今までにない才能」を求めている、そうなると「普通の物語」を書く作家はどうしても不利になる。またオーソドックスな作品は、構成、筋運び、セリフ回し、キャラクター設定などの欠点も見えやすい。奇抜な世界の物語なら、そうした欠点は見えない。構成が破綻していても、人物造形がむちゃくちゃでも、セリフが不自然でも、「そうした世界の作品なら、自然である」とむしろ好意的に受け取られる。もしかしたらシュールな小説で応募する「作家志望」の人たちもそれを狙っているのかもしれない。

しかし、浅田先生はそういう変化球を投げずに、敢えてストレートで勝負し続けた人ではないだろうか。だから若い頃（新人の投稿時代）はことごとく痛打を浴び（落選し）続けたのではないか。だが、打たれても打たれても、ひたすらストレートに磨きをかけ続けた結果、四十歳近くでデビューしたときは、とてつもない大投手になっていたのだ。逆に小手先の変化球で審査員の目をくらまして新人賞を得た作家は、その後が続かないケースが多い。プロ野球の投手がそうであるように、ストレートで勝負できる作家こそが本物である。そして速いストレートを持った作家が変化球を覚えたら、天下無敵になれる。

浅田作品の特徴の一つに、ジャンルの壁を軽々と超えるというものがあるが、こういう作家は日本人では珍しい。我が国では、「専門職」あるいは「これ一筋」という職人を尊ぶ傾向がある。何でもこなす人は「器用貧乏」と呼ばれ、一段低く見られがちだ。小説の世界も似たところがあって、それぞれ「専門分野」にテリトリーを持って、自分の城を守っている。これはビジネス的にも間違っていない。読者というものは、ある本で感動すると、その作家の似た分野の作品を読みたがるし、出版社も著者にそれを要求する。また作家自身も、一度成功した分野の作品を書く方が、ノウハウもあるし楽である。新しいジャンルに挑戦するのは、それだけで一苦労だし、失敗したら、以前の成功さえもまぐれと言われかねない。しかし浅田先生は違う。常に勇気を持って新しいジャンルに挑む。清朝末期の中国を舞台にしたかと思うと、幕末もの、現代もの、大東亜戦争もの、更にピカレスクコメディー、ファンタジー、幽霊譚、人情もの、などなど、その作品は実に幅広い分野に跨っている。およそこの人に書けないものはないのではないかと思えるほどだ。しかもそのすべての分野で名作を残しているのだ。

浅田先生の一番の武器はストーリーテリングである。一見そこらに転がっているように見える設定でも、浅田先生の手にかかると、たちまち素晴らしい物語に変化する。たとえば『お腹召しませ』（中央公論新社）は幕末から明治にかけての貧乏旗本と御家人を描いた短編集だが、何もたいした事件が起こらないのに、物語はわくわくするほど面白さと驚きに満ちている。展開と語り口調が絶妙なのだ。私には、浅田先生の手は、触れた瞬間にあらゆるものが黄金に変わるミダス王の手に見える。

『沙高樓綺譚』はそんな浅田先生のストーリーテラーぶりがこれでもかと発揮された短編集である。作中でも謳っているように、これは「百物語」である。ご存知のように、日本伝統の怪談会の形式である（ただし本作に本物の怪談が出てくるのは一つだけ）。物語は「沙高樓」と呼ばれる都内の高級マンションの一室に集まった語り部たちによって「とっておきの秘密が語られる」という口上で始まる。これは怖い手法である。なぜなら最初から読者のハードルを上げているからだ。「今から面白い話をするぞ」と言われれば、普通の話では満足しないのが常である。しかし浅田先生は敢えてそれに挑戦している。しつこく野球の喩えをすると、打者にストレートの握り、あるいはフォークボールの握りを見せて、勝負にいっている。

この本は実に贅沢な短編集である。私の持論だが、すぐれた短編というものは、長編にもなりうる中身を内包している。最初から短編にしかならない物語を短編にしても、それほどの作品にはならない。世の中には短編程度の内容を長編に膨らませたような作品も多いが、そういうのは薄めすぎた水割りみたいなものだ。ところが本文庫に収められている短編は、いずれも語り部たちの長い人生が背景にあり、どの作品も中編から長編になりうる内容を持っているだけに、何とも濃厚な短編集となっている。またどの作品もミステリー要素とホラー要素を含んで進行していくので、読者は飽きることがない。憎いなと思うのは、話の途中で読者が持つかもしれない感想を、沙高樓に集まった客に言わせていることだ。そうすることで、読者をもこの「語り」を聞く仲間に引きずり込んでいるのだ。

更に浅田先生のサービス精神は、第二話の『糸電話』を除いて、どの物語にも蘊蓄をたっぷりと盛り込んでいる。第一話『小鍛冶』では日本刀について、第三話『立花新兵衛只今罷越候』では昭和二十年代後半の京都太秦撮影所、第四話『百年の庭』ではガーデニング、第五話『雨の夜の刺客』ではやくざ渡世の内幕と、ふだんはあまり知ることのない世界を垣間見させてくれる。その道一筋に生きてきた人の話は、その専門分野の話だけでも十分に興味深い。だが浅田先生はただ読者を楽しませるためだけに、こうした蘊蓄を入れているのではない。様々な異なる世界で生業を立ててきた人たちが集まる沙高樓の雰囲気を醸し出すための演出として使っている。

そして物語の最後には必ずオチがあり、すべての作品がきれいに着地する。ところが、である。じっくり読むと、オチのいずれもが決定的な真相であるとは書かれていないことに読者は気付くだろう。真実とは数学ではない。ほんの少うし、読者の心に疑念を残して終わるのもまた粋である。

最後にもう一度言うが、これほど贅沢な短編集もそうはない。現在、沙高樓シリーズは二集（九話）まで出ている。これが百話まで書かれたとしたら、まさに夢のような平成の「百物語」になるだろうが、さすがにないものねだりがすぎるかもしれない。


（作家）

二〇〇五年十一月 徳間文庫刊
DTP制作 ジェイ エスキューブ

文春文庫

沙《さ》高《こう》樓《ろう》綺《き》譚《たん》

定価はカバーに
表示してあります

2011年11月10日　第1刷
2019年10月5日　第3刷

著　者　浅《あさ》田《だ》次《じ》郎《ろう》
発行者　花田朋子
発行所　株式会社 文藝春秋

東京都千代田区紀尾井町 3-23　〒102-8008
TEL 03・3265・1211㈹
文藝春秋ホームページ　http://www.bunshun.co.jp

落丁、乱丁本は、お手数ですが小社製作部宛お送り下さい。送料小社負担でお取替致します。

印刷・凸版印刷　製本・加藤製本

Printed in Japan
ISBN978-4-16-764609-7

（　）内は解説者。品切の節はご容赦下さい。

浅田次郎
月のしずく
きつい労働と酒にあけくれる男の日常に舞い込んだ美しい女。出会うはずのない二人が出会う時、癒しのドラマが始まる——表題作ほか「銀色の雨」「ピエタ」など全七篇収録。（三浦哲郎）
あ-39-1

浅田次郎
壬生義士伝《みぶぎしでん》（上下）
「死にたぐねえから、人を斬るのす」——生活苦から南部藩を脱藩し、壬生《みぶ》浪と呼ばれた新選組の中にあって人の道を見失わなかった吉村貫一郎。その生涯と妻子の数奇な運命。（久世光彦）
あ-39-2

浅田次郎
姫椿
飼い猫に死なれたＯＬ、死に場所を探す社長、若い頃別れた恋人への思いを秘めた男、妻に先立たれ競馬場に通う助教授……。凍てついた心にぬくもりが舞い降りる全八篇。（金子成人）
あ-39-4

浅田次郎　編
見上げれば星は天に満ちて
心に残る物語——日本文学秀作選
鷗外、谷崎、八雲、井上靖、梅崎春生、山本周五郎……。物語はあらゆる日常の苦しみを忘れさせるほど、面白くなければならないという浅田次郎氏が厳選した十三篇。輝く物語をお届けする。
あ-39-5

浅田次郎
輪違屋糸里《わちがいやいとさと》（上下）
土方歳三を慕う京都・島原の芸妓・糸里は、芹沢鴨暗殺という、新選組の内部抗争に巻き込まれていく。大ベストセラー『壬生義士伝』に続き、女の〝義〟を描いた傑作長篇。（末國善己）
あ-39-6

浅田次郎・文藝春秋　編
浅田次郎　新選組読本
『壬生義士伝』『輪違屋糸里』で新選組に新しい光を当て、国民的共感を勝ち得た著者によるエッセイ、取材時のエピソード、対談など、新選組とその時代の魅力をあまさず伝える。
あ-39-8

浅田次郎
月島慕情
過去を抱えた女が真実を知って選んだ道は。表題作の他、ワンマン社長と靴磨きの老人の生き様を描いた「シューシャインボーイ」など、市井に生きる人々の矜持を描く全七篇。（桜庭一樹）
あ-39-9

（　）内は解説者。品切の節はご容赦下さい。

浅田次郎
沙高樓綺譚
伝統を受け継ぐ名家、不動産王、世界的な映画監督。巨万の富と名誉を持つ者たちが今宵も集い、胸に秘めてきた驚愕の経験を語りあう。浅田次郎の本領発揮！　超贅沢な短編集。（百田尚樹）
あ-39-10

浅田次郎
草原からの使者
沙高樓綺譚
総裁選の内幕、莫大な遺産を受け継いだ御曹司が体験するカジノの一夜、競馬場の老人が握る幾多の人生。富と権力を持つ人間たちの虚無と幸福を浅田次郎が自在に映し出す。（有川　浩）
あ-39-11

浅田次郎
一刀斎夢録（上下）
怒濤の幕末を生き延び、明治の世では警視庁の一員として西南戦争を戦った新選組三番隊長・斎藤一の眼を通して描き出される感動ドラマ。新選組三部作ついに完結！（山本兼一）
あ-39-12

浅田次郎
君は嘘つきだから、小説家にでもなればいい
裕福だった子供時代、一家離散の日々で身につけた習慣、二人の母のこと、競馬、小説。作家・浅田次郎を作った人生の諸事が綴られた文章に酔いしれる、珠玉のエッセイ集。
あ-39-14

浅田次郎
かわいい自分には旅をさせよ
京都、北京、パリ……誰のためでもなく自分のために旅をし、日本を危うくする「男の不在」を憂う。旅の極意と人生指南がつまった、笑いと涙の極上エッセイ集。幻の短篇、特別収録。
あ-39-15

浅田次郎
黒書院の六兵衛（上下）
江戸城明渡しが迫る中、てこでも動かぬ謎の武士ひとり。勝海舟や西郷隆盛も現れて、城中は右往左往。六兵衛とは一体何者か？笑って泣いて感動の結末へ。奇想天外の傑作。（青山文平）
あ-39-16